归路

THE
ROAD HOME

墨宝非宝

——著

江苏凤凰文艺出版社
JIANGSU PHOENIX LITERATURE AND
ART PUBLISHING

图书在版编目（CIP）数据

归路 / 墨宝非宝著 . -- 南京：江苏凤凰文艺出版社, 2022.5（2023.3 重印）
ISBN 978-7-5594-6650-1

Ⅰ.①归… Ⅱ.①墨… Ⅲ.①长篇小说 – 中国 – 当代 Ⅳ.① I247.5

中国版本图书馆 CIP 数据核字 (2022) 第 044160 号

归路

墨宝非宝 著

责任编辑	张　倩
特约编辑	彤　宇　曹　岩
封面设计	商块三
出版发行	江苏凤凰文艺出版社
	南京市中央路 165 号，邮编：210009
网　　址	http://www.jswenyi.com
印　　刷	三河市中晟雅豪印务有限公司
开　　本	700mm×980mm　1/16
印　　张	17.5
字　　数	261 千字
版　　次	2022 年 5 月第 1 版
印　　次	2023 年 3 月第 2 次印刷
书　　号	ISBN 978-7-5594-6650-1
定　　价	49.80 元

江苏凤凰文艺版图书凡印刷、装订错误，可向出版社调换，联系电话 025-83280257

归 路

THE ROAD HOME

THE ROAD HOME

晓晓，你对我跨我来说，是爱人，也是故土。

当初我对你说，人生昧履，砥砺前行。

现在我对你说，归鸿南寻，候鸟北飞。

我会回北京。

晓晓，你一定要等我回来。

骁晨

归路

THE ROAD HOME

目录 CONTENTS

楔子
··· 001

第一章
边关的雪夜
··· 005

第二章
流浪途中人
··· 025

第三章
奢侈的爱情
··· 049

第四章
晨晓照归路
··· 067

第五章

前路未可知

··· 089

第六章

丰碑与墓碑

··· 113

第七章

寸寸山河梦

··· 137

第八章

昭昭赤子心

··· 163

第九章

忠诚与信仰

··· 191

第十章

归路向何方

··· 215

尾　章

归路向晨晓

··· 245

番外

··· 255

后记

··· 263

THE ROAD HOME

路晨，你一定要回来，这是我们的故乡。
我的少年，我记忆里那达无法离开的少年。
路晨，我等你回来。

归晓

晨晓，照归路

厚颜无耻地去看八年多没见的他，
就连他喉结因为吞咽水流，上下微滑动的细节都看得仔细。

几乎没变。

再遇到初恋是八九年后,在加油站,就这么看着他从超市走出来。我看着他,不太敢相信,试着问,你还记得我是谁吗。他掂着手里的矿泉水瓶,看着我,挺平静地说,记得,化成灰我都记得你。

想起句歌词:"今生的约,欠一个再见,伤痕从此不肯复原。"

***

那天不是偶遇,是初中同学聚会。

归晓听到老同学白涛提到他的名字,说他就在不远处的加油站短暂休息,听到这个名字后,她就开始不清醒,什么都没管就说想去见见"故友"。

老同学没多想,骑车带她去了。

五分钟的路程,一个世纪那么久。白涛车还没刹,她就从自行车后座跳下来,焦虑四望,目光惶惶。

看到他穿着白衬衫和卡其色运动短裤,和几个同样便装的战友并肩出来。她像梦游似的,迎上去。

……

直到他说出那句话——

归晓僵着,搓搓自己的右小臂,没作声。

白涛犯傻,怎么回事?情债啊?

可看晨哥坦然面容,又不像刻骨铭心的情债,倒像是句玩笑。两位当事人又不笑？究竟几分真假，白涛这个外人也不懂。可毕竟在社会上混久了，打圆场的本事是有的："晨哥怎么一直在加油站，有任务啊？"

路炎晨伸手，捋了下白涛的后脑勺："加油站能有什么任务，等人。晚上让你哥找我一趟。"

白涛松口气："我哥在老沟，过两天让他过去。"

"那算了，过两天我就回内蒙古了。"

说完，他拧开瓶盖，灌了两口矿泉水。

归晓听到内蒙古三个字，醒过来，横了心，厚颜无耻地去看八年多没见的他，就连他喉结因为吞咽水流，上下微滑动的细节都看得仔细。

几乎没变。

他黑眼仁比例比一般人大，外加眼角上剔，脸瘦，过去穿校服衬衫时露出的脖颈线条流畅，是种乖戾张扬的面相。可嘴角线条却很柔，微抿着，总像在笑。

现在穿着白衬衫，倒真像回到了过去……

从认识他开始，再有人问归晓，你喜欢什么样的男生？

她总能脱口而出"眼睛要好看……"，好像记忆里根深蒂固觉得男人好看，就要眼睛好看，估摸再过十几二十年，三十、四十年，还会是这种观点。

白涛原本是带归晓来看"旧友"，没想到两人闹这一茬，只得和路炎晨扯东扯西，没话找话。路炎晨偶尔搭腔，他过去就话不密，能省则省。

很快，有军用越野车开进来，两辆，停得离几个人很近。

在烈日炎炎下汽车尾气夹带着难闻焦味，归晓被熏得眼睛疼。

驾驶座的人叫他们上车，路炎晨拍白涛的后背："走了。"

他先跳上吉普车的副驾驶座，几个人先后跟上去，从始至终，没看她。等两辆吉普车开出加油站，白涛背脊都湿透了，低声问了句："你和晨哥处过啊？"

归晓摇头，敷衍过去，什么都不想说。

晚上，她在二姨家跟失了心似的，坐立不安。

十点多了，还是拿起座机听筒，让总线拨了黄家的电话。

"你见着我表哥了？！"黄婷听到她三言两语交代下午的事，完全是失声惊呼，"我妈都不知道他回来，你怎么见着了？！"

黄婷太激动，儿子被吵醒，哇哇直哭。

"你等会儿，我哄哄小祖宗，"她撂下听筒，半天才回来，"我不知道怎么和你说，归晓，你还找他干什么呢？当初他多少次求着你和好，你都忘了？你知道你多狠吗？他好不容易回来一趟，想见一面，你都不肯。归晓……哎，归晓，你找他想干什么呢？"

第一章 边关的雪夜

她呵出口白雾,小声说:"这件新买的,想穿给你看。"

大冬天穿件半干的衣服来见他,

想想都能把自己感动死。

那晚,黄婷还是给了她一个电话号码。

这个号码被存在通讯录,为防止平时会翻到,她标注的名字是ZZZ,这样就会自然落到最后,可其实她看过一眼就背下来了。

掩耳盗铃,不外如是。

两年后。

归晓坐在边境一个不知名的小加油站里。

离内蒙古还有三四小时的车程。

一个简陋休息室,脏玻璃上满是水雾,外边,有名副其实的鹅毛大雪。"别人夜里抱老婆,我们这种人,夜里就是抱着方向盘,"两个卡车货运司机在抱怨,"这大雪天的,天都快黑了,赶路够呛。"

她坐了大半小时,早熬不住,起身推开休息室的木门,走到落满雪的台阶上。

他会来吗?

黑色防寒服的领口拉到鼻尖下。

"你那个朋友真来吗?"身后小蔡也跟着跑出来,哆哆嗦嗦问。

"应该吧?"归晓不确定。

刚刚电话里,她说得颠三倒四,那边问了地址就挂了。

她等得脚都木了,还带着最后一丝希望,望着大门外。又过了半小时,手指尖也没知觉了,想回去,又不甘心。就在小蔡第四次跑出来时,苍白的车灯光从雪中照进来,落满雪的越野车开进来,没兜圈子,直接刹在了台阶前。

半开的车窗摇下,驾驶座上的人穿着厚重得类似于特警作战服的黑色棉服,

但是是便装，戴着同色帽子，在夜色下看不太清脸孔，认得出是他。

"上车。"

这是，又两年未见后他说的第一句话。

归晓跑到车窗旁："加油站的老板让我们先去草原上看看……"

"上车。"路炎晨不带任何感情色彩地重复。

归晓讪然，回头招呼小蔡，让余下三个在里边避风的男人出来。

众人上了车，四个人占了后边，理所当然把副驾驶座留给归晓。她踌躇着上车，拉过安全带系上，还没搭上扣，路炎晨已经一踩油门开走了。

他还是那个习惯，不管春夏秋冬，都要车窗敞开。

冬夜的风灌进来，吹得后座的几个人哆嗦，也不敢多嘴。

"车窗能关下吗？"归晓冻得舌头都捋不直了。

路炎晨斜了她一眼，关窗。

当玻璃缓缓升上来，卡到最高处，将风雪拦在车外时，后座众人松口气。但也忍不住犯嘀咕，归晓这"朋友"也太酷了……

小蔡他们几个是做外贸生意的，归晓在他们公司有入股投资。

这次做了一个物流大单子，货要送到边境的一个物流集散地。小蔡他们借机开车，跟着来，顺便谈羊绒制品生意。本身这件事和归晓没有任何关系，但她听到往西北来，就开始坐立不安。

于是，跟着来了。

昨晚，暴雪来袭，他们临时避在加油站，小蔡的那辆越野车就丢了。

加油站的老板也束手无策，但还是很良心地给他们出主意，在这里有条不成文的规矩，偷车贼都会把偷来的车丢在不远处的草原上，临近几个省的什么牌子都有，甘A和甘H最多，密密麻麻地扔着，无人看管，等着卖。

加油站老板让他们偷偷去找自己的车，然后再去叫警察一起去认领。

这是最快的方法。

小蔡觉得可行，归晓却提出了，可以找一个朋友帮忙，他就在这边。

归晓也不清楚，他到底退伍没有，究竟是特警，还是武警？

总之是个能帮忙的职业。

车在大雪中，行驶了半个多小时，停在雪皑皑的草原上，远近不只有很多车身积雪厚重的车，还有大小草垛，一眼望去，全是赃物……

"等一会儿，我地方上的朋友去问了。"他停下车，说了第二句话。

然后，就推门下去了。

小蔡在后座抬头，在归晓肩后说："你这朋友，太冷场了，吓得我都不敢说谢谢。"归晓隔着车窗，看他站在车头，在风雪中低头用手围住火点烟，嗯了声："他一直这样。"

雪夜里，他手心中微弱的光，稍纵即逝。

那光，落在烟头上，在黑夜中一闪一闪地，灼她的眼。

"我下去……和他说两句话。"

归晓推车门，跳下去。

因为没料到草地上雪有那么深，深陷下去，险些绊倒，反手将车门撞上。路炎晨循声望来，雪夜下看着她根本不抗风的羽绒外套，再看看她明显湿了的靴子："不嫌冷？"

她恍惚。

当初在一起时，两人经常大冬天在运河边待着，有天她歪着坐在他山地车前横梁上，窝在他怀里躲风，叽叽喳喳老半天，也不见他出声："你想什么呢？"

他摸摸她衣袖："想什么？在想你衣服怎么湿的。"

"啊？"她窘意上涌，"我让姑姑别洗的，可她没听我的，还是洗了……"

"没晾干你穿什么？不嫌冷？"

怎么不冷，笑都快冻在嘴唇上了。

扭捏半天，她呵出口白雾，小声说："这件新买的，想穿给你看。"大冬天穿件半干的衣服来见他，想想都能把自己感动死。

他那时就低头笑。

008

那时，运河边都是十几年养出来的老林子，风大，没什么人，偶尔丁零当啷地伴随着车铃响声会有人骑车过去，也不太乐意在冬天多看一眼他们两个小年轻谈恋爱。归晓就心安理得缩在他身前躲风："你觉得不好看吗？"

"还行。"

还行？冻死了就一句还行？她攥他的羽绒服领口："你从来没夸过我，夸我好看，快，夸我好看。"

他笑，瞳孔在月光下特别的亮。

……

路炎晨移开视线，继续抽烟。

"谢谢你，帮我。"归晓艰难挤出这句话。

"客气。"

寒气被风吹进骨头缝里，她控制不住地哆嗦着："你在这儿几年了？"

他两指捏着烟前端，深吸着，让那口烟深入肺腑："九年。"

"还没退伍吗？"

"今年。"

"回去吗？"

"驻地公安特警支队特招了，"他忽而直视她，"还在二连浩特。"

后来那天，他没待多久。

等他口中的"地方上的朋友"来了，就转交给了当地警察，开车走了。警察是直接把车开过来的，交给小蔡，让他们跟着回去做个笔录。

因为路炎晨的关系，那个警察对他们很客气。

合上笔录的本子，正式说起了闲话。

小蔡几个都是做外贸的，最会来事，没十分钟聊开了，话题自然就绕到了那个酷酷的几乎是不近人情的男人身上。

"……等过了年，路队就从反恐一线调去警校了。"

"……以后他每年训带一千多公安特警，路队真是入伍反恐，脱了军装继续保卫人民，真汉子。"

"……武警医院的医生说，暴恐分子当时就用长矛直接杵进他嘴里，送过来，浑身都是血。后来我还和他玩笑，路队你脸蛋这么标致，以后可要当心啊。"

"……他们中队全反恐尖兵，排爆专家出来好几十个，都被地方上抢。"

"……路队当时三十秒拆定时炸弹，汗都不流一滴，可不是演电影，真事。"

……

这些，都是她不知道的。

其实从分开后，他的一切，她都不清楚。

因为当初分开闹得太不愉快，以至于她也不太能厚着脸皮去问他表妹黄婷，只能偶尔从姑姑一家人口中听说，哦，黄婷家有个亲戚的儿子，好好的大学读着就去当兵了，户口一走，调回来都难。

等他们离开警察局前，那几个警察才说起，其实是因为这次他们中队有人出任务受伤，在附近的武警医院治疗，路炎晨才正好能过来一趟。

警察最后把自己的手机号抄给归晓，说路炎晨终归在武警中队，不是随时都能出来，如果下次再遇到什么违法乱纪有关的麻烦，直接找他就行。

归晓拿了，说谢谢，但也说，请放心估计不会再麻烦他了。

毕竟，她实在想不到以后还有什么机会来。

可到了旅店，小蔡又软磨硬泡，想要趁着路炎晨还在这里，能再见一面，吃饭表示感谢。余下的几个合作商也都连声附和。

这里边，有英雄崇拜也罢，真的想感谢也罢，或是以后想被罩着也罢，总之，众人热情过度，小蔡还拿起手机，就拨了路炎晨的电话。

"你别打，我和他不熟……怕尴尬。"

"有什么尴尬的啊，归晓你这人就是不懂事，人家帮你那么大的忙。"

她刚在加油站外手机信号不好，先前打给路炎晨的电话是用小蔡的手机。现在，小蔡有了电话号码，归晓想拦她都拦不住。

"喂？路队？"

归晓心头一悸。

小蔡给她打眼色，笑着问："想请你吃个饭，表示感谢。你不知道那辆车对我有多重要，是我老公刚送我的，要是丢了都能家变。实在太感谢你了。"

……

"就今晚吧，也别拖了！……好，好，我一会儿把饭店地址给你发过去啊。"

电话挂断，小蔡很是欢快："快，都给我去换身干净衣服，吃顿好的去。"

归晓翻出临时带的衣服，踌躇蹲在箱子前不知穿哪套，眼前一个画面叠着一个画面。这种感觉，只有年少时深爱过一个人才会懂。最后穿着天蓝色的一条长裤和白毛衣，套上长及脚踝的黑色羊绒大衣，黑短靴。

对着镜子，想到他下午时也穿着的是黑色军靴。

到饭店，推开包房门。

里边只坐着个小男孩，七八岁的样子，抬头，看到归晓就大眼睛忽闪着，盯着她，众人惊讶，不知道哪里来的小朋友。

小蔡对服务员说："那是谁家的，你问问，别孩子走错了，家长担心。"

"阿姨，我是路炎晨家的，"小男孩咧嘴笑，"我爸抽烟去了，让我留在这儿等客人。"

归晓都不敢细看那小男孩的眉眼："我去下洗手间。"

心突然很重。随着越来越沉闷的起搏，一跳一跳地疼。

"阿姨，洗手间就在出门右转，下楼梯，四楼、五楼之间，"小男孩从座位上起身，乖巧地将桌旁座椅一个个都拉出来，"叔叔、阿姨请坐，远道而来，那就是我们的客人……"

众人笑着夸赞小男孩的声音，被关在身后的门内。

归晓怔忡在门外，眼看着身边有人推着半只烤羊经过，伴着浓郁烤肉香气，她仓促让路，后退。

心慌落落的，落不下来。

怕被人看到自己不对劲，索性就按照小男孩刚才话里描述的走到走廊尽头，右转，下了几步台阶，去四楼和五楼转弯处找洗手间。

直到，站在门外，归晓茫然看着洗手间上"男"的牌子，愣了好一会儿。

慢慢地，找回了一些理智。

十一年前他离开北京，十年前两人分手，这个孩子，七八岁的样子也很合理。

所有都合情合理。

所以归晓你还想找他干什么呢？

"看什么呢？"有声音在身后出现。

归晓一个激灵。

右手侧铝框的玻璃门被从外拉开，路炎晨手里夹着半截没抽完的烟，靠在门口，微眯缝着眼打量她："女的在楼下。"

她"噢"了声，转身。

"回来，"路炎晨在身后说，"我抽完烟带你去。"

"不用。"她继续走。

"我让你回来，听见没有。"路炎晨声音一沉。

归晓脚步一停。

不就是当初我甩的你吗？你孩子都有了，还一副我欠你的态度做什么？

归晓狠咬牙，回头："没听见。"

路炎晨抿着嘴角，挑眼瞅她。

又低头抽了口烟，吐出个不太成形的烟圈："没听见，你回头干什么？"

……

"人家姑娘不想搭理你不行啊？"路炎晨身后，一个看上去三十岁出头的硬朗男人将手里的烟头掐灭，"别介意啊，我们路队，啊不，是前中队长这刚退伍没几天，闲得发慌，阴阳怪气。"

归晓诧异看他："你不是说——"今年吗？

路炎晨一笑："刚办完，下边的手续还没走，现在无业游民一个。怎么？觉

得请我吃饭不值了？"

……

他身后男人忙打圆场："姑娘，别介意啊，我们路队说话特呛人。"

归晓当然知道，他是什么人。

照他表妹的话说，路炎晨这个人骄傲得很，太聪明，看得太明白，谁心里摆着什么小九九都一清二楚。越是亲近的人，他越不让你装。

那时两人认识一年多了，归晓喜欢他喜欢到往胳膊上刻他名字，可还是装矜持死秉着，每星期三、星期五合唱队排练，或者音乐课才会绕到他的教室，装着去排练、去上课。

顺便能瞄他两眼。

他是复读生，就在教室最后一排，下课时喜欢翘着椅子背抵墙，和几个男生闲聊。

她经过，时常会有小半截粉笔头丢出来，她还装傻装被吓到，矜持地去看他，发现他和没事人似的继续玩着手里剩下的粉笔头……后来在一起了，归晓装着天真无邪地问他："你那时候怎么总喜欢丢我粉笔头啊？是不是暗恋我？"

他会微眯起眼睛，瞅她，不回答。

再被逼问急了，就会冲她笑："你总在我眼前晃，不就等着我搭理你吗？"

她被戳破心思，扭头就走，被他抓着上臂拉回去。虽还挣扎着，可心里美滋滋地想着能等来一句好听的话了，没想到他又是低低地笑："这不就在等我拉你回来？"

……

身后男人继续补充："其实路队是还没想好要不要回北京，犹豫呢，也不算无业游民，最多算短期失业。"

"不一定回去。"路炎晨将烟头在窗台的雪上按灭，那漆黑眼睛像泡在观景池里的黑色鹅卵石，带着水光，却冷冰冰的没情感。

归晓看雪地上的一点光消失，让自己努力，做一个淡然大度的前女友。

"带老婆孩子回去总会很麻烦，弄户口也麻烦，你如果有需要帮忙的可以找我。"

安静。

路炎晨和身后的那个男人都有点表情诡异。

路炎晨默了好半晌，对身旁男人一笑："你儿子又使坏了。"

归晓怔了一怔。

"不至于吧？那小子怕你，不太敢给你使坏，"秦明宇讪笑，"也有可能最近胆儿肥了。"

挺硬朗的一个汉子，提起自己儿子愣是脸红了："我那儿子吧，知道我们中队都是光棍儿，没事儿就爱在人家相亲时使坏，管我们中队那些兄弟叫爹，都整跑不少女的了，不好意思啊，归晓小姐。"

原来……

"原来不是你的孩子，"归晓装着看雪景，"好可惜，他好可爱。"

路炎晨手抄在裤兜里，保持沉默。

"他？可爱？"男孩亲爹倒是笑了，"那臭小子鬼见愁啊。"

男人说完，后知后觉向归晓介绍了自己叫秦明宇，是路炎晨中队里的。

而他那个鬼见愁的儿子叫秦小楠。

单亲家庭，孩子归爸爸，为了方便照看，秦小楠独自住在地方上，自己租房子，自己上学。总之，全都自己包办。

难怪人小鬼大。

三人回到包房，小男孩大咧咧扑到他亲爹怀中："爸！"喊完，去偷看归晓和路炎晨。这么一来，房中的人也都和归晓似的，回过了味：得，全搞错了。

小孩子的玩笑一笔带过。

这顿饭吃得还算是过得去，除了身为这顿饭牵线人的归晓和路炎晨从不交流之外，都很完美。整顿饭，路炎晨看都没看过她，就连小蔡都明着问："路队，你和我们归晓过去是邻居？校友，还是？"

"校友,"路炎晨答,"不熟。"

小蔡被噎住,打了个哈哈,生硬地望向窗外大雪:"这雪可真大,哈哈……"

从烤全羊,到羊杂、焖面、马奶酒……一道道下来,小蔡算是把能点的都轮了一遍,众人下午在加油站丢车的那股子晦气也都散了,喝得胃和身子都暖和起来。

几杯酒水下肚,秦明宇真是显出了话痨本质,说起路炎晨都不带停的,甚至还郑重起身敬酒,拜托归晓他们几个,如果能帮到的还请多帮帮路炎晨,让他回京更顺畅些。

"那当然,那当然,"小蔡立刻打包票,"滴水之恩,涌泉相报,就别说路队帮了这么大忙,我们以后能帮的,一定帮!"

众人附和。

饭罢。

众人在电梯里,秦明宇忽而问:"你们五个人一辆车来的?"

小蔡说:"啊,对。"

"路队,送送吧,五个人一辆车不太安全。"秦明宇合理提议。

路炎晨两根手指勾出车钥匙,没回答。

"啊,不会太麻烦吧?"小蔡客气推辞。

"不麻烦阿姨,"秦小楠跑进电梯,乐呵呵地仰头答话,"我们在西面,你们在东面,虽然不太顺路,这才显出送客人的诚意嘛。"

小蔡笑:"那我先和路队去停车场取车,你们到门口等着吧。"

老旧的电梯带着不知哪里来的金属摩擦声,缓缓下行。

小蔡虽这么说,还是觉得自己和路炎晨去停车场,必然会被这位路队"冻死",于是拽了归晓的胳膊去当"润滑剂"。

可惜她并不明白,有归晓在,路炎晨才真会冷到冻死人。

小蔡的车在停车场东面,路炎晨的车也在不远处。

归晓等在车道外侧，小蔡从两辆车的内侧穿过去，向着自己的车而去。归晓刚分神，想在黑暗中找找路炎晨在哪儿，"啊——"的一声尖叫冲出来。

归晓傻了，还没反应，几个黑影已经冲出来。

手臂被一股巨大的拉力拽向后边，黑色棉服夹克几乎是同时罩上她的头脸。归晓来不及站稳，在突如其来的黑暗里，被人推出去，撞到一辆车上。

"不要出来！"路炎晨的声音低斥。

归晓吓得扯下衣服，口鼻被雪呛进去，拼命咳嗽着，慌乱看四周。

推拽自己的就是路炎晨，十几个人高马大的男人早就围了上去。

"路晨！"归晓脱口大喊，浑身血脉都凝住了。

苍白月色下，他偏了下头，跟没听到似的，扭住一个人影丢在雪地上。下一个上去还是利索地被丢出去，他没下狠手，但那些人也近不了身。幸好，秦明宇听到尖叫声早就飞跑而来，劈手就砸趴下一个……

归晓看得背脊一阵阵发麻，腿都软了。

"归晓……"小蔡吓得发抖，从自己车旁跑回来，除了身上有泥和雪，倒没受伤。

归晓忙扶住她："你没事吧？"

"没事，被推了几把……"

两个女人说完，都重重喘着气，再说不出别的话，只顾着心惊肉跳地盯着十几个突然起来的流氓和路炎晨、秦明宇。毕竟是对着反恐中队的人，那十几个人完全不是什么对手，没多久就都被揍趴下了，趴在地上，挣扎着呻吟出声。

归晓他们同行的几个男人这才敢走近。

秦小楠也冲进来："爸，我拿那个叔叔的电话报警了！"

秦明宇笑："干得不错！"

因为脱下外套丢给了归晓，只穿着衬衫的路炎晨在冰天雪地里，挑了几个还想爬起来的，重踹上一脚，把所有人都收拾老实了，拍拍身上被脚踹的脏雪和泥。

走回来。

归晓真是被吓蒙了。

路炎晨走到她面前,站定。

归晓眼前闪过他手的影子,下意识躲,路炎晨手顿了顿,然后才屈指弹掉她刘海上的脏雪:"不怕?"

他刚刚用外套蒙她脸,是怕吓到她。

没想到归晓完全没领会精神,反倒自己拽下来旁观了全程。

"没,"归晓察觉自己声音太颤,背过脸去,"……怕什么?"

路炎晨从归晓手里拿过自己棉服,没顾得及弄掉衬衫的雪,直接套上了。

没多久,两辆警车到达现场。

跳下车的警察原本挺严肃的,看到又是路炎晨忍不住笑了声:"又见面了啊路队,我今晚值班这么好运气碰到你两次?"

路炎晨将肩膀耸了一耸,也挺无奈:"退伍了,太闲。"

警察笑,利索带人走。

后来他们又去例行公事,做了第二次笔录。

这是一帮从境外流窜过来的团伙,在附近的几个省做了几笔不大不小的案子,各省联动,一直等着把他们给一锅端了。

先前偷走小蔡车时,这伙人不知道这车值一百来万,丢在草地上就走了。晚饭拿着车的照片给销赃的人看,对方识货,大腿一拍好东西啊哥们,快,去提车。众人以为发了大财,回去一看车被拿走了,还报了案。

折腾了半天,镜花水月。

那帮子人憋了一肚子气,到处找吃饭的地方准备喝一顿消消火,意外又撞见了这辆车……一伙流氓喜不自禁,想吓唬吓唬车主出口气,顺便把车再偷走。

可这回他们没想到跟着车主的并非凡人,是刚退伍的反恐中队长和他手下最得力的一员干将。

没捞着任何好处,反倒被一锅端了,还是自己送上门的。

"早就想抓他们,不错,算是省了我们的事,"警察送他们出大门,拍了拍小蔡的肩,"你那辆车真该收一面锦旗,哈哈,帮我们省警力,为国家省资源啊。"

这么折腾下来,已经接近午夜十二点。

路炎晨让秦明宇开小蔡的车载三个男人,自己开车载着小蔡和归晓,送他们回酒店。雪大路滑,虽是深夜,路炎晨也开得不快。

暖融融的空调热风吹出来,归晓后知后觉发现他这次主动关了窗。深冬雪夜,反倒触动了她对年少时夏日的回忆,那时最喜欢蹭他的车坐,三十几摄氏度的烈日下,耗他的汽油,车门紧闭,吹空调。

路炎晨从裤袋里摸出烟盒,咬了根烟,又去摸中控台下的储物盒,手指滑来滑去地找着什么。归晓探手拿起打火机,递过去。

这一找一递的配合,太熟悉了。

路炎晨咬着烟,没接,过了几秒后将烟从齿间拿下来,扔进储物盒。

到了地方,秦小楠趴在后座上已经睡得香甜。小蔡对路炎晨双手合十,用气音说:"路队,千恩万谢,改日再聚。"小蔡说完,先下了车。

坐在副驾驶座上的归晓解开安全带,望了路炎晨一眼。

路炎晨搭在方向盘上的中指,微抬了下,意思是:不用谢,她可以走了。

整晚的跌宕起伏,让大家都有些脱力。

幸好,这一天算是结束了。

回到酒店房间,归晓冲了个热水澡,出来时,小蔡正在和老公打电话,绘声绘色地描述着这传奇的一天。小蔡是个心大的东北妹子,事儿刚过去也不后怕,还笑呵呵地一个劲儿夸"归晓那朋友"有多男人:"老公你不知道,长得可白面小生了,偏就带着一股子正气,果然这男人一定要当过兵才好。哪怕在部队里就两年,也脱胎换骨了。"

那边，东北汉子在抗议老婆夸别的男人。

小蔡和老公甜蜜地拌了几句嘴，断了线，神秘兮兮凑上来："归晓，你是不是和路队处过？说实话？你们两个在车上并肩坐着我就觉得气场太不对了。"

"没，"归晓擦着长发，"就是校友，不熟……没话说才显得尴尬。"

小蔡还是觉得不对劲。

不过，谁没有个过去呢，归晓不想说也情有可原。

一天后，内蒙古。

她离二连浩特越来越近了。

因为"找车之恩"再加一个"救命之恩"，小蔡在之后的几天，特地买了不少礼物，想专门给路炎晨送一趟。

小蔡短信来来去去的，归晓都会猜想是路炎晨……最后搞得她听到小蔡手机的动静，比对自己手机来电还敏感……她觉得再这么下去心脏肯定受不了，索性去跟另外三个同来的男人到处转。这里不大，挺特别，不少招牌是双语的商店。

随处能见蒙古人，民风淳朴。

归晓还跟着去了个中蒙俄商品展洽会，听不懂蒙古人说什么。

不过买了些东西，人家说是可以开车帮他们送到酒店，卖东西的老板车倒是和路炎晨的那辆车很像，都是归晓不认识的，俄罗斯产的车。送货的人随口说："俄罗斯的车比较扛得住冬天气候，能装东西。"

归晓点点头，好不容易暂时忘记路炎晨，又再次被这么简单的一句话勾起了回忆。

晚上闲下来，她也会在酒店房间里坐在窗边，看二连浩特的夜景。

当初那场感情，表面上看伤了他比较深，可能只有她和路炎晨这两个当事人才清楚，那是一场两败俱伤的分离。

她一直想再见他，毫不掩饰。

可路炎晨的态度也很明显，最好日后没瓜葛。

就这么熬到了离开的前两天。

小蔡突然抱着手机高兴起来:"我还以为他给我的是假号呢,一直没回音,当兵的可真不容易,三天前发的消息,今天才回过来。"

归晓不懂她说谁。

小蔡匆匆解释,是那天吃饭要了秦明宇的手机号。

没想到,发过去三天消息了,今天才回复。

"快,快,他们是今天好兄弟吃送别饭,一堆退伍兵都在二连浩特市区呢。"

归晓头皮发麻:"他们内部吃饭,我们去干什么?"

"你以为我这么不懂事啊。是人家路队点名让你去的,要见你,我这是为报答路队的恩情,一定要完成任务啊,"小蔡说着,翻出早就准备好的一堆昂贵东西,"顺路,送礼。"

他要自己去?

归晓不太信,那晚,他态度很明显。

她犹豫着拒绝了,让小蔡自己去,小蔡很是郁闷,还想再劝,电话打来了。小蔡接起来喂了声后,马上将手机贴上归晓的脸。

"归晓阿姨,我爸和路叔叔都喝多了,你快来,大家都走了,我自己弄不了他们。"

归晓默了默。

怎么说他就算退伍了,也曾是个中队长,他那么多战友总不会真把他扔在那儿。

归晓直接揭穿:"阿姨像你这么大的时候,已经不编这种谎话了。"

秦小楠闷闷叹口气:"归晓阿姨,你是路叔叔的初恋吧?"

归晓……

秦小楠声音委屈:"路叔叔喝多了,好可怜。"

归晓想象不出这种画面。

秦小楠嘟嘟囔囔:"眼睛都红了,在和我爸讲你们过去的事。"

归晓态度软了不少,嘱咐:"你……看着点他们,这么晚了,我就不过去了。"

她话刚说完,电话旁有他的声音,不太清晰,模糊着叫了声"归晓"。

两个字,生生拽着她的心。

一路沉下去。

归晓把手机塞到小蔡手里:"你和他要个地址。"

小蔡看归晓拿上羽绒服外套,倒是很惊讶,那个小男孩还真是人小鬼大,怎么成功劝服的?不过小蔡挺高兴,合计着或许能给归晓和救命恩人搭个红线,也没多废话,拎上几袋子东西,问了地址,马上带归晓出去了。

一个小饭店,被秦明宇包场了,还特意布置过。

在门外有几个二十几岁的年轻男人喝得烂醉,坐在台阶上哭,有的没哭出声的也抹了泪、红着眼。归晓想起小时候在大院里也见过这种阵仗,她虽然没有经历过,但也能多少理解"战友情"是种很浓厚的感情。

推开玻璃门,里边显然是布置过。

最难能可贵的是找到的地方竟然还有那种公放的KTV,有个男人在那儿唱着任贤齐的《兄弟》,特有年代感。

归晓在灯光偏暗的大门口,想从屋子里热闹的人群里,找到他。

秦明宇从角落冒出来:"来了啊。"

那晚秦明宇明显不认识归晓的样子,完全搞不清楚归晓和路炎晨的状况。可现在,此时此地,他看归晓的眼神都有些微妙:"路队在里边,沿着右边一直往里走。"

归晓踌躇,可既然来了不就为了见他吗?

她将心一横,沿着右手侧,往里走。

身后,秦明宇拦住了想跟上去看热闹的小蔡。

小蔡后知后觉,悟了。

里边临着后门有大块的玻璃,对着后街,玻璃边上就挂着草草卷起来的暗红色的丝绒窗帘,有些脏了。

昏暗暗的一个角落。

围着小方桌坐着三个男人，路炎晨椅子向后仰抵着窗，在这一片分离前的最后欢闹中，抽着烟，手边烟灰缸里堆满大小的烟头。路炎晨压根就没喝酒，在观赏外边的雪夜，琢磨着这一晚折腾完，明天要开车先送谁去火车站。

反正也是无业游民一个，挨个送也不错，火车站蹲几天，也都该送走了。

满室的怀旧金曲旋律里，还有人摸出口琴吹了起来。

归晓走近。

路炎晨身边两个男人看到出现个女人身影，起先挺惊讶，再定睛看到归晓的脸，争先恐后向后推开椅子："路队，我们再去拿点儿酒。"

路炎晨察觉，偏头回望，脸上光影更深了层，那漆黑的眼将她上下巡睃了一遍。

归晓默了半晌，小声叫他："路晨。"

这名字有十年没人叫过了。

那晚她这么喊，他都以为幻听。

路炎晨第一个动作是去摸桌上的烟盒，没承想动作仓促，撞翻了烟灰缸，估计是察觉到自己的失态了，脾气一下冒出来："又找我干什么？"

简直是冰天雪地一大桶冰碴子水，泼得毫不留情。

归晓被呛得说不出话。

"你到底想干什么？"路炎晨硬邦邦拍去手背上的烟灰。

她胸口发闷，忍着气说："你不叫我，我也不会来。"

"我叫你？"他看笑话似的。

归晓气得眼睛发红，死命盯着他，眼前景象都被涌上来的水雾弄得渐渐模糊。

路炎晨看她这样子有点不对劲，蹙眉默了会儿，突然一声暴喝："高海！"

"到！"

东南角有个二十来岁的小伙子，沿着开放的 KTV 圆台跑过来。也是喝了些酒，脸红红地好奇望了眼赌着气站在路炎晨桌前的归晓侧脸。

随后,他才看叫自己的人:"咋了?路队?"

"来,"路炎晨借着窗外透进来的灰蒙光线,瞅他,"离我近点儿。"

"路队。"高海本能挪后半步,满面堆笑。

路炎晨看他这样子就知道自己猜对了,摸了烟盒到面前抖了下,没东西,空了。难免脾气又起来,声一沉:"道歉。"

……

高海在阵阵怀旧口琴声里,特羞涩地转脸看归晓,酝酿半天才小声说:"对不起归晓小姐,刚……是我,是我装的路队。我一直挺会学人声音的,和你、和你开玩笑呢。"

第二章 流浪途中人

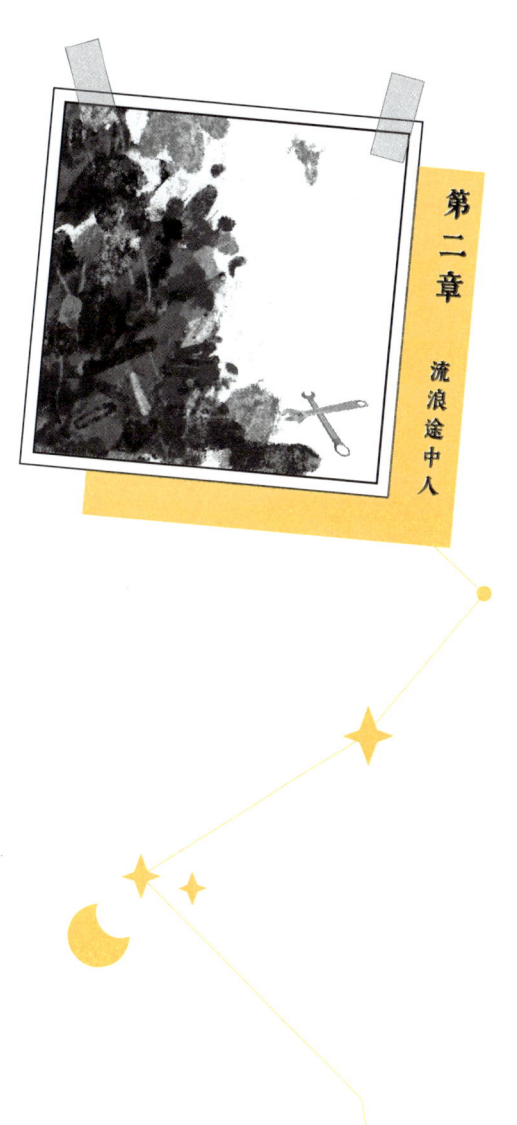

一秒，两秒……

仿佛生命的沙漏分秒滑下，无声从眼前流淌而去，

每一秒都比那个过去更远了。

这是他们中队的绝活之一。

起初大家是为了学蒙古语和俄语，可后来大伙发现光学会说不够，还要像母语一样。为了任务，大家开始自觉摸索更高级的模仿，控制声带肌肉、气息，下了几年苦功，也算出了几个模仿高手，高海刚刚那句"挺会学人声音"的说法绝对是自谦。

他过去是中队的头号高手，想模仿谁都能学得和被对方附身一样，更别说天天对着的路炎晨。不过整个中队也只有高海胆子大，敢明目张胆模仿他。

所以路炎晨轻易就猜到发生了什么。

这两年他教秦小楠画人像，小孩很有天赋，两年不到就颇有水准，本来他还挺惊喜，没想到坑了自己。那天见归晓后，秦小楠用心画出归晓，告诉大伙这就是路队初恋，来了二连浩特。于是，大伙这几天都全憋足劲要在今晚见见能降住路队的人。

路炎晨没理会。

可这堆光棍兵没两天就要天南海北今生再难见，女方又这么巧在二连浩特，是条汉子都不可能放过这种机会。于是，整了这么一出闹剧，目的很单纯，就是想见见路队初恋。

他们以为初恋情人是美好的，起码，听上去挺美好。

可对归晓和路炎晨来说，简直就是灾难。

归晓一颗心直直往下坠："没关系。"

对个陌生人能说什么？

"归晓小姐,"高海如蒙大赦,抓住归晓的右手,激动握住,"代表我的第二故乡内蒙古,代表我们中队欢迎你。你会喜欢内蒙古的,如同喜欢你的家乡一样!这是我……啊,不对,是路队最爱的地方!"

归晓眼底水雾还没散,勉强扯个不自然的笑。

小伙子继续说着苏尼特的羊肉好吃,路队如今也闲了,让路队一定要带着归晓去吃。幸亏,路炎晨抬了眼皮,给了高海个"快走"的眼神。

高海这回识相了,吞下洋洋洒洒满腹欢迎草稿:"那、那你们继续!我不打扰了!"

丢下这句,小伙子就钻回了人群。

台上人唱得高兴竟又轮了一遍那首歌,正嚎到这么几句:"忘记吧,若可以……一生啊有什么可珍惜,流浪人没奢侈的爱情。"

热闹,却掩不住伤感。

偏就是今晚,换成随便哪一天,他都不会这么犯脾气。

"他们平时胡闹惯了,没什么分寸。"路炎晨去捞桌上小盘子,想找块牛肉干吃。另一只手指了指空椅子,意思是:坐。

归晓抿了下嘴角,低低地问了句:"你不该先道歉吗?路队长?"

……

还是没变,总能抓住机会让他服软。

路炎晨自嘲笑笑,认栽:"见谅,刚我态度不好。"

归晓颔首:"我刚才在电话里听说你喝醉了谁都挪不动,胡言乱语说我们过去的事,又听你叫我的名字,怕出事才过来。既然是误会,我就先走了。"

路炎晨右手在盘子里,漫无目的地拨来拨去。

那年他不到二十岁,饿着肚子生吞蛇胆剥青蛙,负重四十公斤穿越深山老林都没趴下。可结束后一沾酒就想起她,一米八几的大男人躺上半人高的草丛喝成个傻子,谁知道?

……

路炎晨淡淡然回应:"坐会儿,我送你回去。"

归晓越发客气："来了好几天了，不用送。反正有这次也没下次了。"

路炎晨手一停。

多年前她在电话里哭着大喊的话犹在耳边："路晨你要再敢挂我电话，再也没下次了！你这辈子也别想再见我！"他那时也是少年心性，毫不犹豫断了线，后来才知道那晚她和她妈被"赶出"家……

面前人离开，只剩下水泥地上那些湿漉漉的鞋底印。

他独自干坐着，两只手臂都撑在桌面上，垂眼，继续拨弄着盘子里的牛肉干。半晌，将一块丢进嘴里慢慢嚼着，浑身上下，每一个骨节缝隙里都泛着让人无力挪动的酸冷。

归晓脚步急，回到大门口，秦明宇还在那儿和小蔡闲聊。

她拉小蔡的手腕，去推结了冰碴子的玻璃门，推开，风呼呼地从脖领子灌进来。

"这么快？"小蔡险些被她拽摔，"这刚进门没十分钟呢！"

"头疼，不太舒服。"归晓声音有些发涩。

小蔡噤声。凭她和归晓多年的交情，这是真动气了。

归晓从小蔡大衣口袋摸出车钥匙，开锁，自己跳上了驾驶座。

小蔡乖顺上了车，对追出来的秦明宇抱歉笑："有机会再见啊。"

车钥匙丢进储物格，启动。

空调开始嗞嗞向外喷着还没暖起来的小冷风，一秒，两秒……仿佛生命的沙漏分秒滑下，无声从眼前流淌而去，每一秒都比那个过去更远了。

***

最开始，她知道学校有个超级大帅哥，快毕业了，只记得名字没见过人。然后某天在露天操场碰到学妹黄婷，身边站着他，学妹介绍说："这是我表哥路晨。"

她装着从未听说，都不好意思打招呼。

其实内心早就百爪挠心，天啊地啊真人超好看啊——

"路炎晨。"穿着蓝白校服的他，在树荫下被她目光"巡礼"了一番后，出声更正。

黄婷"啊"了声："对，后来上学碰到重名的就改了，不过家里人都还叫他路晨。"

归晓盯着他，平生第一次感慨：蓝白校服真好看。

放学后，归晓和黄婷骑车沿着大马路一路骑回院里，路过小门，两人相继下车，推着自行车走过哨兵岗。黄婷都跨上自行车了，归晓忽而问："你表哥也是院儿里的？"

"不是啊，我妈那边的哥，"黄婷马上嗅出不对劲，"你看上他了啊？"

归晓想想，实话实说："长得太帅了。"

"觉得帅你就上呗。"

"……"

黄婷只比她小了三个月，却晚了一年上学。

黄婷的父亲是军人，母亲是医生，是归晓来到这里读书之后认识的女孩。

归晓起初不是在这里的附属小学读书，是在父母身边。当时小学毕业，十个同班同学有两种选择，一是去师资力量不强的附属中学，二是被家长扔到亲戚家，去念地方上的初中。当时小学班上乖巧内向的纪忆，家里没条件的赵晓颖，还有父母管得严的季暖暖，都直接被选择了直升附属中学。

而归晓太想寻求新鲜刺激，软磨硬泡下，就被爸妈扔到了姑姑家，北京某个郊区的部队大院，在燕山山脉脚下的某个小镇上。虽在北京城，却是在远郊。

那里有几个没名字的部队大院，余下都是一个连着一个的村子。

据说这个地方学校师资不错。

其实纯属扯淡。

一个年级八个班，每班五十几个人。

老师是不错，可管不住学生。打架斗殴是常事，以至于学校为了防止辍学后变成小流氓的旧日学生寻衅滋事，整个校园都是全封闭铁皮，围墙电网，她每天上学就像去定点蹲监狱。归晓就从来没见过学校大门真正敞开的时候。当然这些细节归晓爸妈都不清楚，他们太忙。

归晓就如此被放养到了一个"神奇"的世界。

那时，归晓玩得最好的人除了黄婷，还有家在学校后边一条街上的学姐孟小杉。见到路炎晨没几天，高考开始了，归晓的学校作为考点之一给所有学生都放了假。

归晓在家无聊，被孟小杉叫去镇上最大的台球厅。

那台球厅开在镇上唯一的三层小商场对面，面对牛肉面铺子，门右侧常年有个卖羊肉串的阿姨。一毛一串，童叟无欺。

归晓把自己22寸车轱辘的小自行车往门口一停，蹲在大门外的几个男生望过来。其中有个是归晓同桌，留级生海剑峰："晓姐，来了啊？"

他比归晓大两岁，还是留级，可偏偏要每次靠着归晓交作业，所以自觉叫姐，毫不脸红。况且，归晓最好的姐妹孟小杉的朋友海东，是海剑锋的堂哥，更要顺着给面子。

归晓用手遮着太阳，不太习惯被一堆小混混瞄着，快步走入。

厅里风扇不停吹着，几个台球桌旁都有人。

最里头，右拐，有个小间，每次都留给海东。

归晓进去时，小屋子里有两张台球桌，一张是海东和另一个男人在玩，看台球桌上只剩下黑白和红球了，快结束的样子。

海东用架杆敲了下她的脑袋："怎么样，觉得我这一局全能收不？"

归晓撇嘴，笑了声："我看悬。"

归晓扫了眼，还有几个不认识的男生女生，也在打量着她。最角落坐在窗边的小凳子上的那个人影，吸引了归晓的注意力。

是路炎晨。

他没穿校服，三伏天里竟穿着件普通得不能再普通，平凡得连任何图案都没有的黑色长袖套头运动衫，短裤，运动鞋。背抵墙，手臂搭着窗台，靠在那儿。

"晨哥，"海东叫了声，"这是归晓。"

路炎晨像从未见过她似的，睇了眼，点头，没说话。

此时，有人逗归晓："妹子看起来，应该切得不错啊？"

还真被说对了。

孟小杉家里有个屋子，专门放了台球桌，没事儿就教归晓打，她悟性又高，就连和海东偶尔玩起来，运气好的时候都能开局就连进四球。

孟小杉看她一副跃跃欲试的样子，怕她被这些小混混拐带坏了，嗑着瓜子说："人还没杆子高呢，乖乖看着。"

海东笑，没揭穿，把架杆往台球桌上一放："你让她玩呗，反正都包了一下午了。"

孟小杉白了海东一眼。她早就和海东说过，归晓年纪小，万一被这帮辍学生带坏了，或是占了便宜，她必然和海东翻脸。

"我陪你开一局。"

路炎晨挪开椅子站起来。

太突然，连孟小杉也被整蒙了。这一下午路炎晨都坐在那把椅子上，谁都没办法沾上他，大家都知道他心情差，也不敢搭话……

"打不赢你。"归晓有些心虚了。

"我单手。"他从靠东墙的架子上挑了个称手的台球杆。

归晓被他唬住。

球杆被递过来："单手左手。"

单手左手？

归晓好胜心强，盘算了下胜算很大，也没再扭捏，接过来。

她喜欢重一些的球杆，掂在手里有力度，路炎晨给她挑的这个刚好。

路炎晨倒是对自己没什么讲究，估摸是真打算让着她，取了个离他最近的，右手拎着，将球袋里的台球掏出来，丢去桌上。众人在这儿坐了一下午，也没见路炎晨有玩的意思，突然来这么一出，兴致勃勃聚拢过来。

窗口的纱帘被风吸着钻出去，又被风带进来，撩着刚才他刚坐的空椅子。

归晓绕过球桌半圈："我开？"

"当然，"海东替路炎晨接了话，"晨哥都让你到这份儿上了，还会不让你开球？"

归晓抿了下下唇，俯身，眯眼瞄准。手向后一抽，猛击出去，砰的一声闷响，撞了大运，一杆直接落袋三球。

身后几个辍学生啧啧赞叹："厉害！"

海东笑："你要输给归晓喽。"

路炎晨右手在台球桌边沿一扫，顺了个深绿腻子回来，在杆头蹭了两下，反倒一笑："可能吗？"

可惜开局落袋后，余下球的位置都不好。

第二杆她没进。

等轮到路炎晨，她就再没有了击球机会。只在最后剩下白球和黑8球时，孟小杉看不下去了："晨哥，别这么欺负我们家归晓啊。"

大伙也跟着起哄，都让路炎晨放个水算了。倒是几个姑娘不太好说话，嘀咕着都左手单手了，还让？干脆让归晓用手丢袋子里算了。

路炎晨倒没有执意要赢的想法，两手撑在深棕色破了皮的台球桌边沿，微俯身，瞧着她，嘴边挂着笑问："想要我让吗？"

"不用。"归晓被问得脸上更挂不住了，将球杆往架子上一放，主动认输。

路炎晨也没多话，抽手一杆撞出去，球几乎是飞着滚向袋口，落袋。

赢了。

按进球数来说也不算是惨败，可人家是单手左手，就差双手倒绑让她赢了。

归晓输得是彻彻底底，特没面子，搓搓手上的汗，借口说去镇上的精品屋买点东西，跑了出去。烤羊肉串的阿姨没什么生意，用扇子随意扇着炭火炉，看热闹似的看台球厅门外蹲着的小年轻们和姑娘打情骂俏。

归晓开车锁，急匆匆跨上去，"啊"的一声尖叫着又跳下来。

车座烫死了，忘了停在阴凉处……

调戏姑娘的小年轻们瞧乐了，归晓回头瞪了一眼，看到路炎晨也跟着走出来，踹了脚蹲在靠门挡路的男生。"晨哥，走了啊？"男生咧嘴笑，向边儿上挪了两步。路炎晨点头，把自己停在门边上没上锁的山地车推出来，跨上。

晃眼刺目的阳光里，那骑车的人从她眼前掠过去，拐个弯儿就没影了。

那天晚上，归晓后知后觉反应过来，这几天就是高考，路炎晨应该在考场而不是在台球厅啊？她电话里拐了九曲十八弯试探问孟小杉，孟小杉倒没察觉出她的小心思，告诉她，路炎晨头天家里出了大事，耗到第二天下午才解决，错过了上午第一场考试。

估计不是复读，就是接他爸的汽车修理厂去了。

在这个学校，辍学这种事都稀松平常，复读更不是什么大事。孟小杉说得语气轻松，归晓心里的小九九越发重了：复读吧复读吧，这样又是校友了。

可惜开学后，她没在学校里见到他，想着，也许真去接汽车修理厂做小土老板了。归晓和他没交情，自然也不会有交集，可想起路晨这个名字，心总是茫茫空着。

直到深冬来临，某天骑车经过校门口的小煎饼摊，看到他和蹲在那儿的海东，陪着摊煎饼的大婶闲聊。海东在归晓诧异偏头望过来时，叫着："归晓，来，哥请你吃煎饼。"

归晓急刹车，险些摔进挂满积雪的松树丛……

路炎晨手掌顶住她车把："悠着点儿。"

归晓耳边隆隆的都是自己细微急促的呼吸声，可还是颇为镇定地跳下来。路炎晨顺手帮她把小号的自行车拎去煎饼摊旁，撑住。海东招呼着，让大婶给她加个煎饼："看给归晓瘦的，俩蛋，挑大的来啊。"

大婶答应，拣了个偏大的粉壳鸡蛋，敲碎，撒在面饼上。

归晓两手插在口袋里，等自己的煎饼。

车四周的玻璃上贴着不少宣传贴纸，灰蒙蒙的，擦不干净的那种灰。她不经意透过玻璃，看到他手撑在自己自行车车座上，看两个大男生闲聊。在看到他有回头的动作，她马上低头继续看嗞嗞冒着热气的煎饼，再悄悄瞄过去——

路炎晨倒是毫不避讳，真在看她，归晓也没躲，回视他。

后来，煎饼摊的常客蜂拥而至，两人在早晨的一片祥和欢闹气氛中，移开视线。归晓接过烫手的煎饼时心还怦怦跳得重……

因为早自习前见到他，归晓一颗心像浮在松蓬蓬的积雪上，空悬着在那儿。

没承想最后一节课结束，她还在替老师收拾刚堂考完的卷子，同桌海剑锋跳上门口两级台阶，跑进来凑着说："校门口等你啊，今天我哥生日。"

"啊？"归晓倒没听说，"我要去买礼物吗？"

"得了吧你，咱班谁生日你都送毛绒玩具，精品屋都快被你掏空了。孟姐说了，让你空手来。"

"那你等我啊，我交卷子去！"归晓心花怒放，跑了。

等交了卷子，她直接跳下办公室台阶，在放学潮中逆向往班里跑。

海东生日，他一定在。

果不其然，不只是在，根本就是他提供了吃饭的场所。

孟小杉曾提过的汽车修理厂不在镇上，天气好沿着运河也要骑四十几分钟才能到。骑到半路天就彻底黑了，还好孟小杉嘱咐海剑锋等着她，陪她一道去。两人顶着西北风，费劲地骑了足足一小时，她被风飕得耳朵生疼都要哭出来了。

右拐，一路大土坡滑下去，两人溜着车到了修理厂大门口。

三米高的墨绿铁皮门挂着黑锁，铁门旁的小门开着，路炎晨在小门边的传达室等他们，看到归晓来了，推开玻璃门走出来。

早晨两人对视时的感觉还在，归晓猛看到他出现，竟有些扭捏。

"晨哥！"倒是海剑锋毕恭毕敬吼了声。

路炎晨点头。

他伸手，从归晓手里接过小自行车的车把，拎后座，替她从小门搬了进去。归晓跟着他进去，大门内正对个大厂房，光大门就有五六米高，厂房左右都有砖房。

路炎晨把她的车丢在墙角一堆自行车旁，招手，让他们进去。

十几辆车，各种车型，有悬着的，也有停在水泥地上的。

里边还有十几个成年人在干活，看到他们几个半大的孩子也没多留意，估计是路晨平时带人回来混惯了，早就见怪不怪。

一路走到底，拐弯，是个屋子。

路炎晨用膝盖顶开门，白茫茫热腾腾的火锅热气从门内往出钻，孟小杉看到归晓立刻将身边一个男生一推，让了位子出来。满屋子的人，和上次台球厅的不同，这些面孔明显年纪大了不少。归晓坐下，看他们吃饭聊天，大概猜到这些人是过去海东和路炎晨的老同学。

因为天气太冷，好几个男人都裹着绿色军大衣，御寒。

路炎晨到角落里坐下，只有他一个人还穿着校服。

归晓悄悄扫了眼四周，有床，也有柜子和木桌子，加上沙发上散落扔着的衣服和墙角的鞋架子上各色运动鞋……这应该是他住的地方？

她坐下没多会儿，就有人打趣，这是不是海剑锋的女朋友？

"哪儿啊，这我姐。"海剑锋摆手，一脸真诚。

孟小杉笑："这臭小子可追不上归晓。"

她说着归晓的成绩，再加上体特生和校合唱团，绝对各科老师的心头肉，当然除了教导主任。就因为归晓整日里和他们混，被点名批评了整两年，当初连第一批入团名单都被直接删掉，愣是和留级生一批入的团。

这屋里的人，不是中途辍学，就是留级过，没人好好读过书，和归晓这种小女孩的关系就像班级里第一排和最后一排的学生关系。两个世界，毫无交集。

他们听前面的没什么兴趣，倒是最后入团的事听着听着都先后笑了，都是受过教导主任点名批评的人，感触太深了。

路炎晨始终缄默着，拖过一把椅子，倚靠着坐，鲜少跟聊，听两句就捞了手机过来看两眼，时不时走出去，没多会儿，炒了新菜进来。大冬天的，虽然东面的角落里有一长排银色的暖气管子，可也架不住屋子过于高敞，归晓吃到一半也冷得没敢脱羽绒服。

路炎晨穿着单薄的一身棉质校服，在一堆裹着军大衣和羽绒服的人中，更是高瘦。

这一待就是晚上十点多。

众人要散了，孟小杉看海东醉得不轻，给海东亲爹打了个电话，让家里人来接他，自己也火急火燎跟着走了。呼啦就散了伙，满屋子剩下他们两个。

路炎晨挽了袖口，抄了几个空瓶子，丢去门外墙边的竹筐："坐会儿，我送你回去。"

归晓点头，坐在沙发上。

看他收拾了会儿，觉得不对，自己也是吃饭的人，也该跟着收拾收拾？可没干过活的她，又不知从哪儿下手。

路炎晨倒挺手快，捞了剩下的瓶子，一并又端了俩盘子出去。

她向门外望了眼，从沙发上起身跟上，帮帮手。突然，有盘子摔碎的声响。

门被重重撞开，归晓失声尖叫，摔着跌到地上。蒙了。眼前路炎晨肩抵在门上，利落挂上两层锁，余光看到归晓后，探手就将她拽起来。

反手，推她到身后。

"滚出来！"听着是中年男音，语音浑浊，醉意浓重。

归晓身前是他，背后是墙，胸口剧烈起伏着，控制不住害怕。

路炎晨话音比外头大风还冷："屋里有人。"

哐，一声巨响。

归晓眼瞅着黑色门闩都被震得凸起来，越发恐慌，心一惊一跳地害怕。

哐，又是一声巨响，门上两米高处的玻璃都震得颤。

路炎晨被逼急了，一拳反砸到门框上："真有人！我媳妇儿没穿衣服！"

……

归晓耳边嗡地震着这话……傻了。

外边虽然骂骂咧咧，但显然因为这话收敛了不少，嘲着说小子学出息了，还找小媳妇儿了。紧接着又踹了几脚门，倒是不用全力了，可还是借着酒劲带着气。

很快有第三、第四个男人的声音赶上来，是修车工。大伙拉劝着，把门外的人拽走了。归晓还蒙着，哐的一声重响，门被什么东西砸中："还上学呢！别给老子整出人命！"

归晓又是一哆嗦。

"路晨，我们送你爸先回家啊，你今晚还是在厂里睡！"

路炎晨肩抵在木门上，呼出一口绵长的闷气，右手拇指和食指不停去捏自己的鼻梁，强行冷静："谢了，刘叔。"

"没事儿！你等会儿啊，别急着出来！"

……

他手臂上是新添的瘀青印子，刚被扳手砸的，抽着疼。回头看归晓，她还惊得没全醒过神来，小拳头攥着去掐掌心，指甲盖泛了白。

"当真了？"路炎晨低头笑，用不太正经的语气来掩盖那句荒唐话。

上回二叔就用这种荤话逃过一劫，他是急了没多想，可也明白这话是真浑了。

"才没有。"归晓松了拳，装没事儿人。

他再笑："别往心里去。我爸喝酒就犯浑，上次把海东也打了，怕他真进来麻烦。"

两个人都极力装坦然。

他去摸校服裤子口袋，空的，手一顿。

再去摸门闩，确信不会被踹开后，才转而去桌上翻烟，课本、卷子被翻得乱七八糟，他想找点什么，找不到。于是，随手攥了张英语卷子，双手一团丢去了墙角。

过了十几分钟，外边没动静了。

"我去看看，锁上门。"

他离开十几分钟也没回来，归晓不踏实，悄然开了门。厂房里真没了人，只剩下被拆得零散的，或是修好的车。她绕过水泥地上一摊摊水渍，发现，路炎晨在墨绿色的大铁门边上，席地而坐。

他校服袖口都高挽起来，露出赤裸的带着瘀青的小臂，搁在自己膝盖上。低头，用手掌扶着自己的额头，挡住了所有能打扰他的光源。

纹丝不动。

西北风比傍晚来时猛了不少，昨晚听天气预报又是六七级西北风，还有沙尘暴。

归晓光站在高敞的厂房里，就觉得有颗粒撞上脸和鼻梁。

后来很多年，北京鲜少有沙尘暴了，她还能想起那阵子飞沙袭面，到家洗头，水盆底能有一层薄薄的细沙的光景……

"你没事吧？"归晓在他身边半蹲下，小声问，"是不是哪里还不舒服啊？我陪你去医院？"他手臂上的伤她是看到了，就是怕身上还有。

他偏过头。

"真不舒服？"归晓被他目光唬住。

"怎么陪我去？你又不会开车。"

"我骑车带你去。"

像老天都在嘲她的天真无邪，越来越猛的风突然掀翻了自行车，路炎晨眯缝眼去看那孤零零躺在西北风里的小自行车："就那辆车？"

归晓被噎住："……再小也是车啊。"

不过他这么一问倒也是，他那身高还真不知道怎么往上坐。

路炎晨低头，笑了。

起身，拍去身上的脏土，走到墙角，将归晓的自行车单手拎着，丢去了院里唯一那辆银色轿车的后备厢："走，送你回家。"

"噢。"归晓看他动作利索，估摸是自己想多了。

一路上，暖风开着，窗户也开着，风一个劲从车窗往里灌。

路炎晨满腹心事，全然没察觉，归晓没人陪着说话也是无聊，到处看。这才注意到储物盒里丢着他用的MOTO翻盖手机，那年代用手机的成年人都很少，统共就这一两个款式，所以她会认出来。姑姑生日时姑父送的也是这个，还被妈妈私下里教训：一万五买个移动电话，钱烧得慌。原来，开修车厂这么赚钱？

车经过大门，也没被拦下来。

路炎晨这辆车上有机动车出入证，是黄婷母亲特地给他办的，方便他随时来。

他手撑在车窗边，右手单手打着方向盘，开进家属区。

"路晨？"

"嗯？"

"你还复读吗？"归晓问出了整晚压在心里的话。

路炎晨望过来："你想我复读吗？"

归晓仿佛被看穿心思，挣扎了会儿，还是点了头。

"今天上午报到了，明天上课。"

"真的？"

他"嗯"了声，刹车，抬下颏指前面家属楼。归晓意识到到了，时间太晚，她也不敢多说什么，等路炎晨给她搬了自行车下来，就目送他走了。

车推进车库，上锁……

不对，他怎么知道我住哪儿？

西北风在敞开的自行车棚里回旋着，正是个风口，归晓被吹得透心凉，可心里却有滚烫的东西涨上来，涨了潮一般将她悄然淹没。

那晚过后，路炎晨开始上课。

没多久，常去办公室交卷子的归晓，听老师们说起了他。因为他是从初中部直升上去的，高中每个年级又只有一个班，人少，多了个复读生，学校这些老师也很快就听说了。

"那孩子刚上初一时候成绩多好，都是被带坏了。"

余下各科老师都是多年带学生的，倒有为路炎晨说话的，毕竟摊上那种老爸，三天两头带着瘀青上学也是不容易，能读下来就不错了。更何况这个初中升学率奇低，每届四百多学生，才三十几个能上高中，他占了其一已经算很不错了。

"我问过他班主任，孩子去年几次模拟考都不错，下了苦心读书，还以为能顺利上提前招生的志愿，没想到啊，就没来考试。"

"又被打了吧？那孩子夏天都很少穿半袖，体育课热了撸起袖子都是伤。"

难怪……去年夏天那么热，台球厅又闷，他还穿着长袖运动衫。

不过归晓那时年纪小，心疼也是心疼，但没经历过终归无法切身体会。

就好像他那天没去高考，只因为瞒着亲爹报了军校，在考前几天被揍了一顿，关在车厂里整整两天三夜，到第一科目结束才被母亲偷放出来，可终究还是错过了。

这些事路炎晨不会告诉她，而她每次都是从朋友、老师那里听到，总有种听人讲影视剧的错觉。后来才明白，那种生活真会存在。

路炎晨复读后，两人总能在学校碰到。

归晓总觉得他喜欢自己，可路炎晨又没表示，她也只能屏着。

后来，海东和孟小杉闹了分手。

据说是海东和漂亮小姑娘赵敏姗搞不清楚，于是直脾气的孟小杉和他闹翻了。两个人也算是好了三年多，海东料定孟小杉不会真这么狠心，求着归晓去做说客。归晓答应了，骑着车去了母校后墙那个小胡同口。

胡同窄，两边住户的院子墙又高，阳光被挡在外边，照不进去。

路炎晨跨在山地车上，一脚踩在墙壁边沿的矮砖墙上。

归晓惊讶："你也在啊？"她张望孟小杉家的大铁门，"不进去吗？"

还没等路炎晨回答，被堵在家门口的孟小杉已经冲出来，海东跟后边追着，将她按到墙上："那女的你又不是不知道，爱到处胡说。她去年还追过路晨呢……"

路炎晨被气笑了，照着海东的小腿踢过去："说什么呢？"

海东跳着躲开，低声又和孟小杉劝说着，为自己辩解。

说着说着俩人亲上了。

归晓没反应过来，还在看。孟小杉笑，将海东的外套扒下来："小孩看着呢。"随后遮住两人头脸。

路炎晨笑着瞟她："你怎么好奇心这么重。"

归晓被问哑了。她还真就是好奇，想看看是怎么……亲的。

当晚归晓躺在睡了三年的床上，脚搭在暖气上，举着掌上游戏机打俄罗斯方块，在不停消除的奖励声里，满脑子都是路炎晨。已是很高级别的关卡，不过一个分神，各个形状的方块刷屏一般落下来，封了顶——GAME OVER。

耗到八点多，接了个电话，是黄婷。

"我姥姥这几天在院里医院吊盐水，我和我哥这会儿陪着呢，你来吗？他让我叫你。"

归晓挤在沙发角落里，心胡乱跳着，低头去看自己的手……

小拇指是螺纹，无名指也是，嗯，余下都是簸箕，好神奇，嗯——

算了，还是去吧。

"在院儿里？"她问。

黄婷基本对旁人八卦没兴趣，可对着他俩还是没忍住，暗示了句："我说你最讨厌医院，肯定不来。我哥就说，只要说是他让叫你来的，你准来。"

归晓装傻充愣，嗯啊应着，挂上电话出门。

院里的医院小，住院部就那么几间病房，她转了几圈就找到路炎晨。他坐在最里面一张床旁低头发短信。打电话的黄婷早就没了影儿，只有黄婷母亲在调整点滴的速度……

归晓探头看。

路炎晨瞅见了她，推开椅子起身："二姨，我先回家了。"

"快回去吧，早让你走了。"黄婷母亲背对门外，没注意他们两个的猫腻。

路炎晨双手抄在短裤兜里，到病房门口，瞥那走廊尽头的一个小门，这是住院部一楼的后门。归晓跟上他的脚步，两人一先一后迈出小门。

院里的医院也就是看看发烧感冒，处理一下急诊，所以这里并没有大医院的感觉，小而干净，踏出去，她倒像走进个僻静的小院子。

爬山虎爬满了砖墙，在夜风晃着尾端。

万籁俱寂。

这几天晚上他都在这里，离她住的那栋家属楼最多走路十分钟就能到她住的那个窗口下，偶尔溜达过去，还能看到她半敞开的窗。

路炎晨像是在组织一句很长的话，可说了，却比她想的要简单："喜欢我吗？"他低声问。

归晓是真脸红了。她头次体会到脸红的感觉，从颧骨到耳边都在发烫。热烘烘的。

"有你这么问的吗？"她小声顶回去。

路炎晨笑，背过身向前继续走。

归晓站着发了一会儿愣：这就说完了？

忽然他左手背到身后来，掌心向上，手指虚拢着勾了下，意思是：把手给他。

……

后来的细节模糊，可她还记得，他的手比自己的要粗糙，体温也高，两人碰到的一瞬，她竟有被烫到的错觉……

***

车内的温度在攀升，她身上一阵热，又是一阵凉。

雨刷机械地扫除着雪，因为结了冰，挡风玻璃反倒越发糊了。

归晓拿了块擦车布想去擦。

手搭上车门，视线不觉落到十米外那天寒地冻雪夜里的小饭店，点亮的一串串小灯泡绕着的店招牌下，路炎晨推开门，没穿外套就走出来，衬衫被风卷起来，露出一小截腰。

隔着一扇车窗玻璃，她像听到他鞋底踩上雪的声响。

他站定在车门外，黑眼睛直视她。

归晓放了车窗，一阵风冲着灌进来，将她堵得透不过气："还有事吗？路队长？"

"帮我个忙，"他手臂搭上车窗，却是叫了另外的名字，"小蔡。"

"啊？"小蔡完全状况外，"路队，你说。"

路炎晨不像开玩笑："我要带那个孩子去北京念书，能不能帮我弄个好点儿的学校？"

"去北京，"小蔡成复读机了，"这、这个吧，归晓有门路。"

路炎晨漆黑的眼睛，终于，看向近在咫尺的她："归晓？"

天冻得让人连呼吸都鼻子发酸。

归晓打量车前挡风玻璃上的一片半透明景象，再次打开雨刷，尝试除冰："路队长家里条件一直挺不错的，这种事，其实花钱就能解决，不用特地来找我们帮忙。"

路炎晨倒像听了句笑话，答得波澜不兴："我过去一当兵的，能有什么钱。"

这句话让归晓怔了下。

他靠上车门，肩侧沾了雪，和她面对面，看她的目光不带任何感情，可再开口的姿态却越发低了："帮个忙。"倒像是换了个人，忘了十几分钟前在小饭店里是如何硬邦邦地甩出话呛她，连道歉都是敷衍生硬。

十几年过去了，总不能越活越回去，还和他像过去似的怄气。

再说……又不是男女朋友，道歉了也就算了。

"我后天回北京，"她握紧方向盘，放缓了语气，"这件事没你想的那么简单，要细谈一下。你尽快带孩子来北京吧，趁寒假办了，别耽误他上课。"

"就现在谈吧。"他倒不客气。

她愕然："现在？"

秦明宇瞅准机会搭话："你看你们帮这么大的忙，应该是我这个当爹的来谢你们。还是进来喝口酒吧，路队今晚不沾酒，他送你们回去！"

一来二去的,归晓又被众人合伙劝了回去。

仍旧是那个小桌子,秦明宇将垂在地板上的窗帘卷了,打结,塞进暖气管和墙壁的缝隙处,算是弄得整洁了些。路炎晨一改刚刚的态度,亲自为归晓拽过椅子。

他三言两语说了来龙去脉。

因为秦明宇离退伍还早,秦小楠又一个人在二连浩特借读,没人看管,挺可怜的,所以他想带小孩回北京读几年书。

"我去年帮小蔡弄过一次,"所以小蔡才会第一时间说出她有门路,"你们和她情况又不一样。没有监护人户籍迁移证明,也没有监护人调动工作的证明,甚至,你也不是监护人。给我点时间,你要先给他找个家庭住址。"

"那就是说,要先买房?"

北京买房哪儿有那么容易。

归晓诧异:"买房?你户口还没迁回去吧?我可以帮你租房子。"

他瞥了归晓一眼:"我来解决。"

自己解决?他有十一年没回去了,怕是解决自己的问题都要花不少时间。

可这些似乎又和她没关系,起码路炎晨的态度很明显。

差不多谈完,唯有一件事定不下来,就是带小孩去北京的时间。归晓的意见是快过年了,一定要赶在年前带过去,方便和校长见面。

手续过年后办。

可路炎晨这里还有要紧事处理,秦明宇又没退伍,更不能随便这么走动。

"让我想想,"路炎晨没给准话,"过两天告诉你。"

回去酒店,归晓还没回过味来,倚在床头出神。

当初他们刚在一起的时间很不凑巧,没多久她就去了区里念书,而路炎晨远走外省读大学。

两人算是刚开始就成了异地恋,见不到只能靠打电话,她有时觉得真是委屈。好不容易熬到寒假找了无数借口才能回到镇上。那晚刚到院儿里,她想给他惊喜都没提前说,大晚上的骑车跑到汽车修理厂去找他,到了地方,还是让门卫叫他出来的。

没多会儿，就见高高瘦瘦的影子，他拎了个银色扳手走出来，寒风猎猎，却穿了衬衫。

她跑过去："冻死了。"

他看她因为费力骑了一路车而热得红扑扑的小脸："冷就进来。"

她窘："我说你要冻死了，穿这么少。"

等跟着他进去，碰到人都会笑着问句：小女朋友？他默认。

她还美美地嘀咕："以后要嫁给土老板喽……"

那几天除了晚上回姑姑家睡觉，白天就窝在他修车厂的那间冷飕飕的屋子里，或是蹲在吊起来的汽车旁，看他躺在底下修车，给他递着工具。经常是满手、手臂都是乌漆麻黑的机油，从车底下钻出来时还打着赤膊……

幸亏有张标致的脸，怎么折腾都还顺眼。

她是乐观主义者，想着好歹每年寒暑假都有，等她毕业就好了。

可寒假过完没多久，路炎晨入伍了。

自此天南海北，连打个电话都像过节，哪怕她遇到再难过的事，他连听她哭的时间都没有。她抱怨多了，他也会不耐烦，都是十几岁，最不管不顾的年纪，谁会没脾气？本来通电话机会就少，难得说上话又都在吵架，想想，也真算不上美好。

……

睡到半夜，归晓总听到风声，分不清是梦境，还是窗外。

她迷糊着从床上爬起来，摸到玻璃窗那里，真是狂风暴雪，路灯全灭，只有窗外的树梢在摇摆晃动。这么看了会儿，倒睡不着了。

归晓一路摸着开关，不停按下，光亮从卧房绵延到洗手间。最后，整个人都困顿得趴在洗手池旁，拧开水龙头，没有热水，都是冷的。

她看着水哗哗地流了半天，脑子里都是他拜托自己的那件事，怎么算时间都太紧。

想想还是不对，拨了他的手机号码。

电话接通的一刻,那边狼嚎似的背景音仿佛又把她拽回了几个小时前,和他面对面坐着的空间里,闭了眼,还能想象出他的样子和那双浸了冰水似的漆黑瞳仁。

等待音消失,接通了……她却像被堵住了口,不知该如何开场。

漫长的空白,两人都没说话。

结果还是他先出了声:"还没睡?"

"嗯,"她揉眼睛,"你给秦小楠收拾东西吧,我先带他回去。后天下午四点二十的飞机,一会儿我给他补张票,你千万记得三点就把他送过来,别误了飞机——"

"归晓。"

"嗯?"

只剩水流声。

她想起年少时和他打电话,握着听筒,很容易就听到彼此的呼吸声被放大,等手机技术发展越来越成熟,反倒没有那种沙沙而过的气息声了。

"深更半夜的,"路炎晨估计又咬着烟,吐字不太清晰,"洗澡不怕着凉?"

"我没洗澡。"归晓茫然着,拧上水龙头。

分明是穿着睡衣,薄薄一层布,领口处,甚至后腰、脚背都透着冷。可她又舍不得钻回房间的棉被里,怕挪动半步电话都会因为信号不好断了线。

又是漫长的安静。

"挂了。"路炎晨交代了句,挂断。

跨过大半个二连浩特,还是那个小饭店。

他打开后门,拉出个椅子丢去墙角,坐在了呼呼穿堂风里。

过去招人进中队时,他时常双腿交叉着搭在桌边上,翻那些堆积如山的个人履历,最感兴趣的就是每个人的弱点。没有人是无坚不摧的,包括他。

跨坐在椅子上的他,背抵墙和玻璃门的夹角处,静默着,一根接一根地抽烟。

到傍晚五点多风雪更紧了,里边人都消停下来,或是三两个凑着没什么力气地继续闲聊,或是趴着迷糊着睡熟过去,他仍是倚在远处,在大风里尝试着吐出个淡淡的小小的烟圈。

听到脚步声，他睨了眼："给你儿子收拾东西，后天归晓带他先飞北京，她估计怕等我们把孩子送过去太晚了。"

还真是帮人帮到了底。

"路队你这初恋可真够意思！"秦明宇一屁股坐到台阶上，挨着路炎晨脚边，"我帮你问过，人家归晓没结婚，看她这么帮忙肯定还对你有意思啊，拿下算了。"

风飕得眼睛疼，估计也是一整夜烟熏的。

他自嘲："又不是十几岁的毛头小子，拿下了给人什么？脱了一身军装，没钱，没房，没车，离开北京十几年连朋友都没几个。家里又一堆破事，难道还把人往火坑里带？"

路炎晨眯缝起眼，一面算着还要多久把里边的哪几个弄醒送走，一面想起那天。

她穿着没有任何图案的纯白衬衫，暗红色的短裤和米白色的帆布鞋，尖尖的脸，鬓角被汗弄得湿了，走进来时满屋子的男生都望了过去。让他想起小时候光脚在河边摸鱼，烈日溪水中鲜少能找到的那种半透明的小贝壳，干净漂亮，被水冲刷得一尘不染……

尤其她看到自己那一刻，牙齿轻咬住下唇边沿，嘴角上扬。好美。

两天后，小蔡和余下几个人去了乌兰巴托。

归晓独自打车到机场，在办理登机手续的地方等他们。下午三点整，路炎晨拎着一个黑色旅行袋出现，他本来就生得乖戾张扬，身高又有优势，十一年的部队生活下来，人更显挺拔，随便走几步路就将寻常路人甩了一大截出去。想不注意都难。

路炎晨站定，放下旅行袋，他将身后的秦小楠拽上前："护照。"

秦小楠马上领会精神，双手奉给归晓。

归晓翻开来检查着，发现秦小楠才七岁，还真是早熟的孩子。

这是她初次带个小孩坐飞机，生怕把人丢了，第一件事就拉上小孩的手。秦小楠扭扭捏捏的，不停瞟路炎晨，路炎晨才懒得搭理他这小破孩的"害羞"情绪，等归晓办完登机手续，送他们到安检口外："我过了年回北京。"

归晓点头。

后来两人也没怎么说话，等过了安检，她借着整理电脑包，悄然望去。

路炎晨仍旧两手插在长裤兜里，在安检口旁站定，无数要登机的旅客涌向这里，唯有他纹丝不动。她忽然有不好的猜想，怕他会如刚见面所说的永远留在二连浩特……

幸好，主动牵住自己手的小孩用体温在提醒她，这还有个大活人。

他一定会回来。

第三章 奢侈的爱情

花坛里半人高的长青叶蔓掀腾翻覆，影影绰绰，冷冷清清。

归晓被风吹得睁不开眼，想哭，舍不得。

寒假两人相处的日子,是那年冬天最冷的时候。

汽车修理厂平时是太阳能加热水,给修车工洗澡,到冬天水温低得吓人,洗澡间都不大有人进去了。可他算着倘若回家冲热水澡,一来一回也浪费陪她的时间,从车底下钻出来打着赤膊就推门进去。再出来,冻得手指都木木得发麻。

推门回屋,归晓缩在他的单人床上,裹在被子里,脚还要伸到暖气管缝中取暖,看到他马上撩了棉被:"快进来,快进来。"

等两人真钻进同床棉被里,才发现这真是一件要命的事。

他怕她闷,租了电视和VCD机来给她看,那阵子最火的电影就是《泰坦尼克号》,她挑来看的就是这张盘。两人钻在一床被子里取暖时,电影里在放男女主角在船头大风浪中接吻,归晓窘得不吭气。路炎晨靠漆着墨绿油漆的床头,和她保持半人距离。

"路晨。"

"嗯。"

"学校里有人特别烦,放学总堵着我,你要在就好了。"

"追你?"

她点头。

两人继续看电视,都是心猿意马。电视屏幕上男女主角去了装潢奢华的房间,Rose换上睡衣要求做绘画模特……归晓不敢再往下看,又开不了口说暂停:"你不是也会画吗?"她轻声问。

他带着笑"嗯"了声:"想干什么?"

只想岔开话题……

"不看了,"她略有些僵僵的声音,撩着他,"不想看了。"

路炎晨也没想看下去的心思，摸了遥控器，定格影像转为蓝色 VCD 待机画面。他想问她要不要看别的，比如《古惑仔》，还有二十几张盘能给消磨时间。

遥控器在右手上打了几圈。

归晓伸手摸他的手臂，发现他还没回温："要不你和我换个地方，挨着暖气一会儿就好。"被关心的他漫不经心地答着："不用。"

靠坐的人，俯身过来。

腰被他手握住，隔着毛衣都能感觉他手指的冷。

前胸慢慢被他压着靠上来，像从她胸口往出压着并不丰沛的氧气，很闷，很……度日如年这个词用在这儿肯定不对，可她就这么想的。心跳得要死过去了。

"路晨……"

"嗯。"嘴唇挨上，两人的碰到一处。

他在亲她，真的是在亲，从嘴唇到嘴角。

就这么亲了几分钟，在寂静的屋子里。两个人都是初吻，都没把握到底要不要真的张嘴，什么时候要进一步。可这么亲着，也就上了瘾。

"以后别人追你，说你有男朋友。"

"我有说……"

路炎晨低下头用嘴唇去蹭她的，干燥燥的。

舌头湿润，去找她的。两人滚在被子里，挨上热烘烘的暖气，她被亲得迷瞪瞪的，骨头缝透着酥软，就想着难怪都喜欢亲……当初在操场大杨树下看见他，谁会想到有天，两人在个冷飕飕的屋子，挤在暖气棉被里，抱着做这种事……

到晚上，修车厂里只剩了他们两个。

路炎晨开车去镇上买了不少鱼肉虾和菜回来。

烧饭的地方邻着他睡觉的那个屋子，在厂房最角落里。路炎晨起初不让她进去，怕脏，归晓执意要陪着，他收拾了十分钟又将角落里倒剩饭的塑料桶清理了，冲洗干净，让她进来。他就着白瓷的水池子一只只挑虾仁的泥沙线，再丢去盘里，剥了壳带着水珠子的虾仁晶莹剔透，赏心悦目。

"你要怎么炒啊？"归晓从后边搂着他的腰，手感真不错。

"想怎么吃？"他擦干净手，开始择菜，把稍老的叶片都扔了。

"裹鸡蛋炸吧。"

路炎晨一笑："倒真不嫌麻烦。"

归晓乐不可支："反正又不是我做。"

煤气燃起来的小火苗，拥住黢黑的铁锅底，从碧青的焰芯跳跃到苍白泛黄的焰尖，噗的一声轻响，开大了。路炎晨半句废话都懒得说，倒油，打鸡蛋。

翌日再过去，修车厂里的人们对她都眼熟了，还会点头招呼。归晓脸皮薄不好意思答应，小跑过去，在被拆得七零八落，用千斤顶撑高的小面包车下找到他。

他躺在满是油渍的海绵垫子上，倒是穿了衬衫，袖子撸到胳膊肘上，唇间咬着颗银色的零件。他嘴唇薄，脸形弧度好，皮肤也白，咬东西的样子可好看，这么个动作有介于少年和男人之间的美感。

就是看她的角度别扭，睨着她，左手拿了咬着的东西下来："去屋里等着。"

归晓环双臂抱着自己的两腿："不想去，我就在这儿看你干活。"

"厂房太冷。"

归晓不甘心进去，可怕他生气，想了想，无声地伸出右手，撒娇似的想要和他拉手。路炎晨也是无奈，放了扳手，在四处摸着找毛巾，想先擦干净手。

"不用擦，我一会儿自己洗手。"

他拗不过她，挪了几寸，手从底盘下探出去攥她的手指。

两人悄无声息地牵了会儿手。

半晌有人搬了一箱子零件过来，归晓倏地抽了手，跑了。她进他的屋子，真是比回自家还轻松，脱去羽绒服就自觉地蹲在VCD机前翻找碟盘。想着，还有一半的《泰坦尼克号》没看完，塞进去。结果看到主人公在马车里活色生香的一幕，他又进来了。

天哪。

归晓去够遥控器，遥控器还挺不争气，顺着被角一路滑下到水泥地上。

路炎晨瞥了眼屏幕上莱昂纳多光着上身趴在女主角身上，马车上的玻璃满是雾气，还有个清晰的手印……然后，又用颇有些意味的眼风扫过她。

她拿被子蒙住下半张脸，怎么感觉是看小黄片被男朋友抓了包。

我不是故意的，我只是想看大结局啊。

这电影怎么这么多这种……

"收拾收拾去吃饭。"路炎晨从裤袋里摸出烟盒，咬了根烟，将她蒙脸的棉被扯开，"别整天看这种东西，好好读书。"

……

他入伍前，来学校找过一次她。

又是冬天。

她推着自行车在校门口和同学聊天，笑出声，拉上围巾刚跨到车上，就瞧见校门右侧的路灯和杨树下的年轻男人。跟念了大学的男生毕竟不同，他往那儿一站定，棉服领口竖起来挡着风，露出的一双斜剔上去的眼就够勾搭小姑娘的了。

照孟小杉的话是，只要路晨乐意，就没有他勾不上的妹子。

归晓看到他，腿都迈不动了。

特没出息鼻子一酸，没来得及和同学招呼，沿着大下坡推车过去。路炎晨知道这是她学校门口，那么多人看着呢，也没做多余的亲昵动作，将她车接过来自己先跨上去："上来。"归晓听话地跳上去，从后边拽他棉服一角。

两人就在放学人流里，骑车走了。

路炎晨并不熟这里，归晓还怕在外边被熟人看到会麻烦，于是，两人去开了间房。

他先上了楼，她乘电梯紧跟着，进了房间，看到那床单雪白的大床就犯傻……可路炎晨在房里转了个圈就出去了，没多会儿，抱着满满一袋子肯德基。她吃，他瞧着。

什么都没做，等她吃饱了将满桌垃圾一收："快回家去。"结果反倒是她舍不得走，留了又留，耗到八点多。在酒店房间里什么都没做的两个人，反倒在酒店楼下花坛一角拿自行车时，拥在风口处亲了又亲。

花坛里半人高的长青叶蔓掀腾翻覆，影影绰绰，冷冷清清。

归晓被风吹得睁不开眼，想哭，舍不得。路炎晨拉开棉服将她裹在胸口，替她挡着风，下巴颏压上她的前额："不是说好了吗？又不分手。"

"我什么时候能读完书啊，"她眼泪簌簌往下掉，"怎么都读不完啊，我妈还说让我读博士……那时候我都多大了……"

读博士？路炎晨这一念之间，想到的是海东的话："你就是长得挺好看一狗尾巴草，别看我，我还不如你，我是长得难看的狗尾巴。和你说真的，你和归晓差距太大，以后更大。你别不信，总有你扛不住的时候。"

之后归晓想起那天，只有两个想法，早知道那是分手前最后一次见面就多亲会儿了，还有就是，路炎晨那时是真爱她，真是连一根指头都舍不得碰她。

他掉头在风里走了，归晓一路骑车一路哭。

回了家将自己锁在房间，伏在床和窗台的角落的被子堆上，接着哭。也不肯吃饭，妈妈来叫就说自己考试不好要反省。等表针指向凌晨两点，她倒想起还有作业没做。打开书包，一沓沓课本角落里塞着个文件夹和盒子。

二十瓦的小台灯下，她摊开文件夹……是他的铅笔画。

画的是去年冬天，她猫腰在电视机前摆弄 VCD，手指往出抽光盘的细节，人在灯下的影子，还有那宽绰的屋子，一桌一椅都清晰得跟老相片似的。而画里卷着的是和他一样的 MOTO 翻盖手机，还没拆塑料薄膜——

后来，归晓父亲凭这手机嗅出恋爱端倪。

那时他已经去当兵了，父亲极尽冷嘲热讽：有出息的孩子都是考军校，军校毕业出来再去清华或北大读个研究生，起步就是副营。像路炎晨那样的明显是逃避生活，什么都没想清楚，考不上军校偏要当兵。

父亲断言，两年后他一定混不出头退伍回家。

以她的阅历辩不过父亲，可在她心里的路炎晨不是这么一无是处。

他有很多优点。

不抱怨，目标明确，待每个人都是善意体谅的，而对他自己的生活，不管摔得多狠都能爬起来，走得笔直。哪怕没有爱情，与干净的故事和人在一起，也会像得到了那颗幼年时被家人丢去衣柜角落的小樟脑丸，让人防潮，防蛀，防变质。

一晃快到春节。

路炎晨给她护照照片订机票时就语焉不详，只说暂时不方便拿户口本和出生证明，归晓也就和帮她办事的表弟媳含糊带过。弟媳这几年从归晓这里拉了不少善款去资助边远山区，因此了解很多做交流援教的重点学校入校流程。

帮归晓争取个名额也算回报，完全是惠而不费的事。

就是让表弟抓了机会笑话她，去内蒙古散心带回个没户口本的小朋友，给人解决读书问题不说，连小孩的常住地址都填的是自己家："姐，要不是你是个女的，条件无法满足，我还真会以为这孩子是你留在内蒙古的私生子。"

别说，还真像。

弟媳解决了正规借读，可还是强调：户籍证明必须要，可后补，但不能没有。

归晓想着既然能后补，那就不急在这一时，先过了年再说。

办妥那天，归晓挺高兴，带小孩吃饭，最贵的西餐。她要开车，滴酒未沾。

回来路上，小孩脸红得跟擦了胭脂似的："转学贵吗？"

"不用钱，"归晓交了停车费，出车库，"正规手续。"

小孩如释重负："我爸来时嘱咐我，要贵就不读了。他怕路叔叔偷偷出钱。"

小孩絮叨着，话很密，说的都是路炎晨，大多是从他亲爹那里听来的。

车开上北二环路时，他在讲路炎晨跨区抓人，带队连追两天两夜翻了五座雪山，警犬的爪子都是血了，人还在追……到西二环时，讲到海拔 5000 多米的生命禁区，徒步十几公里往出背缺氧昏迷的老乡……堵在长安街上，话题过渡到在气象资料、地面引导全无，连投降标记也缺失的情况下，因为任务紧急而高空伞降……

这就是他过去这么多年的生活。

晚上到家，她费劲抱着小朋友进门，一路走过客厅，爬楼梯，边爬边盘算要不要装个室内电梯，免得日后生病、风湿、骨折、醉酒等原因爬不回卧室时，还可以代步……

给小孩放到床上，擦干净手脸，脱去外衣裤塞进被子里。

试了试暖气太干，给小孩把加湿器打开。

秦小楠睡着了可比醒着乖多了。她好玩似的用手指拨弄小孩长长的浓密睫毛，在发愁后天要离开北京的事，路炎晨还没回来，把秦小楠交给谁照顾比较好呢？平时也还好说，眼看就是春节，放谁家都不太合适。

算了，明天睡醒再说。

她离开小楠房间，接到了一个挺意外的电话，是白涛的。

大概两年前初中同学聚会后，也没私下联系过。她一手从架子上摘晾干的床单，一面听白涛说了个挺熟悉的名字：赵敏姗。这个人她记得，之前让海东和孟小杉吵架，就是那天……她和路炎晨旁观少儿不宜画面的那天。

白涛说："赵敏姗不是早年离婚了吗，我是听说啊归晓，是听说，晨哥前两天从二连浩特回来了，两人要办事。"

她以为幻听："谁？"

"晨哥，"白涛解释，"我想着晨哥上趟回来你就找过他，就来和你说一声。"

归晓昏沉沉的，去开窗。

喘不上气，想透透风……

他竟然回来了，没打招呼就回来了。

前几天她还傻呵呵叮嘱他在二连浩特要把小孩的户口本拿过来——

白涛竹筒倒豆子，将正面、侧面，各种渠道听说的都给她说了，翻来覆去也没什么多余信息，就是，他回来了，要结婚了，和赵敏姗。

电话草草断线，归晓在阳台原地溜达了三圈，想关窗。

没拽稳，玻璃窗沿着轨道噌地撞上……将她两根手指碾住了。她疼得眼泪唰唰往下掉，无措地咬住被碾的地方，想用疼止疼。就这么站在黑暗里，缓着，缓着，站了一个多小时不太疼了才擦擦残余的眼泪，回了卧室。

低头看时间，凌晨两点多。明知晚到已经不可能有回应，却还是鬼使神差地发了条消息过去：听说你回北京了？

手机留在电视柜上，人爬上床。

可刚裹上被子，手机又响了，漆黑电视屏幕上的一片莹白的反光，不间断地振动，是来电。断了又打，打了又断……

她不停给自己做着心理建设：他只是拜托自己办一件事，答应了，也办完了，就该结束了。

如此反复多次，确认不会说出任何不成熟的话，这才去接了电话："喂？"

夜太静，恍惚听到自己的回声。

那边，有金属敲击的清脆音。扑面而来的就是那股浓厚刺鼻、难以挥发散去的机油味，仿佛空气都是有颜色的。斑驳的黑色。

"见谅归晓，"路炎晨说，"这几天家里有急事才回来，不太能抽开身——"

"没关系，"她答，"我后天要离开北京，又快春节了，不方便把小孩拜托给朋友。听说你回来了，正好问问能不能来接一趟孩子。"

"后天？"他语气不太确定。

"要不我开车送过去吧，明天我过去，就这么说定了。"

电话那头的人又默了半晌："麻烦你了。"

"没事，正好我能帮。"

"挂了。"他说。

断了线。

路炎晨将手机放在水泥地上。厂房里就剩他一个人。

先前将一辆报废的车拆得七零八落，现在，躺在底盘的阴影下，视野狭窄，真像回到十几年前：自己躺在满是污渍的海绵垫上，看到归晓猫腰瞧自己，背对着照明光的尖尖的小脸，还有撒娇似的想要拽牢他的那只手——

那时她将所有感情都依托在一根电话线上，见不到摸不着，有多可怜他能不清楚吗？

"……我在攒钱，你等着，我假期就能去看你了。再说一分钟好不好？"

"……想我了没有，哎，怎么办，都没共同语言了，你不能和我多说几句话吗？"

"……我们学校好可怕，一个宿舍十二个人，宿舍过道都摆着床。"

"……我妈知道我谈恋爱了。"

"……我最近家里不方便接电话,你别打给我,等我找你。"

"……路晨。"

"……挂了。"

……

路晨。

她叫他的名字,就是这世上最动人的声音。

清晨,归晓给小楠收拾好箱子。

带他来时是个旅行袋,她到北京给小孩添置不少东西,一是觉得他可怜,从小自己照顾自己,二是按照现在七八岁小朋友的打扮给他置行头,让他能尽快融入这个环境,免得被人排挤……猛要把小孩送到他那里,她竟还担心,那个破修车厂能不能再住人?

可秦小楠听说路炎晨回来了,恨不得插上翅膀就飞去那个乡村小镇,去见他路叔叔。归晓看小孩这兴奋劲儿,也没耽搁,带上他,开车离开了市区。

等到了镇上,是两个多小时以后了。

两年前匆匆回来聚会,没来得及到镇上逛逛。如今看着变化还真大,三层小商场倒闭了,那个卖羊肉串的摊位和阿姨也不见了,台球厅的地方开了一连串的小门店。

泥土路也换了柏油路,不变的唯有那条长长的不知源头终点的河,还有河畔两排几十年长成的望不到尽头的杨树。车开过去时,有两三撮学生在冰面上玩闹,有少年追上个女孩子,拦腰就扛到肩上,引来一阵笑声和惊呼……

秦小楠来了北京后没到过郊区,更别说去乡下村子。他始终趴在副驾驶位上,挺激动地打量他路叔叔出生成长的小镇。

归晓踩下刹车,停在了几米高的大铁皮门前。

多年反复出现在回忆中的地方就在面前,归晓隔着前挡风玻璃,看着半敞开的铁门,愣了好一会儿,直到身边秦小楠叫她。

她回神："到了。"

"到了？"秦小楠好奇看外边，这就是归晓阿姨说的那个汽车修理厂，"好大啊，比我想的大多了。"

是好大，好像又扩建了。

归晓去传达室报路炎晨的名字，看门的大叔眯着眼，瞅着她和秦小楠，"好奇心"三个大字坦然写在脸上："等会儿啊姑娘，我给里边打电话。"

她透过不太洁净的玻璃窗望出去，看他走出来。

素净的白衬衫，黑色棉服拉链敞开着，显然是刚随手拿来套上的，倒像少年模样。不过手上没修车工具，因为要避着风里卷着的沙尘，眯了眼，透着玻璃瞧她。

不带任何感情。

归晓拎了箱子出去，被他接过去，洗干净的手，有刚被水浸过的干净冰冷，挨上她。"新买的？"他察觉不对劲。

"嗯，东西多装不下，就买了个新的。"

他颔首："等会儿给你钱。"

归晓原本想送到门口就走，可他拿了箱子就走，秦小楠又自然牵着她的手将她往里带，踌躇着，跟了上去。这里果然是扩建了，比先前大了两三倍，水泥地上清爽干净，吊起来或是停放的车分了两排，每辆车旁都有工人在忙活。

从迈进这个铁门，她就觉得虚幻。

秦小楠快走几步，去问路炎晨厕所在哪儿，路炎晨指了指门外，告诉他要去大院的右侧一个小房间。秦小楠急着就掉头跑了。

她跟着路炎晨，走到厂房尽头，铝框门半开着。

迈进去，是办公室和一排休息室，里边人透过玻璃看到两人，多少都会追着再望上几眼。他也没太在乎，带她走到尽头，推门。

高敞的屋子没有多余的摆设，谈不上什么家具，有床有柜子，不新不旧，但也不是多年前的那些。可大体位置摆设都没变，一如过去。

他将箱子往门边的暖壶旁一搁:"厂里冷,别急着脱棉衣。"

可说完,他反倒将身上的棉服脱掉,丢去沙发上。顺便,抄起茶几上丢着的半盒烟。

"我和你交代两句就走,"归晓站在门边上,随手将自己的防寒服的领口拉到鼻尖下,"秦小楠的事我帮你办好了,还缺户口本,你要拿来户口本,补上手续。"

他将白衬衫的袖子撸到手肘上。低头,想点烟。

"我出差会很久,到时候会让我表弟带你们去办入学,"她说,"正式借读,你多余的钱不用出,只是那个小学没有住宿,可能你要想办法自己解决租房的问题。毕竟如果是住在这里,离学校太远了。"

火石摩擦的一声轻响,小小的火苗从他指尖蹿起来。

"我给他买了些衣服,旧衣服挑好的留了,不太好的都扔了。现在小孩家里条件都好,你以后带他也要每年给他买点新衣服。和身边同学太格格不入会受排挤欺负,"归晓又说,"不用太多,平时有校服。差不多……就这些了,你还有想问的吗?"

火苗落上烟头前一刻,将点未点,路炎晨却忽然松开手指。火焰熄灭了。

他将咬着的烟取下,揉断,抬眼直视她:"还爱我吗?"

两人对视。

说不出,说不出不爱,可也没法违背良心对一个要结婚的男人说爱。

这寂静的一刹那,她仿佛看到曾经的少年在这里将自己从地上拉起来,护在身后,所有的被压抑被强迫遗忘的情感都涌上来,吞没了理智——归晓插在口袋里的那双手,握着内衬一层布,紧攥着,攥得手指的每个关节都在酸胀吃痛。

她听到自己轻声问他:"白涛昨天和我说,你要结婚了?"

没有回应。

路炎晨将揉断的烟丢进塑料垃圾桶里,去摸自己裤子口袋,全然忘记半盒烟就在另一只手上捏着。归晓看着他做这些,再看到他停住全部动作,僵了半晌,再将手里那个烟盒也在掌心揉烂,扔进了垃圾桶里。

"……路晨?"她叫他。

路炎晨终于抬眼,自嘲一笑:"对。"

喉咙口有什么冲上来,哽着她:"什么时候?"

"下月。"

"……恭喜。"

他摇头,不再说什么。

一阵冷风从门缝钻进来,吹在归晓脑后,门被恰到好处地推开,是秦小楠。

小孩应该是在门外偷听了全程,进来时目光是无措的,小心挪到归晓身边:"阿姨。"

归晓回了魂,眼睛发酸,可还是努力平复着心情:"路叔叔要结婚,会很忙。我路上提醒你的话你自己也要惦记着。还有——"本来想说让秦小楠要对未来路炎晨的老婆乖一些,毕竟要和他住在一起好几年,可又觉得自己没什么立场。

最后,她摸了摸秦小楠的头,顺便把他脸上不知哪处蹭的一小块黑抹去:"还有,如果被欺负了记得我说的话,转学生都要过这个坎,没事,久了大家就接纳你了。"

门外有人叫路炎晨的名字,是个女人声。

"你继续忙吧,"归晓说,"我走了。"

"等等,"路炎晨打开电视柜下的抽屉,翻出黑色皮夹,"箱子钱给你,多少?"

"一百。"她说。

这个箱子牌子很有名,铝合金外形也非常好认,可归晓料定路炎晨这么多年在部队上待着,不会有时间关注这种东西。

果然路炎晨没怀疑,从皮夹里抽出了五六张红色票子,没等递给她,自己又改了主意,将钱包里所有红色百元钞票都掏空了,递给她:"秦小楠的衣服,还有在你家住这些天,麻烦了。"

"不用算得这么清楚,"她象征性抽走两张,"你在二连浩特也帮过我。"

外边的人估计是因为路炎晨半天没答应,等得没耐心了,主动开了门。

"叫你也不出来,有客人?"

归晓回头,撞入眼帘的那张脸——是赵敏姗。黑色的长直发披在肩上,黑色的棉服和同色围巾,很简单,很漂亮。主要是人漂亮,如何一副装扮都不会不妥。

两人互相看着,赵敏姗也是意外:"你是……归晓?还记得我吗?二班的赵敏姗。"

归晓"嗯"了声:"你真没变,还那么漂亮。"

那时他们年级最有名的就是归晓和赵敏姗:一个是身边好友都是退隐江湖的传说级人物,莫名其妙让人感觉惹不起的小姑娘;另一个是念小学就因漂亮而出名,进了初中更是出落得附近七八个村子的年轻男孩都喜欢追着,堵上几次的漂亮姑娘。

赵敏姗柔声笑:"你才是变好看了,我差点没认出来。原来路晨他妈说的朋友就是你啊?真是巧,路妈说今天有个他的朋友来,我想着他这么多年在外边认识的朋友我都没见过,就来看看,大家认识认识。没想到是你,真是巧。"

赵敏姗不停感叹,路炎晨将钱包塞进了裤袋,一言不发。

"这是你孩子?"赵敏姗友善地打量秦小楠。

归晓艰难地应付着,去解释:"是他战友的,托我给办了借读。"

赵敏姗打了个愣,当着归晓的面也不好多问,喃喃了句:"没听路晨提过。"

……

人家下个月就要结婚的老婆站在面前,她的负罪感陡然而生。就在刚刚,两个人在房间里的对话是多让人不齿,不知廉耻,暧昧丛生。

归晓,你太过分了。

她浑身发冷,多一刻都不想再留下来,含糊着说:"孩子送来了,没事我就先走了。"

"快吃午饭了,吃完再走吧,"赵敏姗掏出手机看时间,又去白了路炎晨一眼,"人家大老远来了,你也不留人吃饭。"

"不用,"归晓急匆匆说着,"我约了孟小杉。"

"啊……孟小杉,"赵敏姗和孟小杉念书时就不和,还因为海东的事,被孟小杉教训过,关系微妙了十几年,听归晓这么说也就没坚持,"那算了。"

归晓笑着对赵敏姗点点头,余光里有路炎晨的影子,可没再多看他,掉转头走出了那个屋子。她沿来时的路走回去,上车,倒车——

猛撞到门口的传达室台阶上。

里边看门的大叔吓着了,推门出来吼了声:"姑娘你没事儿吧?没伤着吧?"

归晓隔着挡风玻璃不住给大叔点头,右手放在眉前,不停打手势道歉。

车开出那条不算宽的路,拐上运河。

可她手一直在发抖,完全握不住方向盘,只好踩了刹车,在运河边的大杨树下靠边停了,去包里翻手机。

七零八落,各种小东西滚出来,终于找到手机,拨给在这个镇上和她最亲近的孟小杉。那边接起电话来,孟小杉正在教训员工:"那桌单都给免了,好好道歉——归晓?"

归晓深喘了两口气,抖着声说:"我饿了。"

"你快去大堂,我这儿接个电话!"那边撞门的声响后,孟小杉奇怪问,"归晓,你这声儿不对,家里出事了?要借钱吗?我给你送过去?"

"没……"归晓眼前晃着水雾,不敢眨眼,怕动一下就流出来了,"我就是,饿了。从早上出来还没吃饭,刚好路过这里,就想着你上次说要请我吃饭。"

哪里骗得过那个老江湖,孟小杉也没多废话,见着人再说:"你在哪儿呢?"

"运河边。"

"运河?哪个口?"

归晓用手背一抹脸,都是水:"路晨家厂子外……那个小路口。"

归晓离开后,路炎晨独自在单人沙发上坐下,双手交叉着,撑在鼻梁上,挡着自己的大半张脸，盯着那箱子出神。

厂里扩建时，这屋子里的暖气没装好，有等于没有。

他是从边疆回来的，对这种寒气并不在乎，可人像被冻住了，由内向外彻骨地冷。

赵敏姗将棉服脱下来，穿着厚厚的黑色羊绒衫和长裤的她想让路炎晨见到自己最美好的一面，可坐了没半分钟就受不住了。在这满屋子寂静里，又扯过来衣服披上，撑着下巴，去打量四周和同样满腹心事的小孩。

看路炎晨盯那箱子，也多瞟了眼，颇为惊讶地感叹了句："你战友这么有钱，给小孩就用这么贵的箱子？上回我姑妈去台湾，我想让她给带回来，一说要七千多就舍不得了。"

说完，又忍不住感慨，人和人真不能比。

赵敏姗说了半天，路炎晨也没回应半个字，她讪讪拿了两个水杯来，给自己和秦小楠分别倒了水，推到小孩面前："你要来北京念书吗？你父母呢？也来吗？"

秦小楠满心都是归晓和路炎晨说的那些话，一个劲想哭，就是想哭。

一个大男人将她当空气，连小孩也是，赵敏姗来时的满腔热情被浇灭了大半。

可转念一想，这男人过去就这样，见谁都一副爱搭不理的招人模样。

她念小学时就听说路晨的大名，后来上了中学不少小混混放学后围追堵截她。这对她来说并不算什么大事，应对自如，可饶是如此还是有绕不过去的时候。那次，是海东给她解的围，海东身边就是大名鼎鼎的路炎晨。

那个年代没有富二代这个词，可大家都知道路炎晨家里有钱，人又长得好，妈妈家又是部队里的，总之是个让女孩子听到、见到就会忍不住心动的那类人物。

可路炎晨比她大，根本没有法子接近。再说，赵敏姗自己也是个现实的人，她喜欢被人围绕，被人追着，对这种遥远的男生并没多余的情感。尤其，他和海东两个人是初中混在外边出名的，到高中海东退学，他也收敛了，算是"退出江湖"的人物。

那时的赵敏姗更喜欢和风生水起的小混混们一起玩。

想想真是唏嘘，无论年少时混得多风生水起，到最后还是要归于平淡。她再好看也要嫁人，嫁了人脾气不合，被追捧的脾气来了也就一拍两散离婚了。可在镇上离婚后的女人，招蜂引蝶不少，问津的人却少得可怜。

这一拖，就拖到了二十八岁，在城里没什么，可在农村这年纪说出去就很不好听了。一婚还好说，二婚更是麻烦。

赵敏姗瞥了眼路炎晨，也是恍惚，没想到兜兜转转回来，和她结婚的竟会是他。

……

孟小杉来找归晓时，她已经下了车，大冬天坐在河岸边的泥土地上。眼泪都擦干了，可被风飕得脸颊生疼的，眼睛也疼。

"哭过了？"孟小杉当然不会知道在内蒙古的那些事，可电话里听到这个地点就猜出了归晓这么失常的原因。

赵敏姗当初离婚闹得全镇皆知，家里很没面子，急着想二婚，可折腾了好几年，人是依旧漂亮，就是在农村想再找个合心意的难。所以自从前些日子和路炎晨家订了亲，接了聘礼那可真是恨不得立刻办酒，绝对要大操大办，临近七八个村子眼熟的都要请来。

镇上最好的饭店就是孟小杉家的，她能不知道吗？

孟小杉从自己车上拿了两个垫子下来，将归晓扯起来，给她塞去垫在身下，自己也坐了个："你要是土生土长这里人，二十三四岁就嫁人了。拖到二十七还没结婚，还因为十几岁初恋哭……别怪我骂你归晓，你还以为自己十六岁呢？"

"……"

"当初我和海东说要断，还不是断得干干净净？"孟小杉平静得像在议论旁人的事，"该哭的，分手那阵子你也该哭过了。谁没有过初恋，总惦记初恋你日子还过不过了？"

归晓看着河面上溜冰的小男女们："我饿了。"

"……"轮到孟小杉被噎住了。

孟小杉把自己的车丢在运河边，开归晓的车回去。

摸着方向盘她就感慨，好车就是手感不一样，看这中控台，听这音效……她这些年赚的钱也不少，开的车也不差，纯粹就是为了逗归晓。归晓摇摇头，勉强配合着扬了嘴角："你想开，我和你换。"

"不用，"孟小杉哭笑不得，"你这还要生要死呢，我哪儿能趁火打劫啊。"

归晓额头抵着车窗玻璃，反驳她："没有要生要死。"

就是觉得，这辈子过完了。

第四章 晨晓照归路

桌下空间狭窄,他的板鞋就顶着她的皮鞋尖。

这种互相挨着、靠着的感觉,特让人踏实。

思绪也飘了。

开回去的路上，孟小杉几次欲言又止，本以为归晓只是一时别不过那口气，毕竟赵敏姗也算是她同届的老同学。可开到半路，就察觉归晓这是真伤透了心。

"归晓，你真还惦记他？真心实意？"

归晓蹙眉，摇头。

"都当没有赵敏姗，不存在，你会怎么样？"

归晓再摇头。不想说，不想再讨论。

归晓静靠在车窗玻璃上，表情都没多余的，黑色瞳孔里映着车窗外小镇的那些看似熟悉，而又分外陌生的景色。

孟小杉的饭店开在镇中心，两个部队大院接壤的位置。

独栋的三层楼，十分气派。

门口正中摆着两人高的铜狮子，铜牌刻字，细数饭店的悠久历史……孟小杉是特别会做生意的人，硬是将这饭店弄得声名远播。早年饭店开张时，归晓那时还在念大学，特地为了宣传她的饭店，将镇子附近的自然景区游记写了个遍，每每都带上这饭店，后来毕业工作了，开始接触那些做公关传播的人，又介绍给孟小杉——

归根结底还是东西好吃，格调高，成了镇上名副其实第一大饭店。

老板的朋友，自然是给单独的、最大的包房。

归晓点名要吃羊蝎子，锅子端上来，热腾腾的白雾弥漫在眼前。归晓拿起筷子，拨着锅里的骨头，发一会儿呆，再倒腾两下，走半天神，再去杵早就煮烂的羊肉……

"你是吃,还是想玩?想玩我就把火给你关了,慢慢搅。"

"我就和中邪了似的,"归晓在小声说,"在二连浩特我朋友被偷了车,找他帮忙,后来那伙偷车贼报复,又是被他教训了……"

小蔡并不清楚她和路炎晨的过去,顶多是暧昧揣测,再去开两句玩笑。

所以对归晓来说,面对孟小杉反倒坦然许多,毕竟当年怎么在一块儿,怎么分手,面前的人最清楚。她以为,她猜想,秦小楠的事是路炎晨在示弱服软,想给两人一个重新开始的契机,于是满怀期待,于是自作多情,于是成就了今天的一切。

"我没想到还有内蒙古那些事,还以为你俩真十几年没见了,你猛听到他要和熟人结婚受不了,"孟小杉推开椅子起身,开门招呼,让门外服务员拿白酒来,嘱咐完低声问了句,"我老公还在吗?"

"在,还没散呢。"

"让他吃完过来一趟。"

孟小杉似乎想劝她什么,可又在犹豫,包房又归于死寂。

直到门被推开来,颇有些匪气的秦枫大步流星进来,见着归晓就笑:"来了?"

归晓点头,笑笑。

"我车还在运河边上,等吃完饭你帮我去开回来。"孟小杉想起了被扔在河边的车。

"车怎么扔运河边上了?"秦枫坐下,"你陪着喝点,我不能喝。"

"归晓有点不舒服,我就先帮着把她的开过来了。"

她以为孟小杉是找人来陪她喝酒,所以叫来她老公秦枫。

当初孟小杉和海东断了后,差不多和海东那边的朋友也都没了联系,所以能同时认识归晓和路炎晨的人,算来算去就只有秦枫了。秦枫比孟小杉大十来岁,早年镇上最赚钱的台球厅和游戏厅的老板就是他。

那时候,归晓和路炎晨,孟小杉和海东混在一处玩闹的事,有一多半是在这个男人眼皮子底下发生的。修车厂、台球厅、游戏厅,初初在一起的那个暑假差不多就在这些地方……归晓轻吹着自己的刘海，象征性地对秦枫笑笑。

秦枫看出归晓不对劲："怎么回事？你妹子被谁欺负了？"

"路晨。"

归晓瞪孟小杉，摇头，让她别说。

"路晨？他们不都是十几岁时候的事儿吗？"秦枫笑了，还真是年轻人啊，能折腾。

"感情深吧，"孟小杉笑得清淡，"我刚在运河边把她接过来，劝了半天，以为她是猛见着初恋要和认识的老同学结婚，一时想不开。没想到他们在内蒙古也见过，比我想的复杂，就拿不准主意了。"

"拿不准什么？该说什么说什么，"秦枫倒是痛快，"归晓也快三十岁了，这在过去也算过完了前半生，这么大人你还把她当孩子呢？"

"好吧，"孟小杉被自己男人教育得也觉得自己太有家长意识，于是推开椅子，走到归晓身后，俯身环抱住了归晓的肩膀，"刚没和你说，是因为我不想你掺和这些破事。"

孟小杉静了会儿，叹口气："前几天，海东和我借了四十万。你知道为了谁吗？"

接下来的话，让她始料未及。

大概是两年前，路炎晨亲爹的汽车修理厂生意惨淡，客源少，濒临关门，后来是和赵敏姗家借了五十万来疏通关系，和临近的汽车销售店、保险公司合作，扩建了厂房，这才算回了春。可当赵敏姗家提出要入股分红，路炎晨亲爹却翻脸不认人。

于是，赵敏姗家拿着借条，要路炎晨亲爹还钱。这件事有中间人做了和事佬，仍旧僵持不下。到前不久，赵敏姗爸妈忽然就萌生了这么个法子，两家结亲算了。只要路炎晨亲爹同意，钱就不用还了，聘礼意思意思就可以。赵敏姗听说是路炎晨，当即就答应了。

一拍即合，两家就这么定了亲事。

"他爹老不是个东西，借钱不还，也不肯分红，直接就想把自己大儿子当东西给人抵债。"孟小杉总结。

这事路炎晨全被蒙在鼓里，听了这消息，赶回来第一件事就是借钱，还钱，找人从中牵线说尽好话，退婚——

"路晨刚回来就找我。因为我早年和赵敏姗家交情深，搭伙做过不少生意，"秦枫说，"我绕开路晨家里人，和赵敏姗爹妈谈了，对方放了话，退婚可以，第一要还一百万，第二要路晨找个理由让赵家顺当下台阶。路晨一句讨价还价的话都没说，还说聘礼不要了，再多赔十万给赵家。这事，当时是路晨、我，还有赵敏姗爹妈一起谈的，路晨爸妈和赵敏姗都被绕开了。"

孟小杉轻哼："赵敏姗要知道了，没这么太平。"

"也说不准，"秦枫笑，"你对她偏见可真够大的。"

"归晓，我和路晨过去关系也不错，但让我选，我一定选你的立场，"孟小杉绕了桌子，走回自己老公身边，"他一当兵的这么些年也才攒了几十万，现在又借几十万来还钱退婚。一穷二白不说，还有外债，听你说他在内蒙古的事，我听得出他对你还有意思。可这次主动权在你手里，别冲动，想清楚。"

秦枫听了不太高兴："你这孩子……"

"说谁呢？"孟小杉也不乐意了。

"好，好，你这女人，"他摇头，"路晨人不错，这么多年镇上出了这么些个孩子，我能瞧上的也就他了。一个人能走多高靠机遇，能走多远，靠人品。"

"你别把归晓往火坑里推，他家一堆破事我都懒得说……"

秦枫清了清喉咙。

孟小杉没好气收口："公平点说，归晓要什么有什么，什么锅配什么盖，他路晨凭什么？"秦枫："人家抛头颅洒热血，最好的十年都去保家卫国了，你说人家凭什么？"

"头颅还在，血也没洒多少——"

"孟小杉。"秦枫脸一沉。

孟小杉偃旗息鼓："我不说了，但你也不能太说他好话。我们都公平点。"

秦枫摇头一笑："我不说，才是真对他不公平。"

铜炉锅里的早先丢下去的土豆片都煮烂了。

用筷子一夹，碎成无数片，落回烧开的肉汤里。

水里翻滚着各种能填饱肚子的东西，心里，翻腾着的都是和他再遇到后的事，是哪天，加油站？吃饭？还是后来那晚？还是某个时刻得知他订了婚？

"归晓？"孟小杉叫她。

归晓摇摇头："我没事，就是想起大学时候饿肚子，两个包子过一天的日子了。"

这话茬，夫妻俩都不知道怎么接。

归晓是真饿了，戴上塑料手套将刚晾凉的羊蝎子拿了低头吃，吃了半天又轻声说："除了对他，我这么多年从没喜欢上谁，一个都没有。可能错过他这次，也就懒得结婚了。"

这话夫妻俩倒是听懂了。

日子照过，婚姻不是必需品，一直是归晓这些年的状态。

午饭后，秦枫去给孟小杉拿车。

归晓无所事事地在孟小杉的办公室晃悠，一会儿在窗边坐，一会儿又去翻她整面墙的柜子，孟小杉也是被她的事弄得心烦气躁："去我家吧，我被你弄得闹心死了。"

于是，两人回到初中学校后的那个胡同，孟小杉家的院子翻修过了。

原先的一层小院儿，弄成了三层楼，可这么多年过去了，那个台球屋子仍旧留着。归晓推开白色玻璃门，屋子里连着四组暖气将一个小房间烘得暖意融融。下午阳光也足，透过几乎是整面墙的玻璃照进来——沐浴在阳光里，就是这种感觉。

归晓摸到绿色绒面的台球桌，想到十四岁时在这儿学台球，海东教她，孟小杉指挥。

"我去倒水，你先码球。"孟小杉把大衣丢在角落藤椅上，出了门。

没多会儿人回来了，没拿水杯。

"路晨来了，你要见吗？"

归晓还在猫腰掏球,听到这么一句,抬眼,瞅着孟小杉发怔。

孟小杉看她这模样就晓得自己中午说的都白搭,归晓还是当初的归晓,感情就是感情,生活就是生活,分得太清楚。压根看不透,估计这辈子也看不透,就栽在感情上了。孟小杉攥她的腕子:"人多眼杂,退婚一闹肯定挺麻烦的。你俩要说话就在我家说,我让他先进来。"

归晓这一天心情起落太大,眼下倒是慌了:"……我要说什么啊?我还没准备好……"

"说什么?"孟小杉好笑,"我告诉你归晓,不是我通知他。是他够聪明,看到运河那小路口停着一辆空车就问了海东车牌号是谁的,猜到你在我这儿。所以你什么都不用说,看他怎么说。"

孟小杉拍拍她的后背,让她在屋里等着,出去将路炎晨带了进来。

归晓靠着台球桌,看他从两扇深绿色的大铁门外走进来,大狼狗虽拴着,可见着个陌生男人还是狂吠得厉害。路炎晨偏头认出那狗四只雪白的爪子,低声唤狗名字。

大狼狗又吠了两声后,嗷呜一声趴下来。当年路炎晨看到这狗,狗才几个月大小,现在竟还能认出他也是不容易。

归晓倒背手,手指扣在台球桌边沿。

他踏上两级台阶,走进屋子,看着浸在日光里的她。如今姑娘过得挺好,应该说特别好,怕她被本不该属于她的事烦心,他不忍心。上午看她忍着哭离开修车厂,比他三无状态下高空伞降断了胳膊还要疼,比他第一次拆定时引爆的炸药还要心慌手麻。

不能拖她下火坑,那就拼命爬出来。

他真的,这辈子就爱过这么一个姑娘,舍不得。

"我和赵敏姗的事很复杂,但和你想的不一样。"他试图用最简洁的话,尽快说完这件事。未承想刚开口,归晓就轻声打断:"我知道。"

她不想让他重复叙述那些现实困境,积蓄尽付,外债累累,太伤害一个人的自尊心。

路炎晨慢慢点头,看来,秦枫将所有该说的、不该说的都交代了。

他也没再多废话:"给我些时间,归晓。"

归晓倚着台球桌,轻点点头。

"很快,"他说完,又斩钉截铁地低声重复,"很快。"

路炎晨离开孟小杉家后,开车在运河边兜风,最后将车停在一个不起眼地方。

熄火,下车。

……

到六点多钟,太阳落了山。靠在杨树干上抽烟的他撩了袖子,看表盘上的指针。

差不多了。

孟小杉的饭店,包房里,一屋子人热火朝天地在聊。

路炎晨进去时,上菜的两个服务员小姑娘刚被路炎晨亲爹吼出来,老头只要一沾酒就这样,可还顿顿离不开酒。路妈老实巴交的,望了眼在门边上搂住服务员小姑娘安抚的孟小杉,内疚,可也不敢开口说话。

孟小杉见路炎晨露面,打了个眼色:开诚布公说吧,我们在这儿呢,压得住。

路炎晨迈进门,他爹正在吹嘘这两年修车厂生意好,赵敏姗估计是听父母说了,面色不善。可赵家老两口话也没说死,告诉女儿,一百一十万不是小数目,加上路炎晨亲爹还不知道这事儿,还有转圜余地。于是,猛瞧见路炎晨进来的赵敏姗,还带着几分希望被这个可能是未来老公的男人一眼就勾住了。

上午去,他看上去很不痛快,挺颓的。

现在倒爽利了不少,白色衬衣领口敞着,半截锁骨露在外边。寸头,高高的个子,背脊笔挺。当然,赵敏姗不是小姑娘了,心里也还是有把秤在权衡他战友那个孩子的事儿,和路爸酗酒打人的臭脾气。

小孩是肯定不能留的,假如真要结婚就找个机会送回去。亲自送,算是给他面子。

至于路炎晨亲爹，赵敏姗倒不怕。老头过去来自己家喝多了还说人就这么几十年，顾着儿女的都是傻子，据说当年路炎晨奶奶瘫了，都被送到山沟的祖籍老宅，扔给左邻右舍点钱让他们照顾到去世，也没再管。这种上不孝父母，下不顾儿女的未来公公，有什么好怕的。

大不了一拍两散，老死不相往来。

赵敏姗这厢还在打算盘，路炎晨站定了，接过秦枫递来的半口杯白酒，抬手，直接仰头一杯酒。路爸以为大儿子终于懂了要给自己面子，这是敬亲家酒呢，未料路炎晨手里酒杯落到桌上，就是这么句："在座的各位长辈，抱歉，这婚我必须退。"

赵敏姗心忽悠，沉了。

话刚出口，满杯热好的白酒，劈头盖脸就泼过去。他微一偏头，避开大半酒水，全顺着脖颈往下淌，衬衫也湿了。

路炎晨抿了抿嘴角，半声没吭，眼睛里冰冰冷冷的。

路妈虽心疼，可犹犹豫豫不敢动，只顾着拉路爸："干吗啊，这大冬天的又拿酒泼孩子。"路爸推开路妈，撸了袖子就要抽上去："小兔崽子，别以为从部队上回来，老子不敢揍你了——"

"三叔、三叔，有话好好说，好好说，"秦枫笑容满面，一米九的大个子轻易就将一米七三的路爹挡下来，"不给孩子留面儿，也要给我个面子啊，三叔。"

孟小杉也跟着劝："三叔三叔，你和我爸这么多年交情，可不能砸我们家的店啊。您别搭理路晨，让秦枫去给您开最好的包房，今儿我这生意都不做了！就伺候您！"

这两口子本就面子硬，又故意将最好的包房留下来预备这一出戏，死劝活劝将路爸弄出了这间房。没半分钟，孟小杉又回来，将赵敏姗爸妈请了出去。

灯光煌煌，包房里一个大圆桌对面，只剩了赵敏姗。

路炎晨从桌上餐巾纸盒里抽了几张纸，将下颌和脖子上的酒擦了，拽开椅子，坐下来："还要我说什么吗？"

赵敏姗被他呛得不行："你这态度，我们没法谈。"

路炎晨一笑，不说话。

对路炎晨来说，赵家两位老人都还情有可原，毕竟一来是和路爹要不回来钱干着急，二来也是操心女儿的终身大事。可赵敏姗明明很清楚订婚的事他不知情，她还一口答应了，不说有多大恶意，却也说不上光明磊落。

"路晨……你家的情况我很清楚，我家怎么样你也知道，我们两家都知根知底，也没有谁配不上谁的说法。你都三十岁了，难道还真把积蓄都还给我家？你怎么办？你爸一定不会给你半分钱，你折腾来折腾去，最后还不是娶老婆生孩子吗？你没结婚过，入了婚姻的这个圈你就懂了，娶谁到最后还不是一样过日子。"

赵敏姗看他没答，揣着能把他说动心的心思，又柔声说："这次我是真心想结婚了，你和我上学就认识，总比让你去找个陌生人要强多了吧？而且你如果要替你爸还钱，还要借钱，附近村子的人不用打听就知道你欠债多少了，到时候有谁乐意嫁你？"

这场谈话自始至终，路炎晨都没要谈的态度。

这对他来说就是一个过场，他必须要和赵敏姗谈谈，证明是试过了，也是真谈崩了。如此让赵家老两口和秦枫夫妇的面子上都能过得去。

赵敏姗眼见着一句句话都没回音，彻底来了脾气："我就这么让你瞧不上吗？就算是我们瞒着你订婚，也是你爸先欠钱不还。你这样退婚，让我在镇上怎么待下去？你爸妈连酒席都订了！"

路炎晨离开椅子："你今天看到那小孩，会跟我至少五六年。"

赵敏姗没想到他拐到这件事上，咯噔一下，心理上退了半步。

"你就说路炎晨这人有问题，带回个战友的孩子要自己养，这婚你结不了。"

话撂下，他头也不回地走了。

那边，秦枫将自己爸也叫过来，父子俩陪着路炎晨亲爹喝酒。

孟小杉按照秦枫的意思告诉路炎晨，估计路爸这么一喝就要明天中午了，让路炎晨先回去。总之今晚和赵敏姗这个当事人当面锣对面鼓摊开来说了，就算走出一大步。

接下来肯定要善后，养精蓄锐，急不得。

她跟着路炎晨，一路走出大堂的落地玻璃大门，没忍住叫住他："路晨。"

路炎晨回头。

孟小杉真是有满腹的话。说吧，觉得对路炎晨残忍，不说，又怕归晓吃亏受苦。

真是憋得自己难受。

路炎晨猜度到她想说的，对孟小杉直接点了头，说："我会好好对她。"

这人……真是太聪明了。

孟小杉看那融到冬夜里的背影，鼻子被冷风吹得发酸。

等回到修车厂，下午就哭过鼻子的秦小楠拿了个银色扳手在敲水泥地，敲的地方是挨着墙角的桌子下头。他将秦小楠拎出来，瞧见地面上愣是被他砸出了坑，碎渣子一摊，露出了水泥下的黄土。

路炎晨咬着烟，将小孩扯到面前板正了，立正站好。一面去摸打火机，一面口齿不清地教训："几小时了？还没好？"

秦小楠眼里泪水转着圈儿，眨眼就掉，眨眼就掉。

路炎晨蹙眉，盯了他半晌愣是被逗笑了："秦小楠，归晓给你灌什么迷魂汤了？我和你多少年交情了？她才带你几天？"

秦小楠脖子一扬："我喜欢她。"

路炎晨眯起眼："嗯？"

"我喜欢她，看她哭我就想哭，"秦小楠虽然是个人小鬼大特会说话的小孩，可也因为是被一堆当兵的带的，语言表达都很直接，从不打弯，"你利用归晓阿姨对你的感情，让她给我找学校。路叔叔，你这个人人品有问题。"

路炎晨点点头，烟也懒得点了，丢去茶几上："我人品有没有问题，还有待商榷。可你说喜欢我媳妇儿这件事，性质太恶劣。敢有下次就把你扔回二连浩特，听到没有?"

秦小楠还哽着眼泪呢,被路炎晨这句话噎得呛得一阵乱咳嗽。

路炎晨抚着小孩的后背,顺便打量他身上这件新买的运动衫,秦小楠缓过一口气了,抓着他的手就一个劲儿追问,是不是说真的?是不是你下午出去真去追回归晓阿姨了?是不是中午来的那个长得和蛇精一样的阿姨不会再来了?不结婚了?

问题不停,路炎晨含糊应对,将小孩拖到床上去,拽了被子将人裹住哄睡了。

差不多到十一点了,去冲了个热水澡,将身上的被白酒淋了的衬衫丢进红塑料桶里,换上干净衣裳,这才觉得饿了。

这一整天,半口东西都没吃。

懒得做麻烦的,他泡了包方便面端到厂房里,在一辆车旁找到个还算干净的小凳子,坐下来,就这么端着吃。热腾腾的汤水、酸菜、面,其实他都尝不大出什么滋味。

这算一个开头,接下来善后没那么容易。

没几分钟,泡得滚烫的汤面已经被吃得差不多了,路炎晨将泡面的纸盒、筷子放脚边的水泥地上,在那儿干坐十几分钟。

厂房里不知哪里在滴水,很轻,可他听得清楚。

一滴,一滴……听久了,让人连呼吸和心跳都跟着减慢,减缓。

不管是两年前的偶遇,还是在内蒙古那些天,还是今天,他其实都没和她好好说过什么话。十几年他就是在部队上,见着的女的不是医生护士,就是执行任务时救助的老乡。

在和异性的正常交流上,趋近于零。

无论是客观现实,还是主观情感上,归晓对他来说就是纯粹的、独一无二的存在。可归晓呢?她读过多少书?有没有读到博士?认识过多少人?遭遇过什么?他都不清楚,甚至就连她现在的工作是什么,他都一无所知。

两个人，都还爱着。

可对彼此这十几年的了解却没比刚认识的人强多少。

心被堵得有些躁。

他在厂房里溜达着，房梁上一排排冷调白灯照下来的光将影子拖远了。

最后，他找了辆看上去挺顺眼的车，东翻西找弄了堆工具，用千斤顶撑起来。拆。

到快凌晨四点时，排查了不少保险外的小毛病，满胳膊蹭了一道道黑机油，够着厂房大门横梁又做了两百个引体向上，这才算耗过了大半宿。

回屋，秦小楠早踹了棉被。

路炎晨将那小胳膊腿都塞回去，开始收拾秦小楠的行李箱，衣服下压着几本新书，是归晓买的。里边唯一拆过封的是本英文版的《哈利·波特与魔法石》，他拎出来上床翻看。

刚当兵那阵英语忘得厉害，那时老中队长常教育他们，奥运时执行任务的核心特警都要会英、法、日、韩、阿拉伯和西班牙六国的日常交际用语，越大的国际赛事，大学英语六级证书也越会是选拔要求。虽这些和边防上的他们没太大关系，他也都听进心里，重新把丢掉的英语捡回来，平时混杂着俄语、蒙语轮着学。毕竟算正经高考过的人，虽然化学、物理公式搁他面前，他和它们肯定是谁也不认识谁了，外国语倒磨炼得不成问题。

他将秦小楠裹到暖气边上，靠床头翻看了二十几页，察觉小孩醒了，在盯着自己瞧，偏头去看床头闹钟，刚四点半。

"继续睡。"他下命令。

"想听归晓阿姨的事吗？"秦小楠七分迷糊三分清醒，仍惦记着路炎晨的终身大事。

他捋着那小脑袋瓜子，也是无奈："快睡。"

秦小楠咕哝着翻了身，没半分钟又裹着棉被蹭下去："我去画她家地形图给你！"

他想阻止，可小孩已经光着脚丫子抱了纸笔回来，打着哆嗦缩在稍许温热的暖气旁，似模似样地画起来，还边画边讲。

路炎晨也就没拒绝，单手撑着头，将小孩的被子仔细掖好。

借着光去看纸上的图。她的家。

……

归晓这趟出差有十几天行程，途经广州、成都、台北、澳门，最后到武汉。

她往常是一人吃饱全家不愁，历来都借着出差四处旅游，唯有这次是多一个小时都不肯在外边耽搁。最后飞去武汉前，她硬说自己还有急事要返京，将要开会的一大伙人约在了机场餐厅。边吃边聊，她吃完就登机回北京，被负责人概括是：三小时武汉机场游。

这么赶只有一个原因，表弟安排了初五下午带路炎晨去见见秦小楠的新班主任。

归晓左右都不放心，上飞机前和路炎晨通了电话。

快半个月没见，两人只通过两次电话，一次是她离开北京登上飞机前，一次是她在飞回北京的飞机上，关机前的半分钟。归晓始终没敢问他和赵敏姗的婚约如何了，想着他要处理好了会告诉自己，也因为这件事梗着，和他说话总保持着若有似无的距离。

怕逾越那条道德线。可能因为深受其害过，她对破坏婚姻关系这个罪名看得非常重。

哪怕是被迫的，可婚约确实存在。

到北京是中午，飞机很争气，没晚点。

归晓取了行李随着天南海北的旅客走出登机口，四顾望着，路炎晨没找见，倒是先看到了许曜。那个男人胳膊上搭了件休闲西装，衬衫纽扣一丝不苟地系到领口，连表都没有，倒是干干净净戴了个结婚戒指。归晓瞄了眼那戒指，普通的，没牌子。

"找个地方坐吧，我还在等人接我。"归晓走近。

许曜想替她接箱子，她没让。箱子小，完全可以自己拎。

因为许曜要赶飞机离开北京,两人就约了机场碰头,随便找个咖啡店坐下了。

背包扔到沙发上,她探手就拿了咖啡店的宣传牌,把店名给路炎晨发了过去,等把牌子放回原处,又担心他找不到这里:"你能给我描述一下从停车场到这里具体怎么走吗?我发给接我的人。"

许曜看神经病一样看归晓:"你约的是十岁小孩吗?"

归晓摇头:"他没来过这个航站楼,估计也没怎么坐过普通飞机。"

"你朋友恐飞?"

归晓又摇头。

许曜简略给她描述完,递了张便笺纸到她眼前,上边写着账号、开户行和开户名。

归晓按照他叙述的路线给路炎晨发过去后,看了眼便笺纸,收好。然后很抱歉地和许曜解释:"我最近手里要留着一笔钱,不能都给你。你要借的只能先打三分之二,等下个月有个理财产品到期再补给你,来得及吗?"

"没问题,"对方颔首,没想到自己也有找归晓借钱的一天,"刚看你从出口出来,想起十几岁第一次见你的时候……没想到小姑娘顺利长大了,还混得不错。"

归晓知道许曜指的是什么,笑了:"你看没看过一个视频?有个挺成功的女华裔,在受访时说每个人都要努力赚一笔对不想做的工作说滚的钱,就能有资格在工作不如意的时候,甩一句姐有钱,辞职不干。"

许曜头一偏,看到了走进店里的路炎晨,猜想这就是归晓等的人。

归晓坐的地方沙发背很高,看不到斜后方的人:"我倒是不想对工作说滚,工作多好啊,再不如意也能让我吃饱饭。我就想拼命工作赚笔对不如意的生活说滚的钱,下半辈子不管遇到什么困难,都不用再对生活折腰。"

许曜微抬下颌,示意归晓:她身后有人。

归晓随之望去,在看到路炎晨的一瞬,目光软了不少,轻轻柔柔地说了句:"我还怕你找不到,想去接你呢。"

她往边上挪了挪,路炎晨落座。

许曜看归晓这小模样倒挺有趣,又去打量路炎晨。他刚见这位就能下定论,这是个当过兵的男人。前几天自己结婚时也有一桌宾客是家人的战友,精神气和他差不多，其中还有在驻港部队和维和部队待过的。而眼前这位与他们相比，气场更足更不可捉摸。幸好是小白脸类型，能将锐气降低不少。

念头到这里，已经被路炎晨凛然的目光打压下去了，这让他莫名想到那句很有名的语录：对待敌人要像严冬一样残酷无情……

他看看咖啡店墙壁上的钟，抄起搭在椅背上的外衣，站了起来："你那想法是不错，就是姑娘家的别总说滚不滚的，不好听。我这儿急着走，你们慢聊啊。"

一口咖啡没喝就撤了。

归晓满腹心思都在刚来的男人身上，将服务员端上来的咖啡轻推到他面前："喝吗？"

脱脂拿铁里的奶泡微晃荡着，一个小小的糖浆做的心也随着在打晃。

路炎晨摇头。

"原来你们不习惯喝咖啡。"她明白了。

路炎晨摇头："我喝黑咖啡。"

归晓又立刻纠正了错误："原来你们也会喝咖啡。"

路炎晨笑了声。从这三言两语就发现她对戍边子弟兵的日常生活有一定误解，决定暂时不和她探讨这个问题。

路炎晨不说话，她也就拿着勺子默默搅着自己那杯咖啡。银色带着镂空雕花工艺的小勺子捏在两指间，在陶瓷杯里撞出轻响。

这半个月她没事就查资料，就想多了解路炎晨的过去，可别说具体的，就连新闻报道都寥寥无几。后来她又打电话去问那堆小学同学，各有说法，大意是和普通人没什么差别，脱了那层皮还喜欢玩《DOTA》呢……可归晓觉得，应该每个地方的差异都很大，就像在云南边境的和驻港部队肯定不同，而他又是戍边反恐的，应该更不一样吧？

问了一堆乱七八糟也没有用的，比如生活习惯这种问题，简直就是空白中的空白。

桌下空间狭窄，他的板鞋就顶着她的皮鞋尖。

这种互相挨着、靠着的感觉，特让人踏实。思绪也飘了。

当初刚在一起时，路炎晨怕影响她，从不表现出两人有任何那方面的关系，私下里每隔一两天就会在晚上来看她。因为怕开车太醒目招人非议她，他都是骑着车去的。

从修车厂到她姑姑家，最快也要一小时十分钟，可也只能见她一个小时。

每次来，他都骑车带着自己避开家属区，从家属区骑车到军事区，经过学员兵住的一幢幢宿舍楼，再一路到底，在燕山山脉脚下的小门才停下来。

那个地方偏僻，还有几个土坟包，大半夜的阴森恐怖。她就偎在他怀里，和他聊天，还要随时被路过的巡逻兵望几眼。那时她脸皮薄，每次有巡逻兵经过都会用他肩膀挡着自己大半张脸，脸上又热又燥，害羞得要命。现在回想起来，如果当时路炎晨想和自己做什么亲昵的事，骑车带她离开大院就行，可他从没这么做过。

有些事等长大了，成熟了，再去深想就会懂，身边人究竟孰优孰劣，孰好孰坏。

两人也没多在机场耽搁，赶在下午三点前到了约定地点。

表弟媳是个特会来事的人，在上去的电梯里叮嘱他们：奉承话要说，苦情也要卖，当然搭腔过渡也必不可少，总之要为孩子转学创造最优良的环境，班主任这关是必须要过的。到老师家门外了，表弟伸手敲门。

没半分钟，一个大学生模样的姑娘开了门，在看到众人刹那，原本礼貌微笑的脸僵住，有惊讶，也有不敢相信，不停回头："妈，妈！有人找。姐夫，姐，快来，有客人。"

说完就不停客气地对众人说不用换鞋，快进来。可那双眼睛闪闪烁烁的，像有千言万语，只盯着路炎晨。众人都察觉出不对，也不知不对在哪儿。

进了屋，众人落座。

两姐妹嘀嘀咕咕，笑着，妹妹还不停去推那个戴眼镜挺斯文的姐夫。秦小楠的班主任是个五十岁左右的女老师，挺严肃的，看家人这么不懂礼貌倒很生气："你们闹什么呢？"

"妈，我们是看到熟人了，"姐姐解释着，到沙发边上对路炎晨点头示意，"请问，你过去是特警吗？"

"武警。"路炎晨纠正。

有区别吗？那个姐姐愣了下，略过这个不重要的问题，接着就揪过来自己妹妹，讲起了他们在几年前国庆假期的那趟惊险的自助游。

那时，姐妹俩约了七八个同学去西北部旅游，碰上了火车站大批旅客滞留。

当时就是坐在沙发上的这位路队带人来和另外一批警察碰头，维持现场秩序。那晚有不少是等了十几个小时的逗留旅客，天南海北的人，鱼龙混杂，到后半夜也不知是谁先挑头闹了起来，混乱一触即发。就是他们这些人搭着人墙，让旅客一拨拨自觉排队过渡到安全区域。这些姑娘起初都不太当回事，还都乐呵呵小声讨论着要不要趁着拥挤，撞上下指令的这个大帅哥身上，撞出一段浪漫情缘……

直到人群突然爆发大骚动——

"当时就是你，端着枪压在我肩上，把我们拨到你战友身后的，"妹妹望着他，"你还记得吗？我同学是直发，很长，到腰这里。我是鬈发，棕色的长鬈发。"

那可是小姑娘这辈子初次，估计也是唯一一次被迫接触真枪实弹，实在难忘，在现代社会被英雄救美太难了。真是太难了。

这句话问出去，大家都饶有兴致地等着答案。

而当事人路炎晨就在七八双眼睛注视下，波澜不惊地回答："没印象了。"

"你真没印象了？"

两个小时后，归晓在他车的副驾驶座上，还是没忍住问了。

"对那个时间点和任务有印象，对人没有，"路炎晨左臂抵在车窗玻璃上，撑着自己头，右手去打方向盘，"当时旅客两千多，记不住人脸。"

而且那阵子暴恐分子猖獗，他们这个中队是临时调过去的，时间紧任务急，既要避免大范围踩踏事故，又要排查不法分子趁机闹事。满耳都是尖叫和怒吼，恐惧和咒骂，眼前一张张脸都是惊恐的，每个人都拼命想挤出去挤到安全地方，每个人都怕被人推倒在人群下，又本能地去推搡周边一切，觅路逃生。

那种时候，他没闲心去留意人的五官有何不同，是长发还是鬈发……

归晓想想也挺有道理。

她转而去看窗外，仍旧是车海。他们和表弟的两辆车本是先后开出小区，去归晓家附近的金宝街吃饭，却被戒严封路截断了。

表弟那里都到了，他们还和成百的车等在挂满彩灯的街衢——西单。

"我高中经常来这儿逛街，"归晓指路炎晨左侧，"一个是这里，一个是动物园旁边的服装批发市场。我有个表妹特别会砍价，每次都带着她能省好多钱。今天你见到的那个表弟，小时候就是个跟屁虫，我们都不愿意带他逛街，就把他甩在家里，他还哭鼻子告状。"

路炎晨手搭在车窗边，迎着冷风去打量外头密密层层的行人和各式各样的灯光，大厦的，路边的，还有那望不到底的店铺招牌灯光。

这就是他和兄弟们在边关誓死守卫的"安定繁荣"。

俗世气息浓郁，对路炎晨却是陌生的。

他少年时住在北京远郊，不太常进市区，后来考大学又是在南京，大二入伍又一走就是十几年。除了在归晓提出分手后返过京，就真的没回来过。所以路炎晨对这个户籍所在地的知名商业景点的熟悉度近乎为零。

为什么说是"近乎"？

因为昨晚他翻过地图，研究了从机场到那个班主任家，再去归晓家的路线。

很快，道路管制结束。

车海仍旧移动缓慢，导航里，单调温和的机械人声不时冒出来，提醒路况。车从西单大路口开到金宝街那个饭店的地下车库竟然又用了半小时。

归晓想给表弟拨电话，让他们可以开始上菜了。低头去翻号码时，她肩上的头发滑下来，抬手去捋，瞧见他在看自己。

"我给潘浩打个电话。"她说。

"晚五分钟再打。"

"……好。"

车内安静着,她想他应该有话说,等着,琢磨着,还以为会听到多长的一段话能让他准备这么久,结果到最后不过一句:"赵敏姗那件事,结束了。"

每个字,都跳跃着,在车里漾开来。

归晓微微地笑起来,心情忽然好到不行。

路炎晨看她低头也是微笑,偏头去看窗外也是微笑,就清楚她的开心。

别看这句话简单,过程却几多周折。

路妈心软,替赵敏姗跑了好几次修车厂劝路炎晨,都被路炎晨冷回去了;反而是路爸一听说儿子要还债,不用花自己的钱,身边又有镇上最有钱有势的秦枫夫妻俩在那斡旋,直接两手一拍,表态不管了;最后只有赵敏姗想不通路炎晨一个穷当兵的,光棍一个,宁可还一百来万也不愿娶自己,死活跨不过心里那一道坎,不肯松口。

路炎晨对此态度坚决:欠债还钱,天经地义。扯别的就没意思了。

这件事他也认为赵家没什么大错,最多是嫁女心切,又想着他一个刚退伍回来的人必然急着娶媳妇,以为是一桩美事。可他真不能娶,如果赵敏姗想拖就拖着,拖几年他倒无所谓,反正婚是不会结的。

这话倒真戳中了对方死穴。

拖到最后吃亏的还是赵敏姗,路炎晨对她来说又不是爱到不行非要嫁的一个人,越拖越浪费时间成本,也更惹人议论。

当晚,秦枫捎了赵敏姗的同意退婚的口信来,路炎晨立刻冲了个冷水澡,整晚没睡,连拆三辆车。大早上又开车带小孩出去兜风。

绕着镇上的一间间铺子,去找归晓过去最爱吃的刀削面馆子。

这么多年了,竟还在,就是换了个地方,店铺仍旧那么大。

小孩听说是归晓阿姨爱吃,也吃得高兴。

老板认出路炎晨，第一句就问他当初那个小对象："过去你常带个小姑娘来吃，小姑娘长得可水灵，就喜欢吃辣的，吃一碗面能倒我小半瓶辣酱。大夏天的啊，我看她都吃出汗。"老板笑呵呵的，路炎晨听得也笑。

他听这话，还觉得老板很有眼光，当年那么多学生熟客都能记住归晓。

……

电台里，正放着一首老歌。

归晓头枕在靠背上，偏头，去看他。车一熄火就暗了些，车库里倒是光线明亮，路炎晨解开自己的安全带，逆着光的脸也回望着她。

归晓一咬唇，又在笑。

这笑落在他眼里，让他不得不去想做点什么事，于是靠近："这么高兴？"

"当然高兴，你怎么不早告诉我？"从机场到小楠班主任家，再到这里都过了近六个小时了，他竟然现在才说。

"下午和你们办正事，不好说。"

她听着不对，心猿意马地小声提点："这也是正事。"

感觉脖子后被他的手掌扣住。

归晓不出声了，心一牵一牵地跳着，跳着……屏着气，硬生生压着喉咙。

那漆黑的瞳仁里锁着她的影子："归晓？"

……

归晓吸了吸鼻子，他扣在她脖颈后的手掌用了力气将她带过去，在归晓还在想要说些什么时，直接俯过头去，堵住了她的嘴。

路炎晨的吻带着烟辣，淡淡地呛过她的喉舌……

覆在她耳根后的掌心也渗了不少汗，不知是他的，还是她的。

铺天盖地都是他的气息，她最怀念的感觉，不管这个男人在外人眼里多乖张多不近人情，可他的吻只有归晓清楚，是温柔的。

归晓没和别人接吻过，但电视和文字描述也看过不少，可找不到和路炎晨接吻的感觉。

不管是亲吻她的方式，还是搂抱的动作，都能让她感觉到这个男人舍不得让她有一丝半点的不自在和不舒服。所以一直到现在，她都坚持对任何人说自己最喜欢温柔的男人。

那种温柔，最亲昵的人才能体会。

路炎晨感觉她在回应自己，手去从上到下一遍遍轻抚着她背后，血液里流淌的是曾回想过成百上千次的那种感觉，无法描述，他称之为：归晓。

……

和归晓的那场分手毫不夸张地说，曾要了他大半条命，现在都是心有余悸。

那时要不是在部队上，有每天从早排到晚的训练，还有那些突然而至的集训挤走了所有个人时间，否则他要痛苦更多。别管是烈日灼身的荒漠、滂沱大雨的草原，还是伸手不见五指的深山，所有的经历都在帮他一遍遍从脑海里把归晓这个名字冲走……

都说男儿有泪不轻弹，可他为归晓是真哭过。

不是那种号啕大哭，也没有方寸大乱，所有戏剧化的痛彻心扉场面都没有，甚至连他自己都没预料到会那样。她说分手，他就一遍遍电话打过去，她再一遍遍挂断，多半句话的时间都不给他说。边疆地区管理严，普通士兵不许用手机，他除了打电话别无他法。

这么来回几次，他也就放弃了，怕打得太多，她会被家人骂。直到分手过了大半年，他终于有机会来一趟北京，隔天就要回去。

那晚归晓还是不肯见他。

他没回家，也无处可去，漫无目地在火车站外来回"义务巡逻"打发时间，从深夜到天亮，抬头想看大钟的时间，眼眶突然就酸痛发热。

没人会发现，可他自己心知肚明，那是真哭过。

第五章 前路未可知

路炎晨喜欢看她吃东西的样子,过去给她烧菜,她吃到高兴都会抽下鼻翼,很满足、很惬意地凑过来,油着嘴就去亲他:"给你饭钱。"

有个词叫：后知后觉。

那晚路炎晨不放心秦小楠，吃到半途就走了。因为表弟夫妻两个在，两人也没多交流什么，等归晓吃完结账，才被告知先走的那位先生已经将这单结清。晚上归晓也没和路炎晨通电话，就发了几条消息，借故说想看看秦小楠，约了他翌日上午的时间。

于是，当归晓隔着前挡风玻璃，和走出汽修厂的路炎晨对视时，终于找到了昨夜辗转难眠的根本原因——一切太快了。

就和当初牵了手那段日子似的，没预兆，没准备，以至于漫长的一段时间她都会忘忘，反复和他强调："在一起就不许分手，路晨你要敢分手我就哭死给你看。不许玩玩，保证，发誓，怎么吵架都行，就是不许分手。"这是归晓那时候最常说的话，估计是他这人看上去就不太能给人安全感。

那时路炎晨每每听到这个问题都不予理会，越不理，她越强调。无限循环，乐此不疲。

现在想想那时候真是矫情，后来一问身边人，差不多初恋都挺作死作活的，年纪越小越折腾……这么一回味，却恍若两生。

路炎晨捏着个易拉罐走近她的车，随便呷了口雪碧，隔着那层透明玻璃看她。

冬日的光投射进去，勾出了她下半张脸的轮廓，角度问题，看不清全貌。可能注意到她嘴唇上有淡淡一层水润润的唇彩。过去在一块儿时，她还没有机会涂抹这种东西，所以干干净净的。可昨天亲上去，却有类似于樱桃的甜味。

那一瞬让他心摇神荡，不习惯归不习惯，但他终于真切感受到了男人和女人之间的那种不能放在言语上表达的渴求。

归晓开了窗。

路炎晨仰头灌下最后两口剩余的雪碧，两指捏扁了易拉罐，将手肘压到车门上，低低地说："开进来，给你验验车。"

归晓刚想重新启动，他又说："下来，我开吧。"

归晓也想着他比较熟，下来将车交给了他。

从厂门口到里边不过一小段路，归晓没再上车，跟着路炎晨开车的轨迹走了进去。

门口老大爷见着这车和这姑娘都有印象，抱着自己的小收音机摇头晃脑地从传达室窗户边探头望着，瞧热闹。心里还想着路家这大儿子从回来就是热闹，真是看都看不完……那边厢闹退婚，这边厢就有姑娘找上门了。

好像这姑娘之前就来过？老大爷越想越有滋味，关了窗，继续琢磨去了。

刚好是过了年，正是汽修厂最忙的时候。

院子里一排排都是等着验修的车，六个检验员身边都围住好些人，都在交接进厂的车，听这个说故障，再去和那个商量着敲定项目和用料。顺便告诉对方是春节旺季，要等，有个客户毛病小，就是停车时被出租车蹭了，喷个漆完事，被告知至少要等十天，濒临暴走时眼见着路炎晨直接开车进去，惊了："欸？我们还排着队呢，那边怎么就自己开进去了？你们不管啊。"

检验员扯下来单子，往对方手上一递："老板儿子。"

归晓正经过，听在耳朵里莫名有种自己是关系户的负罪感。

她走进去，厂房里几十个维修工热火朝天忙着，看到个大姑娘走进来就多看了几眼。有人先前见过归晓，有人没见过，低声讨论了会儿，笑得隐晦而又露骨。路炎晨十几年没回来，一回来就有个姑娘节前节后跑了两次，先不说那个镇上大美人的婚约，光是这个小插曲就胜过这里不少光棍儿了。

归晓被看得不是很自在，快走了两步，到最里处已经熄火的车旁。

路炎晨将易拉罐丢进垃圾筐，头都没回就说："有点儿跑偏，噪音也挺厉害。我一会儿给你检查下胎压，做个四轮定位，再看看轮胎。早上热车是不是抖得厉害？"

"……还行吧。"说实话她没注意过。

"气门关闭问题，不常跑高速，多跑就好了。"

从粉尘过滤芯又说到清理积碳，归晓听得一愣一愣的，只觉得他比4S店的人还会忽悠人，似乎自己早前就被忽悠着做过一次四轮定位，难道没做好？

不过路炎晨说什么她都觉得是专业的，也就不再操心，反倒左顾右盼，去找小孩："小楠呢？"

"钓鱼去了。"路炎晨走去墙角，半蹲下，找工具。

秦小楠来这里没几天，就哄得汽修厂里从上到下都喜欢上他。

起初大家还真都以为是路炎晨在外边和哪个女人生的，后来搞清楚了，倒也都觉得孩子不容易。汽修厂里的好几个都是临近几个村子里的小年轻，今天正好调休了，商量在运河上凿个冰洞，钓鱼捞鱼，秦小楠新鲜劲儿起来就追着去了。

归晓也跟着蹲在他身边："这叫什么？"

"梅花扳手。"

"那个呢？"

她去指箱子旁边那一套。

"套筒扳手。"路炎晨说完，拿起几个套筒头，给她示范着装上，再卸下来，给她讲是扭哪里的螺母，比如轮毂和轮胎螺母……

他手指长，又是个绝对的熟练工，拎起什么都像在玩，还总习惯性在手里掂两下。

动作潇洒轻佻。

归晓这么瞧着，倒记起他玩台球时似乎也这样的派头。

归晓凑近看，在他右手虎口的位置，不停有淡淡的温热气息拂过去。路炎晨手一顿，动作忽然就没方才那么流畅了。最后随便将东西丢进塑料箱，两手空空起身。

"你不是要给我验车吗？"归晓奇怪。

"下午再弄，"路炎晨拉住归晓的手臂，将她整个人拽起来，"走了。"

归晓有些莫名，跟上去。

等两人进了屋子，没有那么多闲杂人，归晓更放松了些。

她见路炎晨关上门，自己绕去沙发后的书桌旁，随手翻秦小楠从二连浩特带来的练习册和卷子。第一次来这儿，海东和孟小杉他们只顾着喝酒闲聊，而她就留意到这桌上都是卷子，厚厚一摞，用黑色铁夹子夹着……后来两人在一起了，归晓还记得这细节，每次自己买夹卷子的东西，总会一个样子买两套，他一套自己一套。

归晓用手指去磨卷子上的字。

路炎晨站到她身后，半步之遥："看得懂吗？"

"小学一年级的，怎么看不懂？过去我们卷子都是老师手刻的，自己印的，每次做完手这里都能蹭蓝，"她摸摸自己小指下的那块皮肤，"要洗好久。"

"是吗？"他倒没这种感触，"高中卷子都是学校买的。"

"高中人少啊，一个年级才一个班，刻卷子就不值得了，不像初中都是六个班。"现在想想，初中老师真是人好，怕买卷子浪费学生的钱，就一张张自己去刻。

路炎晨好笑，却懒得和她争辩。

她读过的初中，他也读过。

这屋子朝北又没窗户，全天都靠灯光照明。

一管白炽灯，悬在两人头顶上。

朴素，也单调。

路炎晨看她人背对着那盏白炽灯，影子就仿佛淡淡的墨迹，落在卷子上、桌上。伸手，将翻卷子翻得正在兴头上的归晓扳过来，面朝自己。

指腹粗糙干燥，从她下颌滑过去："怎么突然就长大了。"

两年前在加油站，看到她那一眼他都没太敢确信，模样还是那个模样，只是突然就长大了。后来回到二连浩特，他还想过，要是那天在她目光彷徨地望着自己时能将她拉过去抱住，又会是一番怎样的光景？和好的想法倒没有，毕竟他人还在边疆，和当初的境况没什么本质改变。只在某天半夜出任务，就着混杂冰碴的溪水喝了两口水时，脑海里蹦出了这个念头：那天要强行将她抱一会儿，也就再没遗憾了。

这个角度，他也曾用这样相对的姿势亲过她。

那时候归晓太小，他也刚成年，总会反复告诫自己亲热要适可而止，可偶尔也会不经意触到那刚刚发育完全的胸……

不多想不可能，也只是想想。

眼下，倒真不同了。

……

路炎晨握在她腰上的手，不知怎的就滑下去一手扣在她大腿下，将她抬上沙发靠背。归晓被他手捏得生疼，身体有些失去重心，微喘息着，小声说："……差点摔下去。"

实打实的成年男人身体，带着灼烫的温度严丝合缝挨上她。

"摔不了。"他低声笑，全然是少年时的不正经，半真半假。

……

秦小楠推门进来时，路炎晨正倚在沙发背上，咬着一根刚拿出的纸烟，用打火机点燃了，瞟一眼拎着条小草鱼来献宝的秦小楠。

归晓双臂环抱着坐在沙发上，盯着电视里的广告看得入神。

"我急着……回来看归晓阿姨。"

秦小楠凭着经年累月的生活经验，猜想自己一定进来得非常不合时宜。

路炎晨余光里看到归晓的动作，叼着烟，走过去一顺小孩脑袋："光有鱼不行，还要出去买点菜。"就这么说着带着小孩走了。

她身上一阵阵发热，这才慌忙张开始终挡着前胸的手臂，低头将没来得及整理的衣服都弄好，动作也不利索，手指关节都使不上力。

坐了五分钟也静不下来，又将头埋在双臂间，满脑子都是刚才、刚才……

镇上的菜场在东面，如果没换地方的话，来回路上再加上买菜挑拣的时间，怎么也要半小时。归晓来时就惦记着要见孟小杉，想问清楚从退婚到借钱的事儿都是如何处理的，心里好有个谱。

于是借着这空当，拨通电话，刚听孟小杉在那头说了不到两分钟，她这里没来得及切入正题，屋子的门被推开了。

进来的是个面容陌生、头发花白，穿着暗红色羽绒服的中年妇人。她进屋见到归晓也没多惊讶，像早就清楚这里有个来路不明的大姑娘。

"一会儿打给你，"归晓匆匆挂断，对女人点头，不知如何招呼，只能找了句最没什么差错的话说，"您找路晨？他刚出去，应该很快就回来了。"

来这屋子找人的，那一定是找他，只是不知道是路炎晨的亲戚？街坊？还是他妈妈？

归晓心里七上八下的，怕自己一句说错就有麻烦。不管是亲戚、街坊都要避讳一些，毕竟刚才退婚，太容易惹来非议。如果是他妈妈……归晓从没听路炎晨说过任何一句有关母亲的话，不知对方脾气秉性，更怕说错话。

"你是？"花白头发的妇人反问她。

归晓拿不准情况，挑了最安全的说法："他过去的同学，中学同学。"

路炎晨回来前，她都在传达室里和老大爷闲聊。

老大爷怕冷，嫌暖气不好，就自己烧了个老式煤炉取暖。

归晓念初中时，每个班都有个取暖的煤炉放在讲台旁，她那时坐第一排最是受惠，可也要劳动，比如没事儿添点煤球，用火钳子通通火什么的。十几年过去了，今天做起来仍是驾轻就熟，就这么弄着炉子，听老大爷讲镇上几户富贵人家的事。

孟家自然是第一家。

孟小杉婚后，几年里先后给中学捐修了厕所，全校供水换成了直饮水，还捐了新操场……每一样都是积德的事儿。老大爷将那些善举说完，就拐到了孟小杉和秦枫那场震动全镇的酒席，无比风光，婚后小夫妻更是过得红红火火，让人眼红。老大爷最后长叹一句："秦家几世修来的福气，能找着孟小杉做儿媳妇，海家是真没福气。"

这感慨得仿佛亲眼见证了三家小辈的爱恨情仇。

归晓笑笑，将冻得发僵的手指伸到火苗上方，继续烤火。

不是海家没福气，是海东太能折腾。

生生造没了一段大好姻缘。

当初孟小杉一门心思嫁海东，可海东玩心大，收不住花花肠子，就喜好和小姑娘们逗逗贫，吃吃饭，暧昧暧昧。他是觉得自己就是认几个干妹妹，没做出格的事，也就料定孟小杉不会分手。当时两人其实除了办酒和扯证，和普通小夫妻早没区别了。

可他还是不懂孟小杉，那是个能下得了狠心的女人。一场分手，说断就断，也是闹得惊天动地，全镇皆知，海东在孟家门外跪了一夜，找各种人说尽好话，可也没劝到孟小杉回心转意。但毕竟是初恋、初夜，等等，所有带了"初"字的都和海东有关，不难受是假的，孟小杉也因为这事颓废了好久，过了两个月还是缓不过劲儿来，在游戏厅从早到晚也不回家，熬得没了人形。

也就是那时，还是游戏厅老板的秦枫看不下去了，问孟小杉，要不跟了他算了，不敢说别的，绝对不会因为别的女人耽误家庭。秦枫比孟小杉大了十二岁，整一轮，辍过学，也当过兵，回来就做生意，将镇上这些小年轻喜欢玩的地方都包下来，自己打理——这是孟小杉对秦枫的了解。而孟小杉家里条件好，父亲又是当时的镇长，死活不同意，孟小杉也是心灰意冷就想嫁个人找点温暖，非说她有了，不嫁不行。

于是刚过法定结婚年龄的孟小杉稀里糊涂嫁给了没怎么相处过的秦枫。结婚当天，海东疯了似的闹场，被秦枫昔日的兄弟，邻近几个村子的那些"哥哥"给带走，锁在屋里整两天，写了保证书，不会闹事了才放出来。

新婚夜后，归晓在电话里问孟小杉："靠谱吗？"

孟小杉给归晓的话是，秦枫当兵前就混得好，当兵回来也混得好，证明这男人有养活自己的本事，再说他都三十多了又混过很多年了，也没见招惹什么破烂男女事，就看出这人对男女关系态度端正，说到最后，孟小杉总结："靠谱不靠谱的，我要真能分出来，就不至于和海东那么多年了。"而后孟小杉又带着刚哭过的鼻音，闷声笑，"不过我真身验过我老公，扛过枪的男人身材体力都好，你和路晨分手真可惜……"

最后说自己"有了"的孟小杉却表示不想生孩子，秦枫上边有一个姐姐两个哥哥，在这方面没压力，不生就不生，也不纠结，一晃就到了现在。

日子久了，孟小杉和海东关系也没那么僵了，虽不常往来，有事还能彼此帮一把。

孟小杉对此的自我评价是：并非自己有多大气，而是当一个人日子过得好了，自然就记不得那么多怨事了。虽两人早没过去那种感情了，但凭着少年的情分，最危急时刻能想到的人还是彼此。

煤烧得不太透，压了火势。

归晓坐在小凳子上，拿铁钳子拨去烧得差不多的废煤，想将火掀大些。

右边上，窗户被叩响。

她抬头看到是他，马上将手里的铁钳子丢回簸箕，出了传达室。

路炎晨提着三大塑料袋的菜和肉，其中一个袋子还在往下滴着水，汇了一小摊在水泥台阶上："怎么出来了？"

"你妈来了，"归晓说着，仍是心有余悸，"我开始想陪她聊天，可她好像不太高兴……我又怕说错话，没敢多坐就跑出来了。"

他敛了笑："是不是受气了？"

"没……"归晓见他这样子，猜想是自己表述得太过火，又急忙将话绕回来，替他妈说好话，"你妈人挺好的。"

路炎晨没说话。

归晓又说："她走前还让我和秦小楠去你家吃午饭，我们要去吗？"

"你想去吗？"

路炎晨看她脸边的碎发随冷风飘着，想去帮她捋顺，可刚两手都在菜场挑过生肉和虾，不干净。想想还是作罢。

归晓犹豫的空当，他提了提手中的几袋子东西："买这么多不吃浪费，进去吧。"

不去？归晓又觉不妥。

他妈妈虽态度很差，但既然开口让她过去吃饭，若不去，日后怎么也是心头刺。或者至少要给一个合适的理由拒绝才好，这么不清不楚，不明不白地就不去了，放在哪个长辈眼中都很不尊重人，更何况那是他妈妈。

归晓心思散乱，想再和他商量。

一个穿着工作服，手里拎着登记单的大男孩跑出来，叫了句晨哥，里头几个客人在闹事儿，摆不平。路炎晨将三个塑料袋子东西搁到铁门一旁："在这儿等会儿。"

归晓点头，他走出去两步又说："别拿袋子，上边都是脏水，不干净。"

说完，就跟着那个大男孩走进去了。

自始至终秦小楠都装成空气在一旁待着，路炎晨走了，才蹭到归晓身旁待着。于是他们两个就依偎在传达室外，等着。

约莫十分钟过去，修车厂里开出来一辆黑色轿车，开车的人是个年轻的修车工，因为脸上架着副蓝色框的眼镜，她对那脸还稍许有点印象。车经过归晓身边，那人特地摇下车窗说了句："嫂子，晨哥让你等着，别进去。里头有人动手了，我去叫两个能制住他们的人来。"对方说完一脚油门，扬长而去。

动手了？

在二连浩特亲眼见过他以一敌十几个流氓，那时也怕，是怕他受伤。可在这里，倒更怕他下手不知轻重把人伤了……

归晓想去看，方挪了半步就踢上了脚边的塑料袋。

袋子里的东西扑棱着，竟滚出来两条大活鱼，鱼身上水淋淋的，在泥土地上这么翻了两下就裹了层脏泥。归晓去捡鱼，秦小楠也帮着捉，两人折腾半天才算把那两条脏不溜秋的东西重新塞回去，可也弄了满手的水和泥。

归晓看自己这狼狈样，再去看小孩："怎么还买了鱼？"不是有条小草鱼吗？

"路叔叔说要买回来备着，万一你想吃大鱼，怕没有。"

归晓心一轻，没吭声。

两人钻进传达室和老大爷要了盆热水，把自己手和衣服上泥都弄干净了。再出来，又是半小时过去，路炎晨还是没出来，倒是又来了两辆车。

"归晓！"车上人跳下来叫她。

归晓被叫得愣住，险些没认出那是海东。

眉目和五官都变化不大，但精神气明显是变了，没有当年那股痞气，更像归晓平时外头出差碰上的那种土老板。他看上去并不清楚归晓在这儿，挺高兴地和她寒暄了两句话："我先进去，我们村几个小刺儿头在这儿惹事，我去帮路晨教育教育。一会儿细聊！"

海东带了几个兄弟这一来，事情处理得利索又解气。

路炎晨和没事儿人一样出来，拎了几个袋子带着归晓和秦小楠进去时，海东正叼着根烟，跨坐在厂房大门口的一个临时搬出来的板凳上，去看面前双手抱头蹲下的三个小年轻："倒是真都出息了哈，也不问问这家修车厂是谁家的？"

"海东哥，我们就是想早点儿提车……"

"少废话，"海东懒得废话，见路炎晨经过，夹着烟的手指他，"叫晨哥。"

此起彼伏的"晨哥"。

路炎晨眼睛都没斜一下，迈进厂房。

归晓不知怎的，忍不住笑，好像都有几百年没见过海东狗仗人势，路炎晨冷眼旁观的那种画面了。海东见归晓这么一乐，似乎也牵动了对过去的回忆，心情倒好得很，狠狠刮了下蹲在最前头的小子："还不走？"

三个人如蒙大赦，点头哈腰地起来，不停说着"有空吃饭啊，海东哥""海东哥最近生意做得大，也别忘了同村儿的弟弟们""海东哥给晨哥捎句话，我们摆酒谢罪，谢罪"……归晓没再往下听，追上路炎晨。

秦小楠被路炎晨打发去屋里做练习册了。

她找到厨房，路炎晨正不慌不忙卷了袖口，将弄脏的鱼倒进水池子，冲洗干净。

一时间，小厨房里只剩了各种单调的声响，刮鱼鳞，剪刀丢进池子，洗菜，刷锅……归晓就和过去一样，旁观他弄这些，也插不上手。

她将头靠上门框："我不去的话，也要亲口和你妈说一声吧？"

路炎晨拧开水龙头，就着那刺骨的自来水，打肥皂将自己手心手背里里外外都洗干净，摘了绳上挂着的毛巾，擦干一双手："不用，我会和她说。"

他忍让是必须的，而归晓不必在这上面受一丝一毫的委屈。

"鱼想怎么吃？"他突然问。

"这是什么鱼？"

"鳜鱼。"

归晓脑子里蹦出来第一个念头：鳜鱼好贵。

自从他昨晚结了那顿饭钱，归晓就始终心里不舒服。那顿饭是她特意让表弟找了贵的地方，心甘情愿要送上门去给表弟夫妻狠宰一顿的，没想到最后是路炎晨买了单。归晓听服务员一说就赶紧要了发票，说是要报销，其实是为了看总价。发票拿来，表弟夫妻也看得咋舌，直夸路队真是出手阔绰。表弟这么一句夸，让她更不舒服了。

可又不能直接说：路晨，你以后钱的事儿都放着别管，让我来，等你缓过来再说……

那条去了鳞鳃、洗净沥干的鱼还在等着宣判。

她暂时收回思绪，想了想说："松鼠鳜鱼吧。"

……

还是和小时候一样挑嘴，是真不嫌麻烦。

路炎晨似乎是暗叹了口气，正瞧见外头解决了小刺头们、满脸堆笑摸到厨房来邀功的海东，从裤袋摸出张票子，丢出去："去，买包淀粉。"

路炎晨做饭一贯手脚麻利，三盘菜十几分钟出锅。

财务处两个小姑娘闻着香味，一人捧个不锈钢饭盒来讨了两勺菜，吃上了就赞不绝口："晨哥你手艺这么好，干吗这两天不是炒饭就是泡面？"

"自己一个人，麻烦。"

路炎晨嫌油大，将抽油烟机打开，又摸出根烟，就炉上的火焰点着。

"我们这么多人，晨哥你要乐意烧，交伙食费都行。"

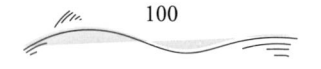

路炎晨充耳不闻。

锅里的汤料和煮烂的鱼肉滚起来，泛着浓浓的奶白。秦小楠弄回来的小草鱼虽不够吃，煮汤倒不错，他用汤勺舀了，倒背手过去扣到归晓的腕子，将她弄到身前："尝尝，咸吗？"归晓在两双眼睛注视下，吹吹，尝了口："不咸。"

路炎晨喜欢看她吃东西的样子，过去给她烧菜，她吃到高兴都会抽下鼻翼，很满足、很惬意地凑过来，油着嘴就去亲他："给你饭钱。"

……

归晓意犹未尽，将余下的汤水都喝完了："这汤好鲜。"

路炎晨就着自己右手吸口烟，视线正对上归晓的。香气四溢，也烟味浓郁。

太阳的光透过那一缕缕烟灰色的烟雾，像小时候看的那种露天广场放映的电影，光线从机器里投射出来也是这种光，能看到空气里飞舞的灰尘。明明近看是光和灰尘，投射到几十米外的大屏幕上就成了连贯的故事影像，真是奇妙。

归晓在他看自己的这一刻竟有种错觉，觉得他会在众目睽睽下亲自己……

路炎晨偏过头去将烟雾吐到了窗外，露出了一丝笑。

没多会儿财务室溜达出来个头发高盘、摩丝打得锃亮的中年女人，看眼鱼汤，再去仔细瞅归晓的脸，又携着其中一个小姑娘手里的勺子尝了口："路晨的手艺真是好，日后老婆可是享福喽。"

这是路炎晨的表舅妈。

他不必深想，就知道自己妈这么"巧"赶来修车厂见到归晓，一定拜这位所赐。

表舅一家算是靠路炎晨家吃饭的穷亲戚。路炎晨记事早，大概三四岁的事到现在还能有印象，比如，第一次他被亲爹揍是三岁多时，经不住打，擦着鼻血狂哭，表舅妈就在旁边，象征性地拦了下。后来他亲耳听到她劝路妈："棍棒出孝子，不打不成器，老公是一辈子的，哪家不打孩子啊。不打还不就成流氓了。"

到他念中学，这女人最爱说的话就是：小时候你爸揍你，我可帮着拦了不少。路晨啊，你可别忘了表舅妈待你的好。

路炎晨对这位上赶着搭话的女人并没给什么好脸色，眼睛里透着七分不耐烦。

对方讪讪的，背着手将两个小姑娘叫回到财务室的小铁门外，教训了两句，声音拔得老高，含沙射影地说路炎晨就是客人多，总弄得这走廊乱哄哄的，害得好好干活的人也都心不定。归晓又不是小孩，听懂了这背后的意思，去瞟他。

路炎晨从窗台上抄来一个核桃，啪地撞上柜子角，弄碎了壳，剥去大小不均的一块块皮，将核桃仁塞进她嘴里。归晓含糊吃着，满口的涩和香，探头也捞过一个核桃，学着他砸了下，疼得皱眉："你怎么弄的？怎么一砸就开了？"

路炎晨看她这模样好笑，又砸开一个，递给她："悠着点儿，别伤了。"

归晓没接核桃，倒将他手掌翻来倒去地看，手茧倒是有，可也不多。记得小时候家里一个表姐是做狱警的，说是专门练过徒手劈砖："你是不是也会徒手劈砖啊？"

"没认真练过，不擅长，"他答，"我带过的兵有喜欢这个的，竖着劈一摞，一口气连着也能劈个三四十块。"

……

海东带了淀粉和好酒回来，正瞧见归晓在研究路炎晨的手。他隔着厨房接着走廊的那扇不太干净的小玻璃窗，看这俩，就和当初没差别。

海东一时看得走神，真好啊。真是好。

海东情绪和酒都备好了，直接将一顿饭从晌午吃到了日落。

路炎晨让秦小楠去自己洗漱先睡，招呼厂里几个年轻修车工将喝醉的男人们瓜分了，各自送回自己的村子。他和归晓合力将海东丢去车后座，海东倚着座椅，借大院子里的照明灯光去看归晓，喃喃了句：小姨子，小杉，哎，小杉……

归晓听得心里一颤，闷闷的，权当没听到，替他关了车门。

海东家归晓从没去过，是镇上最远的一个村子，从修车厂过去用了四十多分钟。

迎出来的除了海东妈，还有海剑锋和一个挺年轻的女孩。海剑锋起先没看到副驾驶座上是归晓，倒是海东醉到不行了，抱着那个年轻女孩时还回头含糊不清地念叨："小姨子,别走……别走……等哥明天再去找你……"

海剑锋惊讶,借着车前灯的光,辨清是归晓后,傻了半天,到窗边上问:"归晓?还记得我吗?"归晓笑:"废话。"

海剑锋感慨万千:"前两年我在大连呢,听他们说你回来同学聚会,没见到你,还挺遗憾。你那什么……那什么……"那什么半晌也没吐出完整的话来。

海东吼了声:"海剑锋,你可别惦记归晓了,那是你晨哥媳妇儿。"

海剑锋急着辩解:"什么啊,哥,我这不见着老同学激动吗?"

海东搂住路炎晨的肩:"和你说,我弟弟从一开学就看上你媳妇儿了,可不敢说啊。你媳妇儿一张照片就在床头上,从毕业摆到现在,白衬衫,红背带裤……"

院儿里气氛变得古怪。

海剑锋猛看到归晓就顾着高兴,也没深想她怎么会在这儿,在路炎晨车上,听海东这一说,只觉得局面不可收拾:"没,别听我哥胡说。"

当初归晓和路炎晨恋爱谈得很小心,知道的没几个人,就连海剑锋都是在归晓毕业后听说的,那时也见不到归晓了。后来又听说两人分手——

没想到,万万没想到,这么久过去竟又在一块儿了。他这心情起伏太大,一时不晓得如何掩饰这尴尬,粗糙的男人脸上竟袭上一抹红:"没想到,你最后还是跟晨哥了。真好啊,这都能再回来,真不容易。"

归晓余光里是路炎晨,对海剑锋笑笑,算是递了个台阶。

这种事,归晓不是没碰到过。

前几年高中同学聚会,大家还在饭桌上互相揭穿,谁谁暗恋谁,在宿舍熄灯后,狼嚎什么名字。暗恋的人大大方方自嘲笑,被暗恋的也顺水推舟惊呼着:"原来你暗恋我,怎么不早说呢?早说说不定就成了啊。"

众人再报以哄笑,都是对青春期的回忆和怀念,谁也没想如何。

路炎晨手指勾着车钥匙到海剑锋身后,捋他的后脑勺:"明天把照片送过来。"

海剑锋脸更红了,彻底憋红了:"没,晨哥你别误会,早不摆着了……"二十八的一个大男人被自己堂哥的酒后真言逼到这份上也是倒了血霉,海剑锋最后一咬牙,算了,现在就去拿吧,反正他家就在隔壁。

最后,照片真送回来了。

场面极诡异。

归晓弄得像自己偷情似的,接过海剑锋递来的装着她照片的相框。真是中学的她,是夏天,短袖衬衫,细长带子的红色背带裤。

车开离村子,土路颠簸,光线不好,她还在仔细看手里的相片,摸了摸里边自己的脸。那时真小啊,脸小也尖,再翻下镜子看现在的自己。远不及年少时。

"他怎么有你照片?"

归晓摇头:"不知道,好像这照片是老师照的。可能他和老师要的吧……"

去合唱团比赛路上?好像是。

迎面开来一辆卡车,骤然的灯光让路炎晨直觉眯起那双眼:"还挺有心。"

她识相地将相框倒扣在腿上,不敢看了。

车道左侧是运河,右边望出去是大片农田。

这夜里的天是墨青色的,透着冷。

田地里铺着白色塑料薄膜,没隔多远就有砖头或是黑色铁棍压着,无边无际的白,一望望出去老远,隐约能见到遥遥的一排树影之后还有。归晓刚认识孟小杉和海东时,骑车玩时路过这里,还问过铺塑料布是干什么的,海东说是为了增温保水、提高土壤肥力。

"我听海东叫孟小杉名字,特别心酸,怕他忘不掉孟小杉,"归晓心里有些闷,"可看到他有女朋友了也心酸,他怎么就真把孟小杉给放下了呢?"

这种想法对海东很不公平,归晓都觉得自己在无理取闹。

路炎晨报以沉默。

男人之间的友谊和女人完全不同。对于海东的感情生活,他只在某年的电话里和路炎晨含糊带过一句"孟小杉跟秦枫结婚了",就再没说别的。路炎晨也没再多问,这就像他和归晓分手也从没对海东交代,海东还是从孟小杉那听说的一样。

所以在路炎晨眼里,海东都有女朋友了,这事儿当然就过去了。

但看归晓的样子应该从孟小杉那听到挺多细枝末节的女人心事，信息太不对等，他也就不好发表任何看法。

"如果在二连浩特我没丢车，没找你帮忙，是不是我们就不会在一块儿了？"归晓想想，觉得很伤感，"会不会你就和赵敏姗结婚了？"

路炎晨久久没有开口。

女孩的心思他不懂，但他懂归晓，她小心思多，从小就爱东想西想，漫无边际。倘若不在一开始有苗头时控制住，到最后一定泛滥成洪。

路炎晨将安全带解开："去后边说。"

归晓还在伤感着，被他突然这么一打断……她又不是小孩，不懂这些。

过去坐在他自行车前横梁上，依偎在这运河边的寒风里卿卿我我的事不是没做过。可那时单纯，最多就是接吻，现在——

等她撞上车门，门自动落了锁。

车内昏暗，仪表盘泛出漂亮的蓝色荧光，电台的声音被他早调到最小，费力气去听才能听得清是访谈节目。他身上的气息像从四面八方涌过来，脸近前，将将要挨上的距离："你要不去二连浩特，我也不会回北京。懂了吗？"

他就是为了她回来的，没别的原因。

如果没有归晓，他大可以直接留在二连浩特，等赵家憋不住了自然会要退婚。可他不能拖，拖不起，人生苦短，他拖的都是自己和归晓的时间。从开口让她帮秦小楠找学校就抱着想要重新开始的念头，在二连浩特机场看她牵着小孩走进安检口，他就知道，这么多年对她的感情没减过半分。

本想解决一切，让归晓毫无察觉地重新和自己开始，可世上哪有不透风的墙？那天她问他，是不是要结婚了，当时什么都没解决，他不能骗她说没有。

对她，他从未说过一个字的谎话。

借着月光，归晓能看到他短短的头发楂儿，清晰的五官，再往下，就是衬衫领口了。

她轻动了动唇，也对他小声交代了实话："其实我这次去二连浩特，就算不丢车也会找你。两年前我就和黄婷要了你的电话……"因为想见他，哪怕死皮赖脸见一面也好。

路炎晨盯着她的眼睛。

归晓又轻声说："你的号码，我都能倒着背了。"

路炎晨一句话都没说低俯下头，他的舌头从她唇间越过去，去找她的。掌心在她长发下柔软细腻的皮肤上摩挲着，亲到后边，凉飕飕的空气让感知被无限放大。

她隐隐能看到，两人是如何吮吻的动作。

车外的风声很大，却和草原上的截然不同。深夜草原的风让你听到的是辽阔和苍凉，而这里，再大的风都会被困在一排排高耸的杨树间，回旋着，打出沉闷的风哨，像在困着你，将年少的路晨重新绑回这深冬的运河畔，绑在她身边。

归晓穿的羊绒衫是在领口交叉系带的，他上午解开过一次，此时倒是轻车熟路。三十出头的男人了，对着心爱的姑娘还像是个血气方刚的毛头小子，上午稍稍窥探过她身体的某部分，就会想，想试，想要，要她每部分都成为自己的。

吻得不可收拾，他不自觉地用拇指去揉按搓弄她毛衣下、内衣里那一点嫣红，他暗影沉沉的眼去看她所有的细微表情，归晓被他隔着衣服弄得背脊发麻，泗润的唇微张开："别弄，难受……"

他自喉咙口压出笑来，沙沙的："别弄什么？"

归晓脸噌地红了，听到自己的心怦怦撞着胸膛，不一样了，曾经十几岁的少年，如今都过了而立之年，那眼底浮上来的情欲是那么直白诱人，像个无底旋涡拽着她跌下去。

路炎晨把归晓送到孟小杉家。

刚才退了婚，硬留她在厂里住不说传出去惹麻烦，也容易让家里人对她妄下定论。

况且，刚和好就在一间屋里睡，哪怕不做什么也不妥。

铁门被拽开，孟小杉将自己长发绾个髻卷在脑后，打着哈欠说："我还担心你住修车厂呢，人多眼杂的，这么一看路晨还挺懂事，真把你送过来了。"

归晓用肩撞她，一步三回头去瞧车里的路炎晨。

这心境和当初刚恋爱时没大差别，舍不得分开，多望一眼就多赚了似的。

铁门落了锁。

路炎晨在车里坐着，将天窗开了，座椅后仰，瞧着天上那挂明月，静静地抽烟。

……

约莫半小时过去，归晓如他所料打来电话。

路炎晨掐灭烟。

呼吸声，细微的，是她的："我后悔了，应该和你多待会儿。"

他开门，下车："想看我？"

"嗯。"

"我还没走。"

"啊？"那边有掀被子，趿拉拖鞋的声响，很轻，"他们都睡了，我出去不方便，院儿里还有好几条狗。"

秦枫家他去过："客房在三楼？"

"是啊。"

路炎晨抬头打量另一堵红砖墙。

秦枫家是标准的农家小院，前院有邻居，后院这堵墙里是个空院子，地卖出去了，新主人还没搬进来。他目测了大约四个能落脚点，又回头去看秦枫家的墙："等会儿。"

将手机咬住，黑色影子两堵墙一借力，跳上了后墙三楼屋顶。

落地。

秦枫家院子里的狗似乎察觉了，几条被拴着的黑影在大院子里低声呜咽着，窜来窜去地打转找不对劲的地方，可就是没看到后院屋顶上站着的那个黑影。

路炎晨将手机重新拿起来："四处找找。"他视线里，三楼的最右边的窗帘被掀开，隐约有白色的人影："看到了……你不怕被人看到啊？"

路炎晨笑。

"你这一身功夫，退伍真可惜了。"

路炎晨仿佛被戳到了某个点，默了许久。

他们这些人对人民是义不容辞的，对国家是誓死报效的，有任务出任务，没任务就扛圆木爬泥潭泅渡对抗，很多人一身伤换个嘉奖，退伍了，没的做，也只能做保安……

他为了让归晓看自己明显点儿，在屋顶呼呼的大风里，挺费劲点了半天才算点着一根烟。归晓远远看着，像有一点星火在那黑影边，忽明忽暗，就知道是烟。

"每个人选择不同，没什么好抱怨的，"路炎晨低声说着，将左手抄到兜里，触到了一张叠起来的卡片，这里是今天刚拿到的地址电话，"想和我回内蒙古再看看吗？"

"回内蒙古？"

"去拿秦小楠的户口。"

"寄过来不行吗？"

"有点儿复杂，明天细说。想去吗？"

说内蒙古是他的第二故乡并不为过。

这次匆忙回来是想尽快处理掉那桩荒唐婚事，而现在倒是想和她一起去，以另一种心态再看看那片草原、沙漠，还有人。

归晓答应得挺痛快，表示自己随时可以走，这又让路炎晨对她的职业有了几分猜想。但也没准备此时细问，他和归晓之间倒像是废墟重建，有点"百废待兴"的意思，所以这些不急着问，慢慢来，包括他很多事也要和她逐步交代。

第二天，刚第二天。

路炎晨远看着有人骑车过来，怕被看到说不清楚，又翻身悄然跳到车顶上，落了地。

归晓猛瞧见月下人影不见了，吓了一跳："你摔下去了？"

手机里的男人被她这说法逗得笑了："有人来，先走了。"

"嗯。"

"早点睡。"

她隔着墙,看到有强光在两堵墙之间透上来,知道是他特意打的光给自己看。示意是他真走了。

路炎晨回到修车厂,那些连夜加班赶工的小年轻在厂房东北角拉了破沙发和椅子、桌子,打牌喝酒。烟味酒气混杂着汽油味,嬉笑怒骂,吵得人脑袋疼。大伙看到路炎晨,叫两声晨哥:"晨哥,来点儿?"

路炎晨也没拒绝,过去,有人想从沙发起来,被他按回去:"板凳给我。"

于是要了个最简单的小木板凳,跨坐上去,半点老板儿子的架子都没有。

有人递烟,他举起右手,示意这儿还有半截没抽完的。

这里有不少年纪轻的孩子也想入伍,听说路炎晨过去在部队是军官又是反恐的,追着问了不少。换作平时,路炎晨不太会满足这种纯粹外人的好奇心,今晚心情不错,倒是应了几句。说到兴起有人还用手机搜图片给他看,问他是不是也穿这种排爆服,听说有足足七十斤。他笑:"挺重的,就是穿个心理安慰,真碰上专业炸弹也就保你留个全尸。"

众人被唬住。

有个小学徒要连夜赶工,带他的师傅出去搓麻将了,小学徒看着一伙人都醉醺醺的,就路炎晨一个还挺清醒,于是好声好气地求路炎晨去帮忙弄个麻烦的东西,他不会弄。

路炎晨没多废话,跟过去,半蹲在车子旁瞧着,时不时指点两句,大半个小时下去了小学徒还没解决。他直接脱了外衣,自己钻到车下去了⋯⋯

等凌晨三点,冲干净回了屋,掀开被秦小楠已经焐热的棉被,将小孩又弄醒了。

"路叔叔,"秦小楠迷茫仰头,"我还以为你不回来睡了⋯⋯"

"不回来,我睡哪儿?"路炎晨靠上床头,"来北京习惯吗?"

"⋯⋯嗯。"没头没脑的,怎么今天突然问?

"想家吗?"

"……还行。"

他其实想从小孩那里听两句和归晓有关的话，随便什么都行，可无从问起，最后用棉被裹住秦小楠，往暖气边上一推："睡吧。"

秦小楠脑袋一歪，将光着的脚丫自觉插到暖气管的缝隙里，睡了。

对于秦小楠的户口问题，照路炎晨的说法是：

秦小楠亲妈当初是和秦明宇相亲认识的，后来不欢而散，当初离婚秦小楠是跟着妈的，户口也随妈，后来他亲妈去了乌兰巴托，把出生证和户口本都带走了。前两年秦小楠去二连浩特念书，在家乡开了各种身份证明、疏通关系，弄身份证明时，路炎晨让秦明宇顺便把小孩护照也办了，还算有个勉强能用的证明。后来在二连浩特借读倒是解决了，来北京就没这么容易了。

归属部队的人，别看就隔着一道边境线，想出去比登天还难，一拖就拖到现在。

秦明宇没办法出去，只好拜托已经办了退伍的路炎晨去了。"军婚不是离婚很麻烦吗？"归晓当时听完，问得很隐晦，只要秦明宇不同意这婚很难离，归晓对这条细则再清楚不过。

路炎晨的回答是，秦明宇离得挺痛快的，就是因为结婚离婚"太草率"的问题，挨了不少批评。弄得后来有人给秦明宇介绍对象他都不敢了，直说算了，等退伍再说了。

归晓的工作时间比较自由，两个人商量到最后，决定自驾游过去。

就当是两人的春节旅行。

她上一趟去是路过二连浩特，所以，她并没细走过内蒙古，路炎晨虽在那儿九年，忙，也没完整走过。

路线他来安排，她去问了问小蔡经验，先把出境要的东西弄好了。

有了上次的经验教训，归晓在离开北京那天没直接去修车厂，而是在孟小杉饭店等路炎晨。秦小楠最好养活，托付给了孟小杉两口子，两人走的时候为了显示自己"很好照顾，不黏着路炎晨"，他都没说来送送，又和修车厂的人凿冰窟窿捞鱼去了。

归晓到没五分钟，路炎晨开车来了。

孟小杉撑着下巴，看人一出现，就故意说："路晨这事儿欠考虑啊，你们刚和好多久啊，就单独出去了？还是十几天，两个人闹出人命多麻烦。"

孟小杉说话时调子抑扬顿挫的，那男人倒像是耳背没听到似的，望了眼归晓带来的两个硕大的行李箱："路上颠，换行李袋方便。"

一句话，归晓又拖着箱子去孟小杉家打劫了好几个大行李袋回来，上回小蔡他们也没这么说过，不过听路炎晨的应该没错。箱子里边不少女人用的东西，她避开路炎晨和孟小杉一起收拾，最后路炎晨用绑带给她绑好了每个行李袋，塞进后备厢。

路炎晨自己没车，修车厂有时候收进来二手车，捣鼓好了再倒卖出去。他最近回来开的车倒也随便常换，这次特地为了回内蒙古换了辆越野车。

连着几天装了不少东西，一辆十几万的车坐上去，倒有五六十万的舒适度。

最后要走时候，孟小杉趴在车窗上："归晓。"

归晓挨近。

"你可想清楚，要不想那么快定下来结婚，就采取点儿保护措施啊。别一高兴就被孩子拴住了，到时候觉得俩人太多年没在一块儿不合拍，想分手你都麻烦。"

归晓想想，觉得没什么分手可能。

她现在不是十几岁了，经济能力和生活经验都无法让她承受住那时的家庭突变和陡转直下的生活境况。至于合拍不合拍……

没来得及回孟小杉，路炎晨开了驾驶座车门，冷不丁来一句："安全带系上。"

孟小杉学生时代就跟着海东叫他晨哥，后来跟了秦枫，也明目张胆叫他路晨了，但也仍存留着少年时代的意识，被他那眼神唬得收了手。

车开离饭店门口，孟小杉还心里打鼓。

秦枫倒是洞若观火："说什么不该说的了吧？"

孟小杉摇头："怕归晓犯傻。"

第六章 丰碑与墓碑

路炎晨将缰绳无声接过来,翻身上了马,勒紧缰绳低喝一声,冲进了深邃的雪夜。

这里才是他的地方。

车奔着内蒙古的方向，离开北京，过张家口后高速上的车少了，很平坦的高速路，又空旷，从车窗前望出去是笔直的路和蓝天白云。

开了几小时后又上了国道，短暂停在路边上休息。

路炎晨捞过来一张地图，确认到桑根达来，再到锡林浩特的路线。他指尖一顿顿地去轻触地图，仿佛执行任务似的，在脑海中回忆这段路况，前些年走过一次，大概沿途能看到什么，哪里柏油路面脱落了，哪里有大车轧过去的车辙，他差不多都还有印象。

一个肉松面包，还套着塑料封，举到他眼下。

他眼皮垂下来，咬上一口。

"我想起件事儿，"归晓自己也吃，"还记得那天机场你看到的那个男的吗？他叫许曜。"

路炎晨见她又咬了口，琢磨着她应该是很爱吃这个味道，于是从她腿上的塑料袋里挑出个原味的面包，自己拆包吃了。

"你不爱吃肉松啊？"

路炎晨将手里的面包扬了扬，意思是吃这个就行。

归晓点点头，继续说："许曜女朋友生重病，国内医院确诊要开刀动脊椎，好像是脖子后边的一块地方，这种手术动完后遗症无穷。他不敢轻易做，想再出去查查，如果能有一定几率诊断出是另一种性质的肿瘤，就不用手术，做放疗就好了。"

归晓也说得不专业，简略说着情况："这病看了好几年他也没什么积蓄了，就来找我。我给自己留了一些，够我和秦小楠日常开销，其余都给他了。"

路炎晨两三口吃完面包，灌两口水。

那双仿佛能洞察一切的眼睛锁住她，看了会儿，也没发表任何意见。

归晓拐弯抹角想说的意思他听得懂：我知道你不让我帮你，反正我现在正好在帮人家救命，也没精力帮你……小孩就交给我吧。

车再上路，归晓淡淡地又说："许曜和他老婆从小就认识，分分合合好多年。"

路炎晨索性就不出声了，等她将心里话倒干净。

"大概是前年开始他女朋友就病了，后来一直在看病，女朋友不肯领证拖累他。他就办了场婚礼，死活要娶人家，"归晓看窗外，喝水，润了润喉咙，"人生多无常，一年前正春风得意，下一年就摔进泥坑了。如果他老婆生病了，许曜就不要人家了？还有那些结婚的，要是婚后谁事业危机，还不是要一起扛过去。"

孟小杉认为她眼里只有爱情，也不对。

她很现实，喜欢入账的快感，也会权衡利弊投资，这些都能给她底气，让她活得自由。没有路炎晨，她很清楚，她能把人生活到一百分，可有了他一定会更好。

谁没有人生的一道坎，总不能自己摔了就希望爱人无私支撑自己，自己顺风顺水就只想找个更一帆风顺的。这不是现实，这是想象。

路炎晨听完，开窗，点烟。

车经过一片风车地，地平线一望到头都是大型发电风车，景象壮观。

白色纸烟点着了，他将手臂半搭在车门上，视线放在前路上："孟小杉也不是全清楚我的情况，最多两年，账就平了。"

迎面来了辆满载黄草的卡车，红色车漆，黄草。

他在卡车行驶的噪音里，看着前路补上了一句："再攒钱娶你。"

归晓诧异望他，他也斜过来一眼。

归晓竭力按捺听到这话的起伏情绪，手里的塑料袋被她翻来倒去整得响个不停，过了会儿才去瞥窗外，小声回："想得美。"

路炎晨将一小截灰磕到储物盒里的烟灰上："不让娶？"

归晓嘴角微微牵了下，没吭声。

"让呢，今晚就睡一个蒙古包，不让就分开睡。"

"……我们今晚住酒店，不住蒙古包。"她揭穿他。

他一笑："是吗？"

她以为路炎晨是记错了，因为她早订了旅店。

没想到他真在离目的地差不多十公里的地方，找了个规模不大也不太正规的蒙古包度假村。大冬天的，不是旺季，住客不多。

路炎晨事先没提过，这里是他过去的战友家开的。

战友这个词挺奇妙的，归晓小时候挺有体会，就是那种坐在一起就能大笑连连，荤素话随意搭配，追忆往昔不止的一群人。一同扛过枪，一同拼过命，那段日子非当过兵的不能体会，尤其离开后回到正常生活，想起过去，都像在另一平行空间，不真实，也怀念。

"嫂子，我其实不是路队中队的，够不上格，他们中队都是精英中的精英。不过路队他教过我们拆弹，算我师父，"他战友给路炎晨满了酒，反倒看她，"你知道我第一次见他什么感觉吗？太跩了，往我们面前一站，第一句话就是光去年就拆了三百多炸弹，还是年景好天下太平时的数量。让我们都做好准备，反恐没那么好干的。"

路炎晨倒了杯酒，一口口啜着，眼睛很亮。

"第一天就吓唬我们，说拆弹没有绝对的专家，都是脑袋往裤腰带上掖，去年和他交流的国外专家就刚在战区被炸死，"那人讲得眉飞色舞，连带比画，"我第一天学啊，特谨慎小心，觉得自己绝对没问题了，咔嚓那么一剪，后脑勺马上就被他来了一下子。你猜路队说什么？"

归晓听得入神："什么？"

"你被炸死了。"那人一脸生无可恋。

归晓噗地笑了。

喝到半夜快十二点了，话题越发伤感，说到过去谁谁执行追捕任务，小巷子抽冷子一枪就牺牲了。最后还拍拍路炎晨的腰那里："路队这儿，掩护下边人中过枪。"

路炎晨用胳膊肘将那人撞开,不想让他再描述。

岂料那人没领会清楚精神,会错了意:"哦,对,嫂子早该见过。"

……

如果将这颇热情的招待晚餐用一小时来划分,归晓真是前五十九分钟听得心惊胆战,各种后怕,后一分钟直接被搅进了粉红午夜场。

幸亏,那人很识相,看时间晚了,将两人送到住的地方。

二十几个白色的蒙古包,沿着草地上一条小土路左右排列下去。

"倒数第三个啊,"人家交代完,让了路,总不能把人家小情侣一路送到蒙古包外吧,适当要避就避,"我去帮我妈算账了。还有路队,马厩都在那头,你想骑就自己挑吧。"

路炎晨顺着他指向望了眼。

等人离开,归晓跟着他走到蒙古包外,在他掏钥匙去开小红门时,小声问:"这里边几张床?"他战友热情过了火,闹得她行李拿过来了,自己却还没进去过。

路炎晨将钥匙在手指间转了半圈。

归晓还在等他答话,他将手扣在她脑后,用后背挡着草原上的夜风。归晓向后让了让,他一手将钥匙插入铜孔,用手掌将她向自己身上压过去。归晓拼命祈祷不要有人突然从某个蒙古包出来,他一言不发俯身去亲她。

路炎晨比门框要高得多,低头,弯腰,将她半推半抱进去。归晓被他亲得透不上气,小腿撞到床边沿,摔到床上。隐隐能听到外头有男人女人的笑声,不知是不是如他们一般的小情侣,夜游草原回来准备做点儿事。

……

他蓦然松开她的唇,目不转睛看她:"行吗?"

属于男人的低音,既压迫又粗粝磨人,压得她都能听到自己心脏每一下的起搏。

归晓也睁开眼,显然还没适应黑暗的空间,嘴唇微微张着,带着淡淡的水光:"嗯。"

路炎晨仍旧在盯着她看，没动。

外头的声响没了，她的心跳声似乎也没了："你当初亲我……又没问。"

他呼吸缓而且重，没再说话。

两人滚在抖开的棉被里，衣服被汗弄得发潮，起初不觉得，等都脱了，觉得冷飕飕的四角透风。又是冷，又是热的，等了半晌路炎晨掀开棉被，光着的上半身腹肌分明可见，低俯着胸膛挨上她。归晓："你怎么……"

没都脱完。

"忘带了，不安全。"

刚下床去翻行李袋，可看她用棉被挡着遮着脱衣服时就反悔了，找都没找，褪下衬衫和长裤就钻进了棉被里。薄汗摩擦着两人的手臂，前胸，后背和腿。对路炎晨来说，干干净净在怀里抱着的归晓存在感太强，不做，也停不下来。

这一夜她数次问他，路晨你要真忍不住……

"没什么忍不住。"路炎晨翻身又把她按到身下。

有个词怎么说来着：饮鸩止渴。

天快亮时，他穿回外衣长裤，用棉被将她裹了个严严实实。

归晓被他摆弄了整夜脸皮也磨得厚了些，隔着棉被去摸他身下，想判断他是不是还想做……路炎晨眯眼，用一种你别没事找事的目光斜她："睡不睡？"

"路晨，"她用额头去寻他的肩窝，找到，靠上，像蚊子似的小细声绕在他耳边，"你过去自己解决时候，脑子里……"

"想你。"路炎晨闭眼休息，答得很痛快。

她就是想问，他过去有没有惦记过别的女人。他听懂了。

"什么样的？"归晓想问的是，"穿什么衣服？"

"不穿。"

她抿了一抿嘴唇，微张开嘴想说什么，又不自觉抿抿唇："你又没见过。"

他呼吸间的热量就在她额头上，时重时轻："想想就知道了。"

归晓的手在他后背抚来摸去，触到那个昨晚碰到十几次的地方，不吭声了。

他反手过去，扣了她的腕子："职业原因，带伤都正常。"

这并不是夸张的说法，在他们中队真没有一个不挂彩的，就在去年某个新来的小战士受训时摔伤了腿，还挺高兴，扬言终是受过伤，敢坦荡荡说自己是这个中队的了。

指腹下，明显凹凸不平一块皮肤，她抚过去，又绕回来，仿佛在那上边打着转儿。毕竟是伤过的地方，和别处触感不同，而他自己被碰到的心理感觉也会差很多。

路炎晨喉咙口像抽了整夜的烟，干涩，还发痒。

归晓在他衬衫领口蹭着眼睛和额头，半晌，仰起来瞅他，红红的眼，不知是蹭的还是真想哭："你当初非要当兵，怎么说也不听，受这么多苦……"

明明挺冷静的，可就是不争气地酸了鼻子，声音也有些抖。

"困了……睡吧。"归晓怕他看出自己不对劲，翻过身去，盯着视线正前方掉了漆的桌子腿儿，想这空缺的十几年，又想无数次有意无意了解到的反恐战士的消息，新闻……

思绪多，又杂，偏他还不说话，房间里静得她连自己的呼吸声都能听到似的。

她一晚没睡又头疼，没多会儿迷糊起来，却被外头那对小夫妻吵得清醒了。

女的喉咙特别高，顺着缝隙就飘进了这个蒙古包，在抱怨着那个男的是个疯子，大冬天的非要来草原玩，人家都是夏天来，冻了一晚上简直要冻死了。最神经病的是还要看什么日出，日出个鬼……

床微颤了下，路炎晨下床，走了。

摸到外头，战友在伺候他养的马。

路炎晨走过去，手抚了抚那马的栗色鬃毛。

"和嫂子吵架了？"

除了这个原因人家真想不出，老婆还躺在热炕头上，大清早的，男人出来能干什么……路炎晨将缰绳无声接过来，翻身上了马，勒紧缰绳低喝一声，冲进了深邃的雪夜。

这里才是他的地方。

过去的路炎晨，年少却无力轻狂，被原生家庭和生活碾碎了所有自尊和方向，无人引导，无处排解，生而为人是为了什么？他需要找一个出路，或者说是去路，所以他走了。边关十余载，拆过数千专业的、不专业的自制的炸药，见识过各种暴乱，追捕过穷凶极恶的逃犯，双手有血，却心中坦荡。这才真正是脚踩黄土，找回了自己骨头的重量。

风掠过汗津津的背脊，滑下去，在耳边上打着悠扬的风哨子，绵长而又动听。

在零下二十几摄氏度的雪地上策马腾飞，完全没有冷的感觉，不受任何羁绊，一路向南。

归晓等了好久也不见他回来，将自己裹成个粽子，围巾包着大半张脸，冒着风出来。

灰青色的天空还残留着一丝光亮。

黎明前最后的黑暗。

昨夜喝酒兴起烧的篝火差不多也熄了，剩了灰炭，风过去，暗红的火星伴随灰一飞飞去老远。路炎晨以跨坐的姿势，在篝火旁的长凳一端，手中拿了个碗，在和一个老人家闲聊，说着她不懂的蒙语。

路炎晨的脸上瞧不出明显的情绪，好像刚那小小的无声冷战根本就不存在。他探手将她拽去，按她在自己两腿间的凳子边沿坐下，将自己的棉服拉链一拽到底，裹住她。

碗里的奶茶也喂过去。

因为冷，能清晰感知到那暖流是如何途经喉咙，向下，流到胃里。

"你和人家聊什么呢？"

"他说昨晚那对小夫妻被冻得不行，大吵了一架，也不看日出就去市区了。"

是好冷，和他挤在床上明明还出汗，等独自裹上棉被躺着了，不到十分钟脚心手心都冷了。冻得不行。

下巴被冰凉的手指捏住了，路炎晨将她的头扳过去，面朝东方。

遥远的地平线上有光出来了。

清白的天，云梯一层层叠上去，四周没什么大的障碍物，空旷辽远，都是雪，只有天和云被渗成了绯红色。红色很快褪去，刺目的金光落在了眼皮上……

寂籁中，路炎晨手压在她眉上，替她挡下晃眼的霞光："知道这叫什么吗？"

"什么？"她声音小，险险就湮灭在晨风中。

过了好一会儿，她听到头顶上的路炎晨低声说："晨晓。"

她愣了一下才反应过来，天边那万丈金光像有着滚烫的温度，烧灼着她的脸。路炎晨漆黑的瞳孔被霞光镀了一层光膜，亮得骇人，垂眼看她。

虽没荷枪实弹做到最后一步，可在他心里，从昨夜起归晓就真和他老婆没什么差别了，所以此时看她的目光很是不同。是那种，在看自己女人的眼神。

日出后，天又飘了雪。

那对小夫妻走后，他们就成了这家唯一的、名副其实的贵客。

在内蒙古做客是很幸福的事，主人都是由衷地、让人无法抗拒的热情好客。

归晓上次和小蔡来，也是在路上遇到根本不认识的一户人家，只问了个路，就被拉进去塞了一碗奶茶，还有一把肉干，弄得她极手足无措。

眼下这顿晚饭又是，幸亏她是女的，不用被一直劝酒。

可路炎晨完全逃不掉。

那个早晨和路炎晨闲聊的老人家，劝起酒来，绝不含糊。归晓也听不懂他话里大部分内容，眼见路炎晨不停喝，推都推不掉。

身边小孩子拿着遥控器，从内蒙古电视台跳到央视，又跳回来，两种语言不停切换着，被路炎晨那个战友骂了两句，调回到归晓能听懂的台……归晓撑着下巴，肩挨着路炎晨的手臂，看他手里的酒碗被倒满，喝干，再添满。

他衣袖口早撸到手肘上，烫人的皮肤，一遍遍摩擦过她的手臂和肩。

归晓只觉得自己的心随那一波波漾开的酒水，也荡开了涟漪，悄声说："少喝点儿。"

路炎晨若有似无地笑着，摸出在振动的手机。

陌生号码。

他想了想，猜不出是谁，和还在举杯要敬酒的老人家打了个招呼后，出去接了电话。

他战友难得能和归晓单独说两句话，立刻搬了凳子凑近："嫂子，你和晨哥怎么认识的？""同学。"

他战友更是来了精神，让归晓讲讲做学生时的路炎晨，归晓凭印象回忆，讲了不少。

半个小时过去，厚重的防寒门帘才被重新掀开。

路炎晨示意她出来。

归晓疑惑看他，推开椅子出去。钻出门帘就被迎面风雪吹得打了个冷战，路炎晨将她的围巾拉起来，绕了两圈后，将手机倒转过来，递给她。

归晓没懂。

"你父亲。"

她以为自己听错了，路炎晨又将手机递了递。

带着温热体温的手机落到她手中，路炎晨也没旁听的意思，绕过帐篷，狭长的黑影慢慢消失。归晓一念间想了无数的原因，这个电话是怎么找到他的，而父亲又说了什么，最后将这段通话的结尾交给了自己。

她平静了会儿，将手机放在脸边，停了几秒后方才叫出声："爸。"

"晓晓，"那头的声音沉稳而又严肃，"我和他谈了几句。"

她背过身去，避着风。

通电话时间不长，大意是潘浩前些天带着不少礼去给父亲拜年，提到了从内蒙古回来的路炎晨，那对小夫妻是当喜事说的，可对归晓父亲来说他的名字非但不陌生，还有着让人不好的印象。于是就有了这个电话，归晓早就有觉悟这件事迟早有公开的一天，就是没想到电话那头的人仍旧这么不留情面，直接找到了路炎晨的电话。

那边说了一大堆的话，归晓都不出声。

直到父亲提到了他为什么离开部队，声音明显沉了不少，让归晓去自己问问清楚，路炎晨是因为什么才离开部队的。要不是立过大功，又有人一直帮着说话，怎么可能特招去警校，可好不容易定下的机会，他又不想留在内蒙古，要回北京了……

父亲话语中有极大的不满和不屑："晓晓，他再找你，你以为还有感情吗？就是因为他想转业回北京。这种人我见得多了，你还记得你赵伯伯的女儿吗？就是太单纯……"

"他不是这样的人，是我找的他，"归晓回答得斩钉截铁，"不，准确说，是我死缠烂打，求他和我和好的。"

可电话那头的人仍旧和过去一样，从不会顾虑任何人的处境和感受，只强调绝对不会同意他们谈恋爱，结婚更不用想。对归晓父亲来说，路炎晨和多年前没什么两样，过去是个一无是处、毫无志气的小子，只能靠去当兵混日子，这才好不容易混出点样子，又被打回原形，烂泥扶不上墙。

和过去一样，就想通过和归晓在一起改变人生。

归晓没争辩一句话，断了线，窒息感压得她喘不上气。

在她和父亲讲电话的前面半个小时，他和父亲说过什么，听到过什么，她根本想象不出，或者是不敢太深想。

雪太厚，走不快。

她绕了个大圈子，气喘吁吁地扶着一个没人住的蒙古包外墙，终于看到路炎晨就拽了早晨看日出的那个长凳，在拴马的棚子旁坐着，微撂着右腿踩上木栏杆。

看着远方，安静抽烟。

归晓冻得不行了，跑出去，将手机塞进他棉服口袋里，从他身后环臂抱住他，悄声问："这里信号不好，你刚才……也是这样吗？"

路炎晨没说话，将烟尾咬住，把她的一双手合在掌心里揉搓着，给她取暖。

归晓在心里几番掂量，还是决定明说，她和路炎晨从小的相处方式就很直接，该说什么就说什么："我爸和你说什么了？"

路炎晨咬着烟，半晌才蹦出俩字："忘了。"

"认真问你呢。"

路炎晨借月色，去看她修剪整齐的圆弧形指甲，嘴边带笑，将撂在栏杆上的右腿收回来，归晓看不到他的脸，慌落落的，将他的头扳过来。

这动作太突然，路炎晨没来得及吐出的一蓬浓烟，全落到她脸上。

归晓一瞬被辣呛得没说出话，路炎晨挑眼瞅她，优哉笑着，手里抽了半截的烟往雪地上一丢，单手将她按到怀里，就在这黑咕隆咚连半点灯光都没有的、还算是能看出来是个马棚的地方安静地抱着，抱了好一会儿。

归晓也回抱住他，呵出来的热气一股脑顺着他领口缝隙灌进去，温柔，也湿热。

路炎晨低头凑在她耳廓上，又微微叹了口气，才说："一股膻味儿。"

归晓窘意上涌，推他。

远处，久等两人不回的那位好战友同志，冒着新一轮的风雪出来找了，正瞧见从未见过的路炎晨逗老婆片段，真是如见着第九大世界奇迹一般，"哎哟"了一声，乐了："英雄难过美人关啊，路队我今天也算是开眼了。不过路队啊，你在我们家冻牛粪堆边上和嫂子逗闷子，也真不怕委屈了嫂子。"

归晓一瞥，原来旁边围栏里那一堆堆被草草遮掩住的是牛粪。

……

晚上回到他们睡的小蒙古包里，路炎晨特地往铁炉子里添了不少煤，烧得比前夜旺了不少，他将灯关上，摸到被子里就是归晓光着的半截胳膊，归晓的呼吸声极细微，却撩得他如坠迷雾，不觉将眼闭上，彻底在黑暗中让自己清醒。

"刚我翻了翻你的行李袋……"归晓小声问，"你怎么这么会骗人？"

"骗你什么了？"他一下下去亲她的耳朵，再用唇蹭蹭，有种反复厮磨的温柔。

"自己心里明白。"

他答应着，承认有件事确实骗了她十几年。

归晓心往下重重一落，以为是和他家庭有关。

岂料他又说："我小时候是左撇子，后来读书被强行改了，也就家里人知道。"

左撇子？归晓思绪打了个结，缓了半晌明白过来，不敢相信地推他，去看低低笑着的他："我说呢，怎么可能有人能左手单手就赢我……"

十几年后揭晓的谜底是：路晨就是个彻头彻尾的无赖骗子，太奸诈了……

归晓忍不住在棉被里狠狠踢他，滚去他身上又是拳头又是牙咬，到最后自然又抱着滚到一处去。两人都落了个浑身潮热，颠来倒去全睡不踏实。归晓将腿伸到空气里想凉一凉，漆黑夜里露出那么一截大长腿，晃眼得很。

肢体上和视觉的双重冲击，让整晚喝下去的酒精都成了奔腾而下的泥石流。

昨夜干过什么，都历历在目。

归晓的汗在手心里那种黏腻湿滑的触感都还记得。

酣醉之时，深爱的女人在怀里，这种事一闭眼下去也没什么做不得的，可偏就是没法下手。人家亲爹刚细数了你几大罪状，恨不得将你从军十几年陈芝麻烂谷子的破事都查了个清楚，明确表达你就是一生长在北京郊区农村，家庭关系混乱的癞蛤蟆，就不要想着通过人家闺女来谋求高福利、高待遇工作，改变人生了。

转脸挂了电话，就在蒙古包里和人家闺女直接鱼水之欢，这事，做不得。

至少眼下，做不得。

路炎晨眼睛垂得很低，在没有光线的房间里看她，看了会儿就翻身下床，又出去了。

翌日，他们离开小度假村，去了一个公墓。

路炎晨战友带路，找到一个挺普通的墓地。归晓看墓碑上的名字时，路炎晨正用手指拭去那凹进去的笔画。"要找人再描红吗？"归晓小声问。

路炎晨摇头，笑了笑。

为国捐躯者，广阔草原上自有他的忠魂去处。这里就是个形式。

"他是？你战友？"

"我带过的第一批新兵中的一个。"

"怎么牺牲的？"

路炎晨再摇头，不想过多讲述亡人。

归晓也不再问，她挺怕听到一桩可歌可泣的英雄故事，凡是成为英雄，背后都是血泪,所以,这种故事当然发生得越少越好。路炎晨似乎看出她的想法,基本人们对他们的理解就是真刀真枪牺牲了,才是英雄。

战友絮叨叨地讲起来:"他是江浙那边的人,孤儿,先来我们这儿,后来去了西藏。他的身体不适应高原上的高强度训练,没多久就情况不妙,没抢救过来。临死前就说想埋在内蒙古,路队就给出了钱买了块墓地,当时我正好离开部队,就帮他把骨灰带回我家附近,也方便我看着,"他战友叹口气,"嫂子,和你说,不少从高原上下来的人心肺都有损伤,不是土生土长的毕竟不行。"

归晓懂了,她记得大学刚毕业那会儿去西藏,和出租车司机聊天,司机也说自己是内地的,来赚钱,但不会待多久就回去,要不然对心肺实在不好。

难怪绕了路来锡林浩特。

路炎晨来看过也就心里踏实了,离开公墓,和那个老战友告别。归晓反倒挺自然跑去和守墓地的人聊天,内容从公墓到内蒙古的殡葬业,聊得人家一愣一愣的。

临上车前拿钱包出来,掏票子结算住在度假村的钱。

老战友死活不肯收,绕着车躲,最后挨不住了抱着副驾驶那边的车门,一个劲儿叫嫂子,嫂子,你看路队这人俗不俗?我比他有钱多了好吗?拉起袖子给归晓看腕子上的表,归晓倒是认得,这是积家的,她还是第一次发现有人能炫富炫得如此可爱直接,笑个不停,最后点点头:"你们是有钱,'羊煤土气'全占了,上次来我还感慨物价高呢。"

"这就对了啊,"老战友长出口气,"做兄弟的,有今生没来世,别搞这俗的,我恨不得你能在我这儿住一辈子呢。当然,那是过去以为你会打光棍到底,现在没这想法了。"

对方死活不要,只说就当是结婚份子钱了。

这句话路炎晨倒很是受用,微微笑着,拍了拍小伙子的肩,就此告别。

路炎晨扣安全带时问她:"你和守墓地的聊什么呢?"

"想了解了解这里的殡葬行业。"

路炎晨看她一眼,没记错的话,上次小蔡介绍归晓算是他们"同事",而小蔡是做齿辊式破碎机的，上趟去二连浩特就是有批货要送到外蒙古去，第一笔和外蒙古的生意，不放心亲自跟了一趟。

归晓笑，将围巾绕着解下来："我是做投资的，就是每天帮老板到处看要怎么花钱，去年刚有老板投资的殡葬公司上市了，刚刚想起来，就想了解了解这里的。"

他们公司恒定状态是大老板永不见人影，小老板就是当初她刚工作时在咨询公司带她的老板，将她一手带进这家公司，所以很器重她。后来归晓业绩好，得到大老板的奖励，有了一次购买即将上市公司的原始股权资格。

她慎重考虑后留了一半给自己，将另一部分转让给了还在创业期的大学同学。条件是未来这个同学所涉足的项目，都要让她自主选择是否参投。那时大学同学穷到不行，也看不到未来前景，突然有被转让原始股权的机会，自然同意。

三年后限售期结束，归晓抛掉赚了不少，那个同学也混得风生水起，接二连三地都在给她赚钱，而且看同学的发展，一定会源源不断给她赚钱……

所以她有两个收入来源，生活会比较轻松。

路炎晨听完她笼统概述，笑了笑。

他想到那天。

入伍前最后见她那天，她掉头在风里骑车离开。

玫粉色的自行车骑得摇摆不停，像随时会摔倒，手臂一抬一抬着举到脸边上，不用想就知道是在擦眼泪。他一脚踩上马路牙子，边抽烟边望着她的背影，直到真什么都瞧不见，再沿路边去找公交路牌，意外地，所有站名都陌生，一个一个看过去，有种和归晓完全生活在两个世界的错觉。

这一刻也是如此，两个世界。

她生活的那处，是他过去十余年坚定戍守却不算了解的世界。

归晓左肩倚着靠背，去看开车的男人。

对着窗外风景，竟有种"天苍苍，野茫茫，风吹草低见路晨"的感觉。

这一路去二连浩特，起初很是顺利。

到天黑下来，车爆了胎。

路炎晨将车停在路边上，亮了信号灯，翻了翻后备厢，没找到三角警示牌。

"有伞吗？"

"有。"

"鲜艳吗？"

"嗯……暗红色的。"

归晓从堆满的后备厢里找到自己的一个小袋子，拿出伞给他，路炎晨倒很满意她这是暗红色的伞，撑在车尾150米开外，又将手机打开手电筒功能，丢在伞下，权当警示牌。两人行李堆在路面上，他拿了轮胎扳手和千斤顶、新轮胎出来，不慌不忙地换着轮胎。

他做什么，归晓都在旁边专注盯着。

还在他弯下腰换轮胎时就蹲下身子了，双腿都曲起来，双臂交叉着搭在膝盖上，凑上去看。看路炎晨将备胎对准车轴和螺孔，一脚踩上轮胎底部侧面，拧螺栓。

"用脚踩着有什么玄机吗？"

路炎晨一笑，不答。

"讲讲，"归晓倒很有学习精神，"虽然我的车轮胎是防爆的，万一以后碰上不防的，也好自己换。"路炎晨拿眼睨她，去将千斤顶放下，按对角线顺序，将每个螺栓彻底弄紧了才掂着手里的扳手，也半蹲下来："你不用学。"

月光照得人影子也不分明，仿佛淡淡的一小摊墨迹在两人脚下。

归晓挪动两脚，将身子向前探一探，面前蹲下来也比她高出一大截的路炎晨瞧清楚了她蠢蠢欲动想要做的事，嘴角线条愈加柔和，无声地笑了："干什么？"

归晓小声说："亲一下。"

路炎晨一动不动。

假正经。归晓郁闷伸手，轻推开他，明明没用力气，路炎晨却就势向后倒去，在坐到地面上的一刹那完全没有任何停顿地抄住她的胳膊，往自己身上一带。

归晓完全是前扑摔倒的姿势撞上他的肩,右膝盖撞到路面的前一刻被他稳稳用手掌垫住了,缓冲完,才抽回手,环上她的腰。

这姿势——

光天化日的,不对,月黑风高的,跪着跨坐在他腰上……算了,就算碰上什么车过去也没人认识他们。归晓轻轻将下巴搭上他的肩,望着远处无边无际的黑暗,觉得这么抱着也挺不错。

前后无车,没建筑物,也没人造光源。

安静得只有风声。

啪嗒一声轻响,没几秒,又是一声,他没拿烟,却玩起了打火机,顺便轻哼了两句,就两句,音调模糊歌词也听不清,可归晓辨得出那是《灰姑娘》。

在一起后的那个暑假,两人大多在镇子上的游戏厅和台球厅泡着。

那年代夏天没空调,游戏厅人多,闷得很。

烟味汗味融在浑浊空气中,掺杂大小游戏机震耳欲聋的乐曲声,人影晃动,时不时有某个角落会爆出大笑。她穿着短裤,腿下黏腻腻出了不少汗,坐着也不舒服,挪动了会儿,想起件悬而未决的心事,仰头去看斜后方的人:"路晨?"

他递过来一个眼神,让她说。

"那天在台球厅,你为什么要陪我打台球?"

远处爆出一阵哄笑声,路炎晨望过去:"谁知道。"

她拽他胳膊:"说实话,是不是对我一见钟情?"

路炎晨将脸靠过来,低声回:"怎么可能。"

归晓把脸涨得通红,咬住下唇也不再言语,揿下 Start 开了新局。差不多快输光时,正准备走人,岂料一大盒新买的游戏币又被搁在眼前……

她更气了,抓了满手,全塞进投币口。继续输继续输。

路炎晨倒不大在意,在她身后和海东聊天,偶尔无聊哼两句歌。起初归晓也没留心,后来连输几局偷摸听了两耳朵,立刻就心花怒放了……到现在她都能一字不落背下来那首歌词:"怎么会迷上你,我在问自己,我什么都能放弃,居然今天难离去。你并不美丽,但是你可爱至极,灰姑娘,我的灰姑娘……"

穿过那漫长的岁月。

车笛长鸣。

归晓回头望去，看到白光笼住孤零零的那一把暗红色的伞。

这一瞬景象恰应了那句"人生如逆旅，我亦是行人"，也不对，应当说：众生皆行人。

有路过的司机看到他们的车孤零零停在路上，踩了刹车："要帮忙吗？"

归晓仿似被这话烫到，仓促挣脱他："修好了，已经修好了。"

司机倒是个好心肠，告诉他们再往前边开半小时就能看到二连浩特，既然修好就别耽搁了，夜路终归不太安全。归晓答应着，看人走了，路炎晨也起身将行李和工具装好，继续上路。

上一趟来，二连浩特是被雪覆盖的。等他们进了城区，雪倒是都化了。

路炎晨接了个电话，很长，可他没说几句，惜字如金。

"是我爸吗？"她小声问。

路炎晨摇头，揿灭手机："过去的领导。"

宽阔大马路上没太多的车，偶尔开过去几辆都是那种类似北京吉普的俄产车。

她在猜路炎晨此时的心情，哪怕自己，也会因为他在锡林郭勒盟待了这么久，而对这里，尤其对二连浩特这个城市有独特感情。

这次是路炎晨订的酒店。

行李送进房间后，他告诉归晓："我离开前打了报告要出境，出了点儿问题，今晚要回去一趟。"当兵的出国难于上青天，这她清楚，先前在北京办出境手续时，他也说了自己关系都在原来地方，让她先不要管自己，办她的。

所以他眼下这么说，归晓倒担心了："要不然你留在二连浩特，我去帮你见一面秦小楠妈妈，把户口拿回来？"

"回来说。"

"你大概几点回来？"归晓想看看自己是要先睡，还是等他。

他看上去心情很不错："很快。"

"那我等你回来。"她送他出门。

路炎晨离开酒店，开车直奔电话里被告知的地址。

夜风透过窗口吹进车里，这么冷的天气，他的血却是滚烫的。

归晓简直就是福星，万万没想到，他褪下一身军装前最大的心愿马上就要实现了。那批偷车贼属于走私犯，贩卖渠道非常成熟，和境外势力也有勾结。那天警察初步审过偷车贼，简直"如获至宝"，打了报告上去，顺藤摸瓜，就在春节刚过收了网。

这一抓，抓到了意想不到的大鱼。

本来中队领导想把路炎晨连夜招回来协助审讯，可他人正好回来了，于是就在今晚提前开审。

很快，路炎晨开到了地方。

他将车往停车场随便个角落一塞，下了车，往大楼右侧那扇门走。几个昔日合作过的特警看到他都招呼起来，一路过去，全都在叫"路队""路队"……

等进了门，有人从走廊倒数第二间审讯室出来，笑着寒暄："这次顺藤摸瓜抓来这些人，可都要记嫂子一功。"

路炎晨话音很低："运气。"

两人低声交谈着细节，进了门。

这屋子没有明显光源，正中一扇玻璃隔开了审讯室和关押房。玻璃另一侧，灯光下站着一排人。

路炎晨进了屋子，审讯室里坐着的五个人先后回头，对他点头，无声招呼。

此时的他风尘仆仆，一身便装，从上到下都是毫无修饰和图案的长裤、运动鞋，包括御寒棉服也素得不能再素，好像全身上下也就只有那一张脸最有辨识度，几乎这里每个人都认识他：

这是奋战在第一线九年，今年刚因重大伤亡事故，打报告自请离开的昔日反恐中队长，路炎晨。

短暂安静。

他们已经充分做好了准备，路炎晨倘若情绪偏激下，要如何应对——

毕竟路炎晨离开中队就是因为这些人，他带出来的骨干在一夜间死伤过半，还有路炎晨的直属上级，就是为了从这批人手下换回两个无辜的老百姓，用自己做人质去交换，至今尸体都凑不整。

可路炎晨比他们想得都要冷静。

他身影微动了动，拽开椅子，落了座，字一个个从嗓子压出来："我配合你们，审吧。"

标准的跨坐姿势，他身子微前倾，凝视玻璃后那一张张脸。

毫不客气地说，路炎晨以及手下不少人在外网上都被这些极端组织起了代号，明码美金标价人头。能被人这种"看中"，也说明了他对这些人一定了解到了骨子里，有他这个"外人"配合调查，事半功倍。

很快秦明宇和高海也到了，无声无息地到路炎晨身后半步停住，静默听着。

***

三小时后，审讯室门被推开。

嘴都顺利撬开了，完全没料到，还有更坏的事在后头。

路炎晨一言不发向外走。

秦明宇带着高海往外追："这事儿还有商量余地——"

"开什么玩笑！"路炎晨劈头呵斥，从裤兜往出摸烟，脚下不停地抽出一根，咬住过滤嘴点着了，慎重思考接下来要做的一系列准备，"这么多年我也只碰到过两次，你们谁都没经验，多少条人命在那儿！"临时想找到和他经验相差无几的人，更来不及。

"万一——"

"没万一。"

"要不要留什么话给嫂子？"

路炎晨睨了他一眼，没吭声。

秦明宇简直就是明知故问，所有审讯内容都是高度机密，半个字都不能露。

他推开走廊尽头的铁门，跳上秦明宇的车，将自己的车钥匙抛向高海："钥匙送过去，让她等着我。"他们都知道他订的房间。

秦明宇也跟着上车，没耽搁，急着给队里拨电话。

车开出去。

一路红灯一路闯，路炎晨都没含糊，只在穿过酒店楼下那条马路，透过前挡风玻璃去望高处，目光掠过，没来得及找到她的房间，就开过去了。

他捏着方向盘的手心有细密的汗冒出来，握得过于紧了，可手一有汗就打滑，更要攥紧。

仿佛发泄一般，长鸣车笛，前方吉普车被唬得让开了，司机探出头大吼："干吗呢！大半夜的！这道上就两辆车，也至于你这么催？！"

他丢出去一个冷透了的眼神，油门猛踩，冲出了二连浩特城区的夜幕。

……

此时的楼上，那间房内温暖如春。

归晓趿拉着拖鞋离开浴室，端详那张大双人床几秒后，开始换床单、被罩和枕套。

路炎晨还没回来。

走廊外有人交谈，楼下，似乎有舞厅，这些俗世杂音交缠着，都让归晓静不下心。她又等了十几分钟，按捺不住拨了他的号码。

"对不起，您所拨打的电话已关机……"

关机？

低头看看，的确是路炎晨的号码，没拨错。手机没电了？

归晓胡乱猜测着，想要再拨试一试，许曜的电话突然进来了。

她接了，那边叫了声归晓，她应声："我急着要打一个电话，你长话短说吧，要不然明天我再给你拨过去？"

"我就是心里压着事，想找人聊聊，"许曜难得这么不通人情，低声说，"彬彬检查结果不太好，和国内诊断出来的肿瘤不一样，还没确诊，但她这种更麻烦，要放疗，放疗能让肿瘤治愈，可一旦有了这种病，复发几率很高，每次位置还不同。"

归晓静了静，不晓得说什么。

许曜又讲了几句，全然是她听不懂的病理和诊断术语。

她明白这是个倾诉电话，于是，压下自己惦记路炎晨的心思，耐心听起来。

不久，有人叩响了房门。

"你等会儿，别挂，我去开门。"归晓一秒没多耽搁，将手机丢到棉被里，趿拉着白拖鞋跑到门廊上，只在开门前多了个心眼，凑着瞧去。

不是路炎晨，是高海？

门打开后，这个和归晓有过短暂交集的汉子比上趟见她还要窘迫，结巴了半天，递出一串车钥匙："嫂子，路队给你的。"

归晓一愣："他人呢？"

高海越发心虚："有事，让你等着他。"

"什么事？要等到什么时候？"

"尽快吧……"高海退后半步，挺愧疚地盯着归晓，也不晓得要说啥，根本就什么都说不得。

路队没交代过。过去他们出生入死的，有家属的也都不在身边，怎么安慰人，大小伙子憋了足足半分钟也没想出来任何对策。再说，高海自己也乱得很，情况太复杂危险，脑子都要爆炸了，他可没路炎晨那么冷静——

归晓本就因为他关机担心，再莫名拿到车钥匙，送钥匙的人又不肯多说半个字，愈是心慌："……是不是出事儿了？"

"嫂子，"高海顿了半晌，重吁出口气，"你保重。"

车钥匙往她手里一拍，转身就大步跑了。

归晓急了，伸手要将人拽回来，硬是没拽住："高海！"

高海被她叫住，停步一瞬想到路队人都走了还冒这么大危险，九死一生的，眼眶猛地就红了，头也没回，推开防火通道的木门，跑了。

她傻了，眼看木门重重撞回去，一声巨响贯穿走廊。

如此站了许久，才模糊着想起来，许曜还在电话那头等着自己。

回房从被子里找到手机，想说话却被哽住，只有自己不断起伏的呼吸声。

"归晓？你要有事我们以后再说。"

心跳一声重过一声，深想一分就想哭，可又拼命安慰自己，归晓，别多想，他一个脱了军装的男人还能有什么危险？肯定是他遇到老战友们喝多了，怕自己生气。

他战友又不会说话，个个都是傻大个，就会反恐。

完全不懂说了什么荒唐的话，保重什么的话，能乱说吗……

"许曜，"归晓提上口气，"你先陪你老婆看病，人命关天，钱都是小事，等你回国——"

声音抖得骇人。

"你那是不是出事儿了？"对方听出不对，打断。

"没，"归晓右手按着一阵阵抽痛的胃，轻喘了口气说，"肚子疼，明天再给你打……"

第七章　寸寸山河梦

过去，这些都离她很远。

可曾经，真实的，她被路炎晨在某个时刻用命护过。

而她并不知道。

第一次穿这衣服是在入伍后第二年,那时排爆服都是标准一米八,几个主动报名的人都是一米七左右,大码排爆服套上来,只有他刚好。

二十岁不到,穿上这么重的衣服,没想那么多。后来去了二连浩特,这更是个冷门,排爆班都是他一手搭出来的。挑出来不少小个子,特制M号排爆服,人人一把镊子、针、线,全是五大三粗的汉子,玩起针线活一个个都不含糊。为了应付水银炸弹,每个人用木板端钢球练平衡,甚至上厕所都不放下。

和别的班不同,这个班的人只要出任务,非生即死。

所以也只有这个班的人,会有个特权,每隔两天能给家里电话报平安。

路炎晨套上厚重的排爆服,活动手指,看身边待命的现任排爆班班长,还有秦明宇。

"这要立了功算谁的?"班长咧嘴一笑,"我们中队,还是你们大队的啊?"

秦明宇叹气:"估计不算我们中队的。"

上边打了个信号,人群成功撤离。

"先留个遗言呗,路队。"班长照例说。

"还是那句,"路炎晨将耳塞压进左、右耳中,"千家炮火千家血,一寸河山一寸金。"

这是他刚到内蒙古时老队长说的第一句训话。队长牺牲那天,他哭得像个丧家犬,那天,本来是要他去换人质的,硬是被强按下了。生死一秒,人就没了,那帮畜生。

路炎晨拉下了防护面罩。

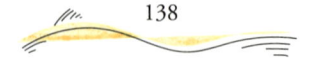

***

归晓整晚人都不舒服，从胃疼到头疼，最后是三叉神经。从太阳穴到眉心，像有人用刀尖剜着神经线，一点点抠着挖出来，每隔十几秒就狠扯一下。

如此反复，后半夜，枕头都被汗打湿了。

她滚下床，摸索到箱子边上，掀开，将里边放杂物的袋子都倒出来：防晒霜、墨镜、润唇膏、感冒药、肠胃药、阿司匹林、安眠药、止痛药……

安眠药和止痛药吃下去，留了满屋子的灯光，又去睡觉。

没多会儿，昏沉着做起梦来。

分手这么多年，她从没梦到过路炎晨，有时候还想着日有所思夜有所梦，就白日里多想想，梦到一次就好，要不然都快记不起他长什么样了，可每每事与愿违。两人过去没合照，在一块儿时连贴纸照还没流行，更别说是手机照相……

没有影像，全靠记忆。

梦里的她还穿着校服，捂着在土操场上被摔破的左半张脸，眼泪哗哗地掉着，一面听班主任念叨你这小姑娘可真不着调，摔哪里都要护着脸啊，破了相多麻烦。简直了，用心如刀绞形容都不为过，哭了好几节课，挨到晚上在院里的幼儿园大门外等他。路炎晨来了，跨着山地车，托她的下巴对照路灯看了会儿，轻笑："怎么摔的？也不怕破相。"

一晚上好不容易憋回去的眼泪，又都涌出来："有你这么安慰人的吗？"

"疼不疼？"

"破相了怎么办？"

"怎么摔的？"

"你爸妈会嫌弃吗？"

"……"

结痂时最难看，对照镜面看到的都是黑色的一块血痂，左脸颧骨上，难看，不敢揭，也不敢上药。被校医吓唬说碰不得，碰了就真留疤了。从结痂到好彻底用了两个月，跨过中考，他也就第一晚问了次，后来不提了，顶多好了以后，喜欢用拇指去摩挲她这块，有过伤，皮肤薄，红起来比别处更明显，也好看。

像有人在按回放，画面飞闪，倒退回去。

她捂着在土操场上被摔破的左半张脸，眼泪哗哗地掉着，一面听班主任念叨你这小姑娘可真不着调……

她拼命喘着气，有意识要醒，可无力冲破梦境。

破罐子破摔，撞开校医室的门，边哭边喊："路晨——"

浑身束缚的重量突然消失了。她身子微一震动，猛睁眼，喘着气，坐起来。

没有光。灯全灭了。

睡梦惊醒，意识还没全找回来，她已经四处去找关灯的人。

这屋子小，没沙发那些零碎的东西，想找他，太容易，就在窗台上，一人宽的木质窗台上，路炎晨坐着，一腿搭在上边，头靠玻璃，盖着他那件黑色的棉服，双臂环抱着，用一种看上去就极不舒适的姿势睡觉……

失而复得的情绪冲刷过她的身体，她微微颤抖着，掀开棉被，光着脚跑过去。

路炎晨知道她醒了，棉被掀开时他就听到了，只是，困，累。

精神高度集中地赶路、拆弹，骨骼仿佛散架了似的，双重的精神重压来自那炸弹，和对归晓的愧疚感。于是成功完成任务，多半句废话没有，谁都不想应付，第一件事就是赶回来。回来已过了整夜，满室阳光和灯光混在一处，照着满额头汗的归晓。

她当时在发烧，他又下去买了退烧药给她喂进去，陪了整天，才刚睡。

他没强行睁眼："不是在内蒙古，外省，闹市区，那个弹很麻烦，我不去不行。"

没回音。他不睁眼也是怕面对她，怕她真生气。是真怕。

那晚在蒙古包就实践过一次，这么多年确实太少接触女性了，尤其是爱的女人。明明十几岁时哄她游刃有余，如今，归晓稍有个眼神不对劲，他就无从应对。

路炎晨没听到任何动静，在睁眼的一瞬听见她小声哭了。

归晓紧挨着他蹲下来，鼻翼一抽抽的，蹲在那儿哭，还越哭越凶。

看着她哭，这滋味非常难说清楚，十分不好受，十分心疼，内疚自责一样都不少。他甚至在这一瞬有了动摇，假设春节前在医院里接到她从加油站打来的电话，能屏住想见她哪怕一眼的渴望，回绝她寻求帮助的借口——

两人就此再没交集，说不定对她更好些。

不过这些念头稍纵即逝。

路炎晨把她从地毯上拉起来，抱到怀里："我拆前，他们问我留遗言。我没提你，知道为什么吗？"归晓哭得喘不上来气，抽噎着，不回应，没听到似的。

"怕多留一个字，你真就忘不掉我了。到时候嫁不出去不说，还每年千里迢迢来二连浩特上坟，没结婚呢，搞得和烈士家属似的，这事我觉得你能做出来。"

归晓心跳得飞快，止不住，眼泪还掉着，将路炎晨推得离开自己有一步远的距离，在一阵抽泣声中，轻声说："我就一句话，路晨，你给我听好。"

到这里，她喉咙被什么堵住了，像被火烧一样的疼。

路炎晨沉默两三秒后，低声说："你说。"

刚那个循环反复的梦，完全拆散了她这么多年在生活重压下累积的冷静和成熟，醒来那一刻她甚至以为自己还是十几岁，最不敢、不能面对的只有两件事：假如路炎晨忽然和她分手，假如那个伤会让她破相……纯粹直接，毫不掩饰。

十几岁的感情最直接，没有那么多现实因素，工作理想，家庭困境，难以启齿的软弱和退缩，都没有。不会退缩，不会思考，觉得人生有无限可能，条条大路真能通向罗马，那时候，我爱你，就是我爱你。

如果明天就有不可挽回的意外，你后悔不后悔，因为现实而放弃爱情？

她突然察觉到，未来的每一天都是"意外"。

人生到处都是急转弯，前一刻还是康庄之衢，迎面就冲上九曲十八弯的盘山路，连小路牌都不给你看。谁会失重脱力，坠入山崖？谁又会平稳驶过，等下一个转弯？只有老天知道。

"回去我们就结婚，"她低声，说出了从刚哭时就想好的事，"马上就结。"

路炎晨以为是自己听错了。

甚至前半秒，他还在想假如归晓提出分手，要不要答应。随后，依照他对归晓的了解，他迅速给自己总结了"绝不答应"的答案——

而现在。

这寂静的一刹那，他反应过来的第一件事就是想抽根烟，压制无法控制的情绪。

归晓还什么都不知道，不知道他刚达成离开部队前的最大的心愿，兄弟冤魂终告慰，"亲人"大仇终得报。这十一年的青春他都给了这里，时间久到，连在北京那些少年时代的记忆反倒成了上一辈子的事。那年他还是个连校服都懒得穿的十几岁少年，那年高考还是7月的7日、8日、9日，那年他被父亲揍得满身瘀青在修车厂的房间关着，在语文考试时间结束后，放出来，自暴自弃地骑着山地车在那条大街上游荡。

那时，他在台球厅背抵墙，手臂搭着窗台，靠在那儿。

遇见了一个女孩。

现在，在二连浩特，这个女孩问他……不，是要求他和她结婚。

他突然就发现自己做了一个错误的判断，倘若刚刚他真没了命，哪怕真是半个字都不给归晓留下来，她也一定会将整颗心就随自己化骨成灰，下葬入土，领不到烈士家属的任何补贴，还去干烈士家属的事来……

"你要想这么久吗？"归晓在漫长的等待中，终于按捺不住，轻声问，"你是不是还顾及我家里人的态度？没关系，那些不重要。"

路炎晨没再去找什么烟盒，他刚想起来是被自己丢在洗手间大理石台上了，他现在没空，也没闲心多走两步去拿。他一把将归晓拉到自己怀里，如愿以偿地从她的唇上得到了想要的所有东西，一个男人对女人的渴望，一个少年对他心爱女孩关于美好的想象。

"归晓……"路炎晨一边深深亲吻她的唇，一边去解她因为发烧被汗浸湿过数次的睡衣，银色的、贝壳质地的小纽扣，一个个毫不费力地轻跳着，解开。

房内只有这么一丝光亮。

隔着一扇玻璃外头零下十几摄氏度，床单却被他们裹得潮湿灼热。

那夜抵达现场，看人安排人群撤离时，他在二楼走廊拐角，挨在窗边抽烟。

脚边上就是被各种生活垃圾塞满的垃圾桶，一蓬烟深深吸入肺腑，像从五脏六腑都过了一圈，在想她，想的还都是活色生香的画面。临下去前回味会儿，心满意足，下去了，就再没敢想起来半分，归晓这个名字，这个人，太扰心了。

她的头发，发梢的味道，嘴唇的弧度……还有偶尔也会情不自禁，摸一摸他的身体。

不能想，想到就后悔。后悔从小到大，从小女孩到大女孩，和自己寻欢时是什么滋味还不知道，万一真死了，差不多就是这辈子最大的遗憾了。

眼下，既没倒霉到马革裹尸还，那就真没什么好顾忌的了。

该怎么做，成年人都懂。

……

路炎晨发梢都被汗打湿了，肩被归晓狠咬过的印子还在，右手撑在床头的墙壁上，嗓子被砂纸磨过似的，发酸，也干涩，想叫一叫她的名字。

归晓睫毛湿透了，微扇动着。浑身力气仿佛被突然抽干了："路晨……路晨。"除了叫他，不知道想说什么。

路炎晨将脸低俯下来蹭一蹭她满是汗的脸，小声问："真哭了？"

"嗯……"

归晓翻个身，大病初愈这么一折腾完全就是打断所有骨头重新接了一遍，到处疼，也不晓得是里边更疼，还是外头，总之她就像过去坐等他煮饭吃饭，吃完也只负责在旁边卖萌陪聊一样，撒手不管了。路炎晨拎了自己的长裤随便套上，光着上半身在床边走来走去，去洗干净热毛巾把她身子从上到下擦了一遍，将床单也尽量用餐巾纸都擦干净了，自己又去冲了个热水澡。再回来，看到归晓蜷着身子靠床头上看手机。

他捻了根烟，搓着烟尾的过滤嘴轻吁了口气，哑声带笑："刚看你哭得挺厉害，这么看来倒像是装的。"

归晓眼底红红的，瞪他。

她还以为，路炎晨是当晚来回的，没想到刚一看手机，许曜的电话来了两个,还发个短信问她有没有出什么事。这一仔细看,早过去了一天一夜。

归晓回了个短信说没事,人在外地,等回去联系。

路炎晨抽了没几口烟,见她光裸的胳膊压在棉被上,头发半湿着有些乱,在耳后草草掖过去,只觉得喉咙口发干。算算时间,于是将烟撅灭,也没管归晓还在摆弄手机就俯身过去,亲亲弄弄的,归晓嘀咕着好累,不闹了。

他捞过来自己丢在床头柜上腕表:"四十分钟。"

这回结束。

归晓是真弄不动任何东西,乖乖挤在他身旁睡着了。

睡到黎明,一摸身旁没有人。

头脑突然清楚了,猛坐起身,一个黑影上了床:"我没走。"

归晓心还怦怦乱跳着,感觉他的手摸摸自己的肩膀:"习惯早起了。"

一股子的烟味,应该是刚去外头抽过烟回来,衬衫上都是凉飕飕的,归晓将他向外推了推:"脱衣服再上来。"

路炎晨笑了笑,单手从上到下一粒粒解开纽扣,衬衫丢去床头柜上。

长裤也脱了,竟什么都没穿。

光线不明可也能约莫看到他的身体轮廓,归晓被他拥到胸口时,小声问:"你里边……不喜欢穿内裤?""有时候不穿。"

那过去——

她想到两个人初吻时裹在棉被里,亲来滚去的,裹得浑身是汗,那时候他就穿着一条裤子……明明是十几年前的事儿了,怎么现在想起来还这么……

路炎晨不清楚她在想这些,刚刚,他在走廊尽头的楼梯间抽烟时,想起当初两人分手的情景。在想,要怎么给她讲通自己的真实想法,这完全不同于对中队队员们的思想教育,每个人的价值观都成形于各自的生长环境。

这个故事,要从多久讲起。

"来二连浩特的前两年,我有三个选择,"路炎晨将手指绕着她的长发,"这里的领导去了两个人，挑人的时候，直接将所有想要的人都带去一间教室，放了整整三个小时的录像，都是内部纪录片，过去几十年边境线上各地的反恐画面……"

"看到一半，大家都不忍心，让领导关上了，"路炎晨一笑，"后来，那屋子里最能干的人，都跟着领导走了。"包括他。

走的时候两个领导还笑着和他们说，如今年代好，1998年之前条件没那么好，不是人人都有防弹衣，大家都是抢着穿防弹衣，为啥呢？因为穿上防弹衣的必须冲在最前头。那天去挑人的其中一个领导后来转业去了公安局，到副局长那个位置时在追捕中为掩护同志牺牲了。还有一个，就是他的老队长。

归晓的呼吸，均匀、节奏平稳地洒在他的锁骨上，轻声说："你真难得说这么多话。"

路炎晨继续玩她的头发，没说话。

当初是他坚持要走，天南海北一下隔开那么远，又没归期，让这个小姑娘毫无盼头等着，出什么事都要自己去扛着，关键时刻连想要句热乎的安慰话都没有……都说军嫂难做，那好歹也是成年的女人要应付的，可她一个十几岁的姑娘，他凭什么要求人家等，要人家忍，而且要人家在最艰难时，忍住，抗住。

他只是舍不得。

没分手前，再累，再苦，他想到还有个小女孩在某个地方等着自己，就不觉什么。

可分开了就不能多想，想多了，都是她未来老公是什么样的，又想到也许等他常住在二连浩特，某天回北京探亲，在镇上碰到她，牵着个和她一样漂亮的孩子，或是小腹微隆在孟小杉饭店里吃饭，两人遇到了……

相视一笑？他做不到。

也不能要求他时时境界那么高。

每每想到她会和别人结婚，他就会心存不甘，觉得自己可笑，多年奉献青春倾洒热血，自己的小女孩却嫁作他人妇……当然这种偏激想法不能有，所以对归晓这个女孩，多一分都念不得，会不平衡，会心生抱怨。不对，也不应该。

一年想那么几次就够了，真不敢多。

一个是大病初愈，一个是两夜未眠。

足足睡到下午三四点，起床了，路炎晨出去了一趟。

归晓在洗手间对着镜子照了老半天，东摸摸西看看，看路炎晨手重的时候留下的印子，还真不少，昨晚被弄疼的印象倒没了。门响时，她马上将衬衫弄好，从化妆袋里往出摸唇釉，在唇上淡淡扫过去。路炎晨肩抵到门框上瞅她，她倒像偷学化妆的小姑娘似的，更不自在了："你别看我化妆……"

"队里人，想见见你。"

归晓傻了："见我？"

"你不是要和我结婚吗？"路炎晨淡淡一笑，"他们想见见嫂子，这次走，估计就没什么机会再见了。"

归晓想到那晚，那晚在那个酒吧："不是……见过了吗？"

"上回你气势汹汹的，没发现他们都怕你，不敢过来和你打招呼吗？"

哪儿有气势汹汹："是你凶我，我才凶回去的。"

路炎晨一笑："去？还是不去？"

满满一副混不吝的样子，意思摆明了，去也要去，不去也要去。

归晓抿了下嘴唇，让颜色在嘴唇上铺均匀了："……能穿裙子吗？"

路炎晨眯了眼。

"我穿裙子好看。"归晓解释。

他很想问，你知道外边现在多少度吗。

但看她微微翘起的睫毛和那双忽闪的眼，想了会儿，也觉得没什么，姑娘爱美就让她美去，美得再超凡脱俗也是自己老婆了。

车进营地，没人会拦。下了车，路炎晨带她一路往食堂走。

几乎所有路上遇到的人都保持同一个状态，走过去两步，又立刻倒退回来，笑嘻嘻和路炎晨逗贫两句。有个人她印象深刻，走近了先特兴奋叫了一声"路队"，急匆匆跑走两分钟，又百米冲刺绕回来，十二万分震惊地、直勾勾望着归晓："这是嫂子？！我还以为他们开玩笑呢！等我啊，在食堂等我！我一定来，这就来！"说完，一溜烟跑了。

等进食堂前，路炎晨脚步一顿。

归晓本来心就跳得不稳，突然要闯入一个陌生地方，人人都和他有数年过命的交情，他又说上一趟在那个小饭馆里能折腾的都没全去，今晚该来的都在……她望一眼四周，自小在院儿里长大的孩子，对军营不会太陌生和好奇。

也就是条件好一些和差一些的差别。

路炎晨将靴子上的雪，在台阶上磕干净，将头往里头一偏。

她迈进去，被一食堂四列餐桌两侧坐满的人唬住了。

原以为差不多也就是三十来号人，但她低估了这个中队规模，粗略望一眼就近百人，将近一个连。大半个食堂的人，乌压压都是小寸头，有目光精厉的，也有憨厚的，都没出声，可她已经完全领会到了他们的直接——

全都在盯着自己。

路炎晨清了清喉咙，将防风墨镜摘下来："差不多行了，好不容易给你们找了个嫂子，把人看跑了谁给我负责？"

安静，一秒，两秒，三秒，突然爆发了一阵笑声，刚还坐得板正的男人们都争先恐后，拥过来，一个个争先恐后地叫着嫂子。太热乎的语气，反倒弄得她比刚刚还局促，双手交叉在身前，不停颔首，鞠躬："你们好，你们好。"

路炎晨将归晓拉到最近的一个餐桌旁的蓝色塑料凳上，按她坐下："先吃饭。"

本想着自己这么一坐，就能镇住这帮人，未料，没人买账。

"想让嫂子吃饭？容易啊，"秦明宇咧嘴一笑，挥手，身后就有两个人搬过来把黄褐色的木椅子，他跟县太爷似的，跨坐在椅子上，挑下巴，"来点儿节目吧，路队。"

路炎晨要笑不笑地，睖了一眼秦明宇。

他昨晚急匆匆赶回二连浩特，见归晓发烧就没心情吃什么，再加上男欢女爱的折腾下来说不累都是假的。也就是临出来时，在楼下超市买了几块点心垫了两口，也是为了怕被直接灌酒，空腹应付不来。没想到，这帮子人早就商量好了。

"说,"路炎晨也没多废话,"你们都商量好什么了?"

"五公里,两百打浪,不过分吧?"

路炎晨点头,将眉梢一挑:"附加条件?"

"负重。"

"多少?"

"不多,你老婆一个。"

……

路炎晨点点头,将棉服拉链拽下来,开始脱:"不怕影响不好?"

"不怕,"旁边排爆班班长嘿嘿一乐,"领导放话了,反正路炎晨都不是我们队的了,丢什么人都算他们大队的。"

"不错啊?这就人走茶凉了?"路炎晨睨他们,将棉服随手掖成两折,丢到餐桌上。

又开始解衬衫领口的纽扣,还有衬衫袖口。

争取少些束缚。

归晓看着有些旧但被擦得一点污渍都没有、锃亮的餐桌,装着若无其事地看那上边经年累月留下来的划痕,却被这阵势唬得一愣一愣的,五公里?五千米?怎么跑?外头这么大的风,眼看天就黑了。而且她穿着裙子,怎么负重?要背吗……

七上八下的,完全拿不定主意。

可她清楚,这时矫情不得。这暖意融融的食堂里聚集的所有人,都在和路炎晨做一场真正的告别,自此水远山遥,绝大多数人就此生再难见到他了。

估计这也是路炎晨坚持要带她回来的原因。

上次匆匆在小饭店里,见过这些人和战友的告别,很伤感,而现在的"告别",倒更像是……闹新房……

在一片热闹声中,她听到路炎晨低声对自己说:"配合配合。"

她当然懂他是什么意思,于是也没再扭捏什么,权衡下,将自己的棉服也脱了,对折掖好,放在路炎晨的棉服上头。

算是用行动表了态。

……幸好是过膝的羊绒长裙，伸缩性非常好，长短也合适，不至于走光。

在归晓做出这个动作前，大家还没那么放得开。

主要怕真给路炎晨得罪了没过门的老婆。上回归晓前脚推门而去，路炎晨后脚就追出去了，这可是在场好多人都看在眼里的事儿。这一段日子，秦明宇又添油加醋讲了不少路炎晨和归晓的事，板上钉钉说路炎晨要放弃去警校，就是为了回北京追回归晓这个初恋。这么一来二去的，大家早门清了归晓这嫂子的重要地位。

路炎晨再如何铁血的汉子，也是要躺在石榴裙下的……

于是，大家早就做好了两手准备：

倘若嫂子开通，那就折腾折腾；倘若嫂子脸皮薄，马上见好收。

结果，归晓这个嫂子完全给面子，大伙彻底放开了，笑着，簇拥着两人去了操场。

黄昏时分，天将黑未黑。

路炎晨在跑道上稍活动了一下筋，将两腿横跨开，用一种绝对帅气的扎马步姿态对归晓打了个眼色。众目睽睽下，始终一副我是路炎晨老婆我不怕的归晓，还没等露出半点儿害羞的神情，已经被路炎晨背了起来。

"趴舒服点儿，"路炎晨微调姿势，"五公里，怎么也要半小时。"

归晓将脸往他肩上一埋，小声应了。

操场上还有人在训练，刚过春节，有两三个军嫂在，听到操场上一阵阵起哄叫好的声音也都好奇跑过去。整个大队的人全都被招过去了，操场空出来，就只有一个高高瘦瘦的男人，在大冬天里穿着件衬衫，背个女人全速跑着。其中一个军嫂抓住自己老公八卦兮兮地问，谁啊？答曰，前反恐中队长，带老婆回来看兄弟们被"反修理"了。

外头围观的热闹，操场上的两人可没这么轻松。

耳边是粗而有力的呼吸："你现在，多重了？"路炎晨脚步不停，却还有力气说话。

"九十不到。"

"这么轻？"他声音哑着，喘着气还笑，"以后多吃点儿。"

她的回答被风吹得散了，路炎晨约莫听着是，她在说："你做得好吃，我就多吃。"

他的速度一直没降下来，数了多少圈都忘了。

二十分钟完成负重五公里是他们中队的基本要求。

只不过平时都是负重二十公斤，归晓接近了四十五公斤，比排爆服还要重十公斤，在近乎饿了两天两夜，精神高度紧张执行完任务，又干了一些十分消耗元气的事情之后，路炎晨想过及格线都颇觉困难。

汗从他衬衫浸过来，归晓下巴蹭着他的肩，大气不敢喘，脑子里思考的都是如何能帮他减轻些重量。他掌心滚烫着也是汗，隔着她的丝袜全透过去，摩擦着她的腿。

背上是女人的体温，热气呵在耳后。

路炎晨不再说话，一鼓作气加快了脚步。

五公里结束，归晓从他背上下来，被他捏住了手心。满手心的汗都蹭在她手上，归晓要抽回手，他已经先松开来，没事人似的望向那些跟上来的人。

邪念先放一放，还有正事要解决。

跑圈背归晓倒没大问题，可引体向上那种角度就太不妥当了，归晓又不是水桶不怕走光……他这么想着，也没直接说什么话，无声问秦明宇要了根烟，顺便，用眼风将跑道边上围过来的人都"刷"了一通。

凉飕飕的，威胁重重——

要换过去，那可是全体要遭殃的意思。

排爆班班长心里一乐噜，马上顺坡下驴："瞧嫂子今天穿着裙子也不方便，要不……"看众人，"别负重了？"

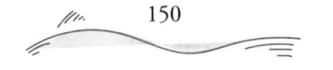

"我支持！"高海毫不含糊，立刻叛变，"嫂子真不容易！这大冷天的棉衣都脱了！"

"欸？欸？你俩说什么呢？合着就你俩体贴嫂子，我们都不心疼？"秦明宇从裤兜里往出摸打火机，凑着给路炎晨点烟，扭头对归晓笑，"嫂子别介意，大伙也没为难你的意思，绝对没有！也就是想看看路队和女人是怎么腻乎的，这不都没见过吗？"

三个大头的一松口，余下人都蒙蒙然地蔫了。

没人撑腰，谁还敢在太岁头上动土？老虎嘴里拔牙？路炎晨面前放肆？

于是纷纷附和，嫂子啊是真不容易，第一次来就被吓到也不好，再说了路队这"新婚燕尔"的，实在不适合将体力耗费在这种事上——

由于大伙的集体狗腿行为太可爱，归晓没绷住，被逗笑了。

路炎晨余光看着她的笑脸，还想着刚五公里的细节，将烟蒂往脚边的一块石头上撳灭了，半截烟头递给秦明宇。一言不发，轻松跃身上去，抓住了单杠。

……

又是周末，又是立功，外加大仇得报。

这一夜，大家都喝得多了些，归晓怕晚上还要开车回去，滴酒未沾，结果路炎晨直接喝到了半夜两点多。半醉的他和归晓被送到了中队的接待室。

门打开，透着一股子冷气。

没多会儿，秦明宇打了热水来，归晓就着热水拧干毛巾，递给路炎晨。路炎晨喝得不少，可人逢喜事，酒难醉人，还算是清醒。

热烘烘的毛巾，抹了把脸，反倒去打量这一室一厅的接待室。

过去也进来过，就是没认真仔细看过。

队里大多是光棍，就算有家属的人，一年夫妻两人也就那么三四十天的探亲假，家属来了就远远地住在家属房，自然也和路炎晨这种人没交集，不相干。

最多是最近几年，因为他是中队长，所以每逢春节、国庆什么的身为"领导"要去例行公事发发红包，慰问广大军嫂和准军嫂。偶尔有住的时间短的，不想去家属房的军官家属，也会住接待室，就在宿舍楼里，方便。

过去他从没想过，这种地方会和自己有关。

没承想人都走了，反倒有资格住上一晚。

归晓看他清醒了些，又抽起烟来，倒不担心他酒醉，反而替自己发愁——

卸妆，洗脸，刷牙，还有每天早起都要洗澡，否则头发被睡得根本没法见人……

而眼下最重要的是——

她小声问："女厕所怎么走？"

路炎晨跨坐在椅子上，手里还夹着半截没抽完的烟，蹙了眉，这里怎么会有女厕所。

他忽然想起当初二中队队长的老婆来，人家还讲过一件糗事：夏天在洗漱间里的小房间冲凉，那位军嫂搬去个椅子搭放内衣，没想到洗完了忘记拿回去，就这么在小房间里搁了一晚上，来来去去多少兵弟弟们看着，第二天有人通气才拿回去，害得二中队队长一整个周末都蹲在家属房里，没好意思露面……

还有很多。

比如，突然有人老婆要买卫生巾，大晚上的开车几十公里去二连浩特找……

还有……

就是眼下了，上厕所，男人要蹲门口守着，从无例外。

路炎晨用几秒时间消化了这个必然的结果，将烟咬在齿间，抄了棉服搭到她肩上："只有男厕所。"

归晓肩上一沉，人却傻了："那怎么办？"

"我给你守着。"路炎晨一副还能怎么办，只能这么办的好笑神情瞅她。

归晓有点儿窘。

于是做贼似的跟他到厕所外头，路炎晨晃进去溜达了一圈出来，打个眼神让她进去。天，这是她这辈子第一次进真材实料、而不是电影里拍出来的男厕所……等真进去了，刚看到男人用的小便池，外头已经有人叫了声："路队！"

她心一揪。

坏了，现在出去好尴尬，不出去……难道还等人进来吗？

外头，路炎晨沉声问："干什么去？"

"上、上……厕所啊？"

路炎晨冷淡地应了声："回宿舍，做两百俯卧撑。"

"是！"那人还没酒醒，全然忘记路炎晨早是前中队长，仍当作是过去的日日夜夜，一个立正，毫不含糊地执行命令去了……

归晓出来还挺内疚的，问路炎晨人家想上厕所呢，你就给人弄去做俯卧撑了，这也太不人道了……一路回去一路念叨让路炎晨去给人家说一声，别做了。

路炎晨也不答，右手从她长发下穿进去，握住她细溜的脖颈，将她往接待室带。归晓走了两步觉出不对劲，人家都是勾肩搭背，他怎么一副拎小鸡仔的姿态……

算了，喝多的人，不和他计较。

回房了，路炎晨酒劲儿上头，挨在床头上清醒。

归晓猜度他要睡，没开灯，就着那一盆还温乎的水，一点点将睫毛膏化了，再洗脸，又将毛巾绞得半干，擦净脸和脖颈，还有手臂。就这么凑合着去床上睡了。

睡到快五点，正是归晓最困的时间，感觉到路炎晨热烘烘的掌心。

归晓也不晓得自己在做梦，还是真的。

路炎晨将她的脸扳过来亲她，门突然就被敲响……归晓一个激灵醒了，路炎晨也一动不再动，两人都默契地安静着，当作还在"睡觉"，就听到外头说："路队？路队？你不是要看狗吗？正训着呢。"

……

没回音。

估计人家是想明白了不能打扰，或者真天天纯洁地认为两人裹着棉被在睡觉总之，脚步声渐远。后来他又继续，重重无声地喘着气，力度加大……

又有人腾腾腾跑近，吼了一嗓子："报告！"

……

路炎晨没忍住骂了句，估摸是想起了昨晚喝多了撂下的话，全中队的人要见不着他去看狗，肯定会挨个过来叫，再想做点什么是没戏了。

他在阵阵敲门声里抽身而出，将长裤拉链提上去，裸着上半身就下床了："行了，知道了。"

翻抽屉，到处找口香糖，还真被他找到了。不只口香糖，也不知谁家属来住这里，还留下来半盒杜蕾斯……

刚醒来，看她睡在身边。

就在想，假设当初两人没分过手，那她大学毕业后应该每年会来住上一个月，这里，或是家属房，上厕所遮遮掩掩的，洗澡也不方便躲躲闪闪，就连洗干净衣服都在晾在房里，肯定少不了抱怨，但晚上裹了被子折腾折腾也就气消了。

人活几十年，匆匆忙忙就浪费了这么久，真是不值当。

归晓衣服被他揉得起了不少褶子，一面坐起身，一面不停往下拽裙子。

头发草草捋到耳后，手撑床头，将靴子穿上，没站稳，路炎晨就手抄在她胯骨上，将她按到自己胸前，将没嚼两口的口香糖用纸捏住丢去垃圾桶，然后低头吮住她的唇，刚没做完的那些精力都揉在这动作里，炙热灼人。

没多会儿又觉得不太过瘾，将她衣领子拉下一寸，粗糙的手掌摩挲着她的皮肤。没关严的窗户缝里透了冷风进来，不冷反倒吹得人燥热难耐。

"别弄了，"归晓被弄得直笑，"一会儿又有人来叫你。"

难道还真几次叫都不出去，都成什么了……

浴在青白晨光里的他，笑得不甚正派。

归晓从不避讳真是喜欢他的这张脸，五官哪儿都没缺点。当初在土操场的杨树下看他走过来，心一下就丢出去，全给他了。

真是要了命的帅。现在，更甚。

从两年前在加油站，他举着矿泉水瓶仰头一口口灌下去的画面开始，每个动作、眼神都在重新将她的心拽过去；还有后来在二连浩特的大雪里，看鹅毛大雪里的车灯穿透夜空，照着她，看他挨在车窗边上，大半张脸隐在帽檐的阴影下；还有饭店外，在十几个影子冲过来时，这个男人将自己推开——

哪怕没有少年时，哪怕是个陌生人，哪怕再晚相遇，她也一定会爱上这个男人。

  两人到操场上，那伙人都交流过了，两个敲过门的死活都不肯挨近路炎晨，跑得远远的，躲开，唯恐被教训。几十只军犬被人放开，仿佛要追逃犯似的在晨光中狂袭而来，吓得归晓退后半步。

  秦明宇毕竟过去也是有过老婆的人，懂这种心理，迎上去呵斥，费了好大劲才将它们引开。

  "怕？"路炎晨问她。

  "还行吧，"归晓摇头，"就是猛看见这么多大型犬有点发怵。"

  平时小区里有人遛哈士奇，都能让她下意识躲避，就别说这么多了。不过还好，她养过挺久的小京巴，对狗这种生物有本能的好感……

  路炎晨抿起嘴角，归晓最可爱的地方就是"嘴硬"。

  他将手指压在唇间，打了特响的哨子。

  这一声出来，秦明宇的努力全白费了，那些狗兴奋地蹿过来，谁都拦不住。一个个黑影子扑过来，围着打转，几十条尾巴在眼前拼命摇晃着，将归晓和路炎晨团团围住。

  其中一只猛蹿上来——

  "啊！——"归晓失声叫出来的同时，路炎晨抱住了那只军犬。

  她心还怦怦怦跳得欢实，那狗已经伸出舌头，呼呼呼地喷着热气，讨好地在路炎晨怀里对归晓摇尾巴。"这只是你养的？"归晓努力将这黑脸的军犬当京巴，去摸摸那狗的脑门，濡湿的红舌头将她手心舔了个遍，痒得不行。

  路炎晨笑笑："老队长养的，我养的那条死了。"来不及拆的炸药，直接叼着狂奔而去，离开人群被炸死的。

  怀里的狗是没了主人，他是丢了狗，倒也凑成了一对。

  路炎晨撒开狗，带着这群狗跑入操场。

  晨雾结霜，将归晓的眉梢都冻住了，追着他的脚步，跟过去。

  眼前的那个人和平时不同，过去，她常喜欢用乖戾张扬来形容他，但现在，在这一刻她才真见识到了骨子里的那个路炎晨是什么样的。

一个人带着几十条军犬，进了训练场就像狼走荒原，鹰翔高空。

他最后一次带着这些军犬，匍匐过低桩网，翻身越过两米多的高板，高空软网，高架速降，斜板绳荡，那些军犬紧紧地跟着他。

刚除了冰的泥塘，眼都不眨就扑进去了，一时水花飞溅，再出来，浑身泥水。

秦明宇蹲在泥塘边上，嘿嘿一笑，点燃了火障，一个个，水坑火障，连起来有十几个。呼撩燃起来的火苗，蹿起一米高，热浪被风卷过来，拂过归晓的脸，烤得她睁不开眼，心也忽悠一下子被提起来。

旁边人起哄："秦明宇你不怕路队上来抽你啊？"

"别逗了，"秦明宇落井下石，笑得得意，"他没事儿就给我们点这个，今天有嫂子在，还不可劲儿讨回来啊？"

众人大笑，一个个蹲在坑边不远处看热闹，甚至高海还抬腕，掐起了时间。

"嫂子你别心疼，这就是饭前小菜。"排爆班班长咧嘴笑。

看归晓那脸色，要是见着山地、野外、空基、陆基的渗透训练，估计要夜不成眠了。

路炎晨倒是玩得起了兴致，毫不含糊从水坑出来就翻身滚过火障，再扑通一声滚落下个水坑。火苗一米多高，水坑两米多深，这么一路折腾过，没多会儿，人就从最后一个水沟翻跃上来，右手抹去脸上的泥水，揉捏自己被火苗燎到的耳垂："拿药膏去。"

高海答应着，特幸灾乐祸地跑了，一帮子人过去天天被晨练，如今也算讨回来了。

他往回走，归晓沿着他留下来的一路水印子跟着。

那些军犬也耷拉着尾巴追着，想跟他，尤其是那只对他一直示好撒娇的军犬，半步不肯远离，走过食堂了还追。路炎晨不得已躬了身，手掌在它脑袋上揉了两下："去吧。"

那满身泥水的军犬呜咽了几声，没动。

路炎晨淡淡一笑，踢它："不嫌丢人？"

狗又嗷呜一声，这才抖去满身泥水，飞一般追上了自己那群同伴。

回接待室，他去冲干净回来。
小值日送了早饭来。
秦明宇和排爆班班长厚着脸皮，死活要来蹭饭。
这就算真的告别宴了。

早晨七点多，两个大男人又开始白酒就馒头咸菜，吃起来，路炎晨要开车走，不能喝，就陪着。归晓坐在旁边，一小口一小口吃着手里的肉馅包子，喝了两口白粥。路炎晨短发还半湿着，归晓怕他感冒，将椅背上搭着的毛巾又拿来，给他擦了擦。这么个小动作，看得排爆班班长热泪盈眶的，在队里待久了看老母猪都是双眼皮，猛见着一个大美女这么柔情似水地给路炎晨擦头发，太刺激人了……

路炎晨倒是好笑瞟了归晓一眼。

要没外人在，历来都是他伺候她，绝没有归晓这么贤惠的时候，也不知太阳打哪边出来了……归晓瞧出他促狭的目光，将毛巾往他膝盖上一放，不管了。继续喝粥。

饭吃到半途，来了两个人。三个男人马上都站起身，叫了声陈队。

为首那个四十几岁的男人眼风凌厉，在看到路炎晨那一刻却笑起来："赶回来见你一面，也是不容易，"再去看归晓，微微有一瞬的停顿，"这是你老婆？"

路炎晨点点头："叫归晓。"

归晓和那男人握了手，对方寒暄两句后，又将手倒背起来，打量她："我这记性应该还不差，你这没过门的媳妇儿，是不是在哪里见过？"

见过？归晓去看路炎晨，她没印象。

客厅里莫名静了会儿，路炎晨终于承认了："是见过。"

挺远的一件事，没想到大队长还记得。

要说他们这些人有时候记性是真好，有点儿稍不对劲的事，哪怕发生十几年、二十几年了还能印在脑子里，时隔多久想起来甚至能凭借这么点儿蛛丝马迹和人对上号，比如，他就还记得第一次抓了境外特殊培训的人，有次猛在资料里看到甚至还能记得那人招供时说了什么。可有时他们记性也差，好些人救过老乡，到被人认出后再回想，自己都不记得，比如，汶川地震数万人被调往震区抢险救人，除了一身军装，谁还记得谁的脸？

大概是 2008 年，5 月左右。
奥运年，举国狂欢，他们这些人日夜无休。

那年，路炎晨和整个排爆班有大半年频繁出省，大小知名会议、活动，他们都被排满了，全是支援安保任务。那几天在云南有个很重要的大会，他和排爆班几个骨干提前到了，休息那两天，打外出报告，去了边境。

这个地名排爆班内部训练时经常被提起，他们像普通旅人一样趁夜去了雷区附近。

"路队，你该不会要把我们一个班拉过来现场训练吧，"排爆班班长蹲在雷区石碑外，和路炎晨逗闷子，"要不打个报告，来一次？"

"想来也轮不到你，"路炎晨在土坡上坐下，"就是带你们来看看风景。"

这条战线埋了百万颗地雷，如今也只清除了一半。

这批地雷报废期 120 年，等报废是没戏了，都要靠人一次次来排干净。记得外出授课时，人家问他，现在不是有机器吗？机器排雷安全性高，可其实遇到情况紧急的，地貌复杂的，种类交织混埋的，作业危险性越大，越需要人手动排雷。

往这种地方一坐心能静下来，一眼望去都是太多还没完成的任务，以后不在一线了，自有去处消耗下半生。

第二天会议，路炎晨作为专家组成员支援现场安保，守在会场外草坪上。

便装，黑衣黑裤，黑帽，脖子上挂着一个名牌，和一帮子人坐在不起眼的会场外，草坪的角落里，喝水休息。

大队长过来慰问，话没说两句，路炎晨慢慢将矿泉水瓶盖拧上，拧得太用力，淡蓝色半透明的瓶盖裂开了一道痕迹，他却没察觉。作为带了他多年的顶头上司，这太不寻常了，以至于，陈队第一直觉是有麻烦，有档案里不寻常的人出现了。

循着路炎晨的目光望过去，只有两个穿着短裙的女孩子和几个年轻男人在一起。

很年轻，挺漂亮，但绝对陌生。

足足一分钟，这个追捕起逃犯千里奔袭，数天数夜军犬都累到爬不起来，而人却找根草绳将磨烂的军靴绑结实，徒手攀爬峭壁去追人的反恐第一中队队长，竟失去了过往的所有镇定和对繁华人间的冷漠，那双眼中有太多的感情，多到连他自己都没预料到。

多少年，他没认真算过，就记得挺久了。

当初回到北京也没能见到的姑娘，如今，就在百米外。二环路上北京火车站的站台大钟钟声还在耳边，而心爱的姑娘终于得偿所愿见上了一面。

也不怪大队长会记得，路炎晨的小动作太突兀了。

他的右手几根手指都攥得骨节发白，睫毛微微扇动着，最后，移开视线，借口太热，去洗手池冲把脸。大队长嗅出了不对味，可任务期间，又是支援安保，总不能多谈私人话题。看看表，还有三十分钟开始，叫过来排爆班班长嘱咐："你们队长今天不太舒服，你多用心点儿。"排爆班班长答应着，心想：开玩笑，路队那是重伤不下火线的主，"不舒服"是什么东西？

倒计时，二十五分钟，路炎晨在露天的洗手池，不停用凉水冲脸。

倒计时，二十四分钟，他两手撑在造价昂贵的洗手池旁，将头垂着，让自己冷静。

倒计时，二十三分钟，他头压得更低了些，埋在手臂里，看不清面容。

倒计时，二十二分钟，人还保持那个姿势。

倒计时，二十一分钟，身上的对讲器响了："路队，草坪北边有可疑物品，金属探测仪试过了，肯定是电子产品。"

毫不迟疑，人一个箭步冲出去了。

会议还有二十分钟开始,来不及套防爆服,没得商量,他用几个手势,让排爆二小组原地待命,接过身边人递来的工具。那块可疑物品被发现的草皮上,已经掀开几平方米,他缓缓靠近,匍匐上草皮,探手,一点点拨开泥土——

在这种情况下,他只有一个任务,解除危险。

解除不掉,就抱着爆炸物跑离人群,当然也不排除在现场被炸得四分五裂的下场。

在匍匐到草皮上那一秒,他脑子里头次在拆弹前有了复杂的念头:归晓。

……

三分钟后,路炎晨半举手臂,打了个解除的手势。

他单手撑在草坪上,从草坪上起身,浑身轻松:"不是爆炸物,确认下是什么东西,填个单子。"身后在掐算时间,判断是否要疏散人群的排爆班班长忍不住骂了句:"靠,不是说昨晚都排查过了吗?谁干的糙活啊?"

黑色外衣下,路炎晨贴身穿着的半袖轻易就湿透了。

三分钟前,他有两个不好的念头:万一威力巨大,波及太广,是否来得及撤离人群;万一他被炸得四分五裂,捡尸体时被归晓看到……幸好,一切都未发生。

那天,会议照常进行。

与会人员和来宾不会知道草坪上发生的那一幕。

那天支援结束,路炎晨在临上车前,在会场外抽了根烟,想着,离她难得这么近,就多待会儿。一根烟刚好够绕场外一圈,太阳灼在他眼皮上,眯了眼去辨清车在哪儿,将烟蒂丢去玻璃转门旁的垃圾桶,迎着日光跳上车。走人。

自此,她回她的北京,他去他的边疆。

这件事发生在加油站相逢前。

在路炎晨口中没带太多情感描述,被三言两语说完。归晓听得身上一阵紧,一阵松,手臂上一阵阵麻麻的,在想那次会议,没什么特别,有些经济论坛看起来国际影响很大,好多都是例行公事的邀请,她是代替老板去的,半天会议,连着周末,在那边玩了几天。

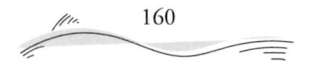

楼上，大厅里，有人在台上讲，百来号人在台下听，时不时有人走神，拧开水来喝，或是翻翻手里的资料……而楼下，却有一帮子连军装都不穿的排爆专家，翻查过每一寸草坪，甚至做好了一切牺牲的准备。

有些职业的荣耀，注定要被深埋，因为他们的一举一动都在保密范围内。不能宣传，不能报道，换句话说，连现代最流行的公关塑造形象都不行。归晓还记得，刚和路炎晨要和好时在论坛上查阅他们的资料，极少，甚至有很多不好的言论。

但她也记得，曾经看到一篇报道在表扬一个排爆英雄，是难得的一个100%排爆成功的人。这个数字意味着什么，那就是说凡是涉及这方面的人，多少都会失败，受伤，残疾，死亡。有人报道吗？没有。这些数字被掩埋下来，没人会去注意。

过去，这些都离她很远。

可曾经，真实的，她被路炎晨在某个时刻用命护过。

而她并不知道。

"有缘啊嫂子，你和我们路队真是几辈子的缘分，"秦明宇立刻下了定性，"都说两人要在一块儿，总要有些缘分证明证明，这就是！"

排爆班班长记性竟也出奇的好，添了一剂猛料："我记得，那次支援回来，几个中队的人吃饭，路队代表我们队出节目，吹口琴吹哭不少兄弟。那是我这辈子唯一一次听路队吹口琴啊，那时候刚来没多久还不了解，还想着这中队长可真铁骨柔情，以为是想嫂子了呢，后来一问，原来光棍一个。我又给自己找理由，那路队一定是多年没碰着优秀女性，思春了，谁想到，还有这后话……"

那首《在他乡》在不少人当兵前早就红遍大江南北，一句"我多想回到家乡，再回到她的身旁"唱红了多少战士的眼。

……

路炎晨难得有点儿小秘密，没藏住，被当众翻出来，还是在老下属面前被抖搂出来，面上多少有些挂不住。不言不语的。

等送走人，该喝的酒也喝完了，人也要走了。

陪喝酒的人将他们两个送到车旁，路炎晨那辆车门边上，路炎晨探手，狠狠拍了下排爆班班长的头："别混个缺胳膊少腿，回去了讨不到老婆。"

排爆班班长揉自己后脑勺："路队，我不就揭露了你想嫂子的那一面吗？至于拍这么狠吗？放心，等我荣归故里日，绝对找个比嫂子还漂亮的。"

"说啥呢你俩，"秦明宇哭笑不得，"就不能考虑考虑我这种失婚男人啊？"

路炎晨一笑："走了。"

他素来是个利索人，丢出这话就上车。

车外，秦明宇还是没顾他的叮嘱，提前让人传话过去，那些在早饭后短暂休息的昔日队员都涌到车旁，知道路炎晨的脾气，没敢多废话，最后看一眼就算。

路炎晨将手边储物格丢着的墨镜戴上。

"你下去说两句吧，"归晓于心不忍，"多说一句也好。"

"铁打的军营，流水的兵，"路炎晨的眼睛从墨镜边沿，平静地看出去，"该说的，当初走的时候就说完了。"

辨不清眼中情绪，他打了方向盘，一脚油门离开。

破二手车，没这里的车牌，可开出大门就引来门口两个哨兵的注目礼，双双军礼告别。

路炎晨也在前挡风玻璃投照进来的刺目阳光里，抬手，还了个板正有力的军礼。

血还是热的，在流淌，心还是活的，在胸膛。

大好河山，你我守护，此一生所向，无须告别。

第八章　昭昭赤子心

所以，回首这么多年，

阴错阳差的，也可以说是归晓成就了现在的他。

让他没有半途而废，走到了今天。

路炎晨身份特殊，出境报告没有批下来。

那边秦小楠妈妈好不容易松口，答应坐火车将东西送到二连浩特，可还是爽约了。归晓在电话里如何劝都没用，似乎她才是秦小楠的亲妈，将她和路炎晨都弄得很是不爽。

幸好最后是大队长硬着面子去要了个"特事特办"，给秦小楠在部队驻地开了新户口本。户口本上户主就是秦小楠自己，棕红色的皮质户口簿，翻开就这么一个孩子的名字。

风打浮萍。

进北京前，归晓给孟小杉通了个电话。

秦小楠睡了，也就没想再回去，两人随便吃了点东西，直接去了归晓家。

路炎晨这两天有事要办，和孟小杉约了隔两天去接秦小楠，顺便收拾东西，把小孩接来归晓这里念书。至于他自己……倒是很冷静告诉她，婚必须要结，因为从一开始两人就没采取任何保护措施，自然是越快越好。

但首先，要解决两家的问题。

而今晚，先回家。

这是路炎晨第一次到她这里。

归晓家是个小复式，底层是厨房客厅，大书房、客房、洗手间和厨房，顶层两个房间，有间带洗手间的卧室，有一间原本是小书房，秦小楠来了就是他的卧室了。

格局不大，胜在地段好，当初小老板来见了，硬是想用高于市场的价格买过去。归晓死活不同意，这是她用来养老的房子，都想好了以后老了腿脚不便要怎么装修了……

"你去沙发坐一会儿，我给你倒水。"

归晓去把水闸打开，回来人已经不见了。

客厅里几个行李袋都被打开来，洗手间里有哗哗水声，她循声而去。

路炎晨不晓得怎么就找到了她时常用的洗衣盆，开了水龙头兑了洗衣液，自来水正顺着他的手心冲到盆底，泡沫一股股从盆底涌上来，脚边堆着衣服，头也没回："挑一挑，都要怎么洗？"归晓扒拉着，将要干洗的先丢到墙角，再去看剩下的。

牛仔裤和不娇气的衣服机洗就好……"那个，我自己洗。"

是几件在他部队不方便洗的内衣和内裤……

路炎晨点点头："会洗？"

……废话当然会，从小就会好吗？"嗯。"

路炎晨也没说什么，将那些内衣放进去泡上："来教我用洗衣机。"

归晓哦了声，开始给他讲起来大概的用法，她只会最简单的功能。有些复杂的也不会，也没有什么太多用处，就含糊带过了。

"说明书呢？"

"……明天找找吧。"

路炎晨再去盯了她一会儿，挺无奈地笑了。

他这些年养成的习惯，凡是上手的东西一定要吃透用烂，恨不得拆成碎片自己都能再组装上才算舒服。但也不能指望她能找到，看看型号，网上应该找得到说明书。

于是，路炎晨到她家的第一个晚上头两个小时做的事，就是：干活。

从洗衣服开始，到擦干净每个房间的家具，拖地板，洗干净厨房所有的东西……

他干什么归晓就一步一步跟在后头看着，陪聊，忍不住了就说一句："你放着吧，下周阿姨就来打扫了。"路炎晨没听见似的，烧了开水将所有毛巾类的东西全冲了一遍。

完全不怕烫，探手就从滚烫的水里抄起来，拿手绞干："去，挂上。"

归晓一个个又将毛巾挂回去。

她人回来，看到厨房的炉子旁，路炎晨两手撑在大理石台边沿，去烧一锅新开水。

头顶洒下来的是灯光，身前是火光。

特别有俗世气息。

归晓凑近，张望那将将要烧开的水。

过去就这样，每次他干活时候她就跟在一旁瞅着，时不时内疚着咕哝两句，内疚一下，然后继续瞅着他干活。对于这一点海东还开过玩笑，说小姨子天生就是享福的命，他倒不觉有什么，只要他乐意惯着就行，一锅配一盖，都是注定的。

不过要换成别人，他也不见得乐意。

火苗子舔着锅底，烤热她的手背："你怎么对我家这么熟？"

他答得很敷衍："猜的。"

他看她手离火太近，怕燎到她，将她手带过来，在左手掌心里揉捏着玩。右手漫不经心地捏着透明玻璃杯的杯口边沿，一点点转着圈。

等水开。

归晓的手被他揉得发红发烫，两人之间的温度不断攀升，像点了一根火药捻子，一路沙沙地溅着火星烧下去，烧到了心里。头顶的灯光被遮挡去，在路炎晨亲到自己嘴唇时，她心悸得像初吻似的，等他舌探进来，她不自觉人就变得软绵绵的，轻靠上他。

人在疲累时亲热，有种困兽依偎的错觉，只觉得暖融融的，心底像被融掉了一块，还在慢慢扩大着……偏他亲了就走："我先把事情做完，一会儿和你有话说。"

她轻"哦"了声。

路炎晨看出她的不满情绪，去打开抽油烟机，点了根烟抽上。噪音充耳，水也滚起来，他没耽搁，将碗碟筷子都丢去洗干净的锅里。

他拿了锅，咬着烟斜她一眼，含混不清地说："快去，别溅到你。"

归晓终于被轰走了，回房换了轻便睡衣，拿了条毯子出来，在沙发上看电脑。一整天的车途早扛不住，眼皮打架，也是累，没等到他就睡着了。

睡了不知多久，隔着毯子被人拥住，屋里黑了，他关了灯。

路炎晨摸到她露在毯子外的脚，摸摸，凉透了："去床上？"

他两只手裹住她的双脚，轻揉搓着，泡了整夜热水的掌心格外柔软、温热，难得没那么粗糙了。她脚小，他手指长，围住也没什么问题，不过终究是有缝隙透风，他索性将她的脚放到怀里继续焐热。归晓动动脚，踹到他身子下——

蓦地躲开，醒了三分："……脖子睡得好疼，"本来颈椎就不好，这么窝着睡了会儿，头都抬不起来了，"你不是有话和我说吗？"

路炎晨盯着她看了一会儿。

"我现在工作有两个选择。一是拿钱走人，加上这么多年存的，肯定能补上所有账，还有剩余办个婚礼，再开个汽修店也没问题，"他慢慢地说，"还有一条路是直接工作，就没有这么多钱拿了，你要再等我两年才能平账，然后再办婚礼。"

说完，他又停顿了一会儿，才继续说："这个工作很稳定，但会有风险。教人拆弹，也会有现场支援，"他措辞比较慎重，简短，"如果有必要。"

这个假设的意思是：太过危急的场面，必须要他们这种身经百战的人上。

"你去修车太浪费了。"归晓挺认真地想着，要如何说。

那天在他部队食堂吃饭，大家在聊天，她很识相不打扰，反倒听高海说了好多他们平时做的事。他们的路队精通英语、蒙语、俄语，那几个中队都是海陆空三栖作战，又会拆弹，绘图，绘人像……这样的人血是烫的，心是忠于祖国的。

你凉了他的血，掏走他的心，就不是他了。

"你要让我去做这行，估计不行，我心理素质不好，当初高考就怯场了，第一场考试大脑空白了半小时才好……可你去做，我没有任何意见。以前我们分手和这次不同，那时候情况特殊，而且年纪小，一想到你几年、十几年都可能不回来就受不了。别怪我……"

"没怪过。"

从来没有。

痛苦有，但没怪过。

归晓又抱着他腻了会儿，发现在沙发上睡也不错，路炎晨将茶杯端过来，喂了她一口水，刚泡没多久的普洱。她品着这味道，心想：很好，他根本就不是反恐的，是搞刑侦的，连那么多罐子茶叶放在哪儿，都是什么茶，全摸得一清二楚："你怎么想起泡茶了？"

"口渴。"

其实是看她从回来就从冰箱找饮料，没喝过热水，特地给她泡的。

"你要喜欢喝普洱，"归晓被温热的水润了嗓子，倒是开心，"我明天去多弄点好的。"

路炎晨笑了声，见把她喂水喂挺高兴，在正事上也算互相领会彼此的意思了，也没再耽搁。将她的下巴捏了，去亲她，普洱的香气搅在口腔里，唇舌上。实践出真知，他如今算是能理解为什么每次有家属去队里，无论何时推开那些人的门，总能撞上正在床上腻乎亲热突然分开的一对儿——

他寻着她小腿上去，呼出来的灼人气息就在她耳根子边上，将毯子掀开，毯子边沿的细穗撩得归晓脖子痒。

"都困了。"她抱怨。

路炎晨哂然一笑，将手摸上自己的皮带，直接解开。

……

等差不多了，才去贴着她的脸问："不想？真不想就睡了。"

归晓哪还有心思想他有多讨人厌，心跳得七七八八，语无伦次地应着："想，想……"

……

再醒来，她裹着自己床上的被子睡在沙发上。昨晚折腾得狠了，死活不让路炎晨再动自己，两人就窝在沙发上睡了整夜。撑着手臂起来，张望起身，人不见了。

包好的饺子在桌上，生的，压好一张纸条。顺便醋和辣椒酱也摆好了，归晓记得她家里的辣椒酱早没了，估计是他现去买的。

纸上的话倒是简单：去报到，晚上回来。路晨。

路炎晨过去的字她熟悉，如今再看这纸上的，倒像出自他人之手。当过兵的人大多会练练字，很多地方都有这种风气，个顶个的硬笔字标板，估计又是这十几年的变化。细微的，每一处都变了。

可"路晨"两个字却是实实在在的，落款在那里。

第一天报到，领导没给任何喘息的机会。

课表上，路炎晨排了整整一上午的课，照他的理解是，上边压根没有考虑过他这个前反恐中队长会不来报到的问题。好像注定的，他要来，一定会来。

几个教官里，有个是路炎晨的老熟人，缺了一只手臂，是 2000 年左右在一个甜品店排爆时被废掉的。路炎晨进去时，人家正优哉游哉地喝茶，见着路炎晨一乐："路队，来了啊，就等你了，"说完，将手里的一份规章制度推过去，"十分钟，背下来，今天上边说了，你打头阵见新学员，先要背这个。"

路炎晨对余下几个肢体健全的教官颔首招呼，扫过去。

十分钟后。

炙热的阳光落在眼皮上，七十个人都在立正等待。

年轻男人居多，只有最右侧有一列女孩子。

操场前方，六个身穿简单黑色外衣的男人，戴着统一样式的黑色帽子，没任何标识，走到众人面前，站成一排，比这些学员的站姿稍许随意了，可帽檐阴影下那六张不同的面容都很严肃。

右手侧，路炎晨走到学员队列前。

背对着身后的几位老师，面对面前这些尖子生。

"各位，我们六个人就是这学期要带你们班的教官，可以叫我们教官，也可以叫老师。我本人姓路，路炎晨，你们拿到的课程表上有我的名字。今天初次见面，在未来八个月培训期间，你们会更了解我。接下来，很啰唆一段话，这些在规章制度里都白纸黑字写着，但我现在必须一字不落背一遍，否则我们几个都要被扣工资。"

底下，有不少人想笑，屏住了。

"这里不是军校，所以，要求会比较轻松。听好，记住，背下来，"路炎晨嘴角也似乎带着笑，很快隐没，"首先着装。培训期间要穿制服，制服要成套，不同季节制服不允许混穿。课时，统一穿制式皮鞋，不允许出现拖鞋、布鞋或赤足。皮鞋颜色棕或黑，男人鞋跟不得高于三厘米，女人鞋跟不得高于四厘米，不得穿白、花色配袜，鞋要保持光亮。

"对于制服，我们允许在换季期间更换衣服，三月一到五日，换春装，五月一到五日换夏装，十月一到五日换春秋装，十二月一到五日换冬装。集体活动，必须着装统一。

"其次是一些小规矩。边走边吃东西，不允许，在公众场合和禁止吸烟区域吸烟，不允许。身穿制服，不得出现如下行为：挽臂、搂腰、搭肩、插兜、袖手、背手、席地而坐、嬉笑打闹或高声喧哗。"他略停顿，提高一度音量，"都清楚了吗？"

众人齐声："清楚了！"

"好，啰唆完了，还有一句话，是我个人送你们的。当年我加入反恐一线，老队长就送了我们一句座右铭，希望各位也能找到自己的那句话，未来写在遗书结尾，很提气。"

他说完，微微地笑了笑。

众人见教官笑了，晒了半小时的热燥都有了发泄口，都笑起来。

"路教官的话是什么？"有女人的声音问。

他说得很慢，一字字，很慎重："千家炮火千家血，一寸河山一寸金。"

一瞬安静后。

"这句我要了!"有人说。

"还有新的吗?路教官。"有人提议。

"是啊,你也送我们几句。多几句,我们这么多人呢,遗言不够分的!"

路炎晨似笑非笑地看了眼那个要多选的:"现在的队伍不好带了,遗言还要多选?"

笑声起伏,气氛越发融洽。

路炎晨声音突然一沉:"稍息!"

队伍马上静下来,齐齐稍息。

"立正!"

唰地全部立正,背脊挺直。

路炎晨的眼风从第一排的一张张陌生而年轻的脸上掠过去,而后排,也有比他年纪大的,资历深的:"两句,一个意思,希望你们永远用不到。"

操场上静悄悄的。

"苟利国家生死以,岂因祸福避趋之。或者,"他也背脊笔挺,看着这些未来将会进入排爆第一线的人,下意识摆正自己的帽檐,"捐躯赴国难,视死忽如归。"

声不重,很亮,也很直。

没视死如归的勇气,就别干排爆这一行,硬上只会害人害己。

到中午他去教官食堂打饭已经只剩下独留的两份儿,端走五分钟消灭,一点不剩,将不锈钢的盘子拿去餐盘车。有个清瘦的老教官匆匆而入,领了最后一份饭,找了个角落吃起来。路炎晨看了眼牌子,食堂是禁烟区,于是往出走先找地方抽烟。

人走到大门外,两个直属领导簇拥两个人身后,低声说着话,走入这里。

领导看到路炎晨招招手:"路炎晨,来,过来。"

路炎晨走过去,直觉出面前这个人是谁,照着过去,他要马上立正行军礼。

可现在他只是脱下帽子,直视那个这几人里年纪最大的、同样也在用目光

"丈量"自己的男人："路晨？我是归远山。"

十一年前，两人没见过。

但他受这个男人"恩惠"，当兵前两年要比别人更拼命。

路炎晨坦然伸出右手："伯父，你好，我是路炎晨。"

十一年后，在这里，两人终于碰面了。

当年归晓家里出事，路炎晨后来有意从表妹那里问过。

事情闹得不大不小，后来压下来，但私底下也有人一直在议论。大概归晓去区里念书那年，她父母闹离婚，因为"家庭和睦"是男人在晋升途中很有利的一条衡量标准，所以归晓的父亲坚决不肯离婚。他们的婚姻是军婚，父亲不同意，母亲也一时没好办法。

没想到，事情突然有了转机。

当时，归晓站在母亲那一边威胁父亲，如果不同意和母亲离婚，她就作为女儿检举他婚外恋，这是严重的作风问题，更别说被女儿实名检举会颜面扫地，比离婚还不堪。最后的结果是，离了。也确实影响了归晓父亲的前途，因为离婚问题，错失了一个大好的机会，归晓被迁怒赶出了家门。

原本她跟着母亲也没什么问题，毕竟母亲是外交官，养活个女儿不是大事。可她母亲得了重病，前前后后两三年都在医院里，后来才有了好转。

归晓的高中和大学初期，就是在这样的环境下成长的。

没人帮她，也没人陪她。

路炎晨记得，归晓那段时间在电话里，每次都会因为一件小事发火，他不清楚她怎么脾气变得这么差，也是累，不想说话，听着她说。最后归晓说着说着就哭了："你怎么不和我说话，我给你打电话也要钱的……说话啊。"

她一哭，他心疼，可也烦躁，不知道她为什么要哭，更不知道怎么劝。

想着也许是自己说错什么了，就草草挂断，让她冷静冷静。

如此恶性循环，他不懂两人怎么变成这样，想不通，直到分手，到后来回来北京找她也想不通。直到知道了前因后果，自然就懂了。

那时的归晓，一来想维持自尊不想和远在千里外的他说这些家里的变故，也不想影响他，可她又压不住生活巨大的震荡，那些低落、痛苦就转变成了无理取闹。那时，但凡归晓能让他知道一点点，就不会这样，也可能会就此改变他的人生轨迹。

如果他知道了，两年义务兵后就会回来。一定会回来。

所以，回首这么多年，阴错阳差的，也可以说是归晓成就了现在的他。
让他没有半途而废，走到了今天。

路炎晨在领导办公室内，和领导一起，负责招待这位意外来客。

说实话，他没想到自己能这么容易见到她父亲，在内蒙古那通电话这位长辈应该在气头上，说话严厉而一针见血，将他的家庭剥了个赤条条的，摆在台面上指摘。还有那场重大事故，恨不得将他说成一个千古罪人，人民公敌。眼下……有差别，但差别不大。

归晓的父亲把来这里当作一桩公事。

路炎晨也就公事公办，倒是领导之一很赏识他，不断介绍是如何不容易才从众多单位手里把路炎晨抢过来。实战型人才永远是国之栋梁，这是领导的评价。

对此，归晓父亲没太多评价。

路炎晨的照片归晓的父亲早就见过，档案袋里的，而对他的成见惯来就有，从没减少过半分。他就归晓这么一个女儿，当初那件事之后拉下脸来和归晓的电话没断过，甚至比她离开家念初中时还要频繁，嘘寒问暖好多年，慢慢才让女儿能和自己开始有了走动。

父亲还在职，母亲又是搞外交的，姑娘自己也读书好，在国外研究生深造回来，工作又好，模样也好。最后悔的就是那些年疏忽了对女儿的管教，放到了她姑姑家去念书，没想到，当时认识的一个男孩子能到今天还有感情。

"你在内蒙古做的事算帮了自己，"归晓父亲临走前，难得和他说了句话，"这个工作，各方面来说都不错，但不适合成家。你既然还有更好的选择，也可以多为家人考虑考虑。"

路炎晨仿佛能洞察一切，察觉这个长辈在让步，但也要求他要有所退让。

他报以微笑："国家培养出个能去一线的人不容易，多做两年是两年。不卖命，如何对得起那些早一步捐躯的兄弟和老领导。"

路炎晨有时候有种自以为是的骄傲，在一线多年下来的人，不骄傲不成器，没自信无法带兵。锋芒是掩不住的，十分夺目，可惜归晓基本没机会见。

他给自己计划好的时间是七点到家，六点就离开工作单位。

差不多提前十分钟到她家。

不出所料，一桌子饺子被归晓分两顿吃了，毫无创意，午饭水煮，晚饭油煎。他回家第一件事就是把她给自己留的煎饺子吃完，收拾厨房。碗筷放在洗水布上沥干，想着晚上用抹布擦干净再放回碗柜里去。归晓已经穿戴好，兴致勃勃将他拽出去，两人一路顺着金宝街、王府井，沿长安街走到天安门前面。

天安门灯火辉煌的，背后长安街上车流不断。

看到站岗的人，他不禁多留意了几眼，归晓带他从地下通道绕到马路对面的广场上。四散的都是游客，归晓将脸压到他胸前，手不晓得在做什么，随即，仰头轻"嗯"了声。路炎晨晓得她是想亲……大庭广众的，还是广场边上，他一个当过兵的人实在——

归晓又从鼻子里出了音，这下是在撒娇了。

两个人从来没有多少正常约会谈恋爱的时候，那时太小，亲热也是躲着人的，他心里也多少知道哪里委屈过她，所以基本她能想到的，想不到的，都尽全力去弥补。路炎晨将她拉到更边沿的地方，借着黑夜里的光，低头用嘴唇去蹭她的，慢慢滋润她的唇。

冰凉凉的，一个东西被她吐到他嘴里。

路炎晨舌头一碰就知道是什么了，离开她，将东西吐出来。

"惊喜吧？"归晓自己先笑得不行，得逗似的从兜里拿出湿纸巾，"快，快擦干净，给我戴上，我明天要先回公司晃一圈。"

路炎晨整个人静止在那里，半响，挑了眼瞅她。

"别生气啊，"归晓忙将戒指拿回来用湿纸巾擦干净，小声求饶，"结婚戒指是一对儿的，那个你买，那个要天天戴。这个没用，就是结婚那天用一次，你买太浪费了。"

"多少钱？"他凉飕飕地问。

当然不能告诉你，好贵……

"归晓。"

归晓心虚得厉害，努努嘴，将戒指向他递："买都买了……"

她就是不想让路炎晨受委屈，什么都要最好的，让他能风风光光娶自己，不让任何人能背后指摘他什么。她不许。

路炎晨看了她许久，接过来，将她右手里的湿巾纸拿走随手塞进自己上衣口袋，借着广场上的灯光，端详她细长白皙的手指，找到中指，慢慢地套上去。

直推到手指根部，淡淡地说："先戴着玩，以后给你买更大的。"

归晓看他慎重给自己戴戒指的动作，轻"嗯"了声。

鼻子酸，好酸。

路炎晨看她微微扇动的睫毛，还有她努力藏在眼底的笑，轻叹了口气，嗓音因为情绪起伏太大而有些沙沙的质感："还亲吗？"

不出所料，她立刻扬了头，眼睛带着水光："亲，亲……"

路炎晨就职的地方虽不是军校，但也有严格要求。

按制度，每个授课教官都要在基地轮值，全封闭三十天，电话和上网也要接受监控。路炎晨因为是教官组组长，第一个当值。

他和归晓每天通一个电话，像回到刚当兵时，联系频率，联系方式都差不多。

其实也可以用QQ，但是文字监控也麻烦，就作罢了。

就算只有通话，他还是嘱咐过归晓，别说什么太肉麻的话。这么叮嘱是有原因的：

当年他刚从新兵连下部队，就是有保密属性的地方，归晓一连来了五封信，那信里的内容被广泛阅读后，马上成了辅导员口中赞颂的"标杆情书"。后来路炎晨去了二连浩特，辅导员路过，顺便探望当时已经是副队的路炎晨，对着一帮子领导又提起情书的事，左一句标杆，右一句样板的，被领导们听进去，拿这事在队里开了他大半年玩笑……

于是他觉得，很有必要嘱咐一下归晓，以免重蹈当年覆辙。

上课没五天，路炎晨就好好给大家上了一课。

这天，他坐在训练场旁的台阶上，远观着训练场内在做测试的一班学员。

大伙被分成十人一组。

此时，第一组人正在各自独立防护圈内，同时拆弹。

都以为是在竞赛，争分夺秒，想表现出最好的成绩，赢过其他人。可很奇怪，两分钟过去了没有人举手示意，后边六个组的学员也觉得不对劲，张望着。

防护圈内的学员都穿着防护服，又重，又紧张，又急，都不晓得出了什么问题。

路炎晨余光看着秒针，三秒，两秒，一秒……

"砰砰砰……"接连五声巨响。

五个穿防护服的学员被震开两米，有直接坐地上吓蒙的，也有惊慌失措，跌撞爬起的，还有摘下防护面罩，一额刚拆弹时的冷汗，震惊地看测试教官的……

余下五个人虽然什么事都没有，可也傻了。

不管是被震开的学员，还是排队等待的，每个人都只剩下自己的呼吸和心跳。

刚刚那爆炸是实弹……

"十人一组，每组随机五个人会碰到实弹，"测试的教官低头，打分，"下一组。"

还有两句话他没交代：

一是，五个实弹都是拆不掉的，再天才都没用，全会准时爆炸；

二是，这些弹都是路炎晨亲手做的，吓人用，有防护服在伤不到人。

远处的路炎晨将帽子摘下来，微微扇了扇风，看明显比刚刚紧张百倍的学员们，很满意这个效果，将帽子夹在右臂下，起身，离开了操场。

一小时后，测试完毕。

除了第一组因为毫不知情分数过得去，余下的六组心理负担都加大了不少，还真有不敢上的，被记了零分。优胜劣汰，这种卖命的事当然要胆大的。

这训练很常规。

只不过在反恐中队，不管你是尿裤子了，还是腿软得走不动道了，都要硬上。这些学员还好说，只是按比例淘汰。

路炎晨本身就是这些教官的头，很受尊重。

那日三个班测试下来，最后负责测试的教官很是夸耀了一下路炎晨的制弹能力，更是引来了学员们的崇拜。三十岁刚出头，又自带反恐光环，最主要多年军旅生涯都没将一张脸弄糙了，完全的"天生丽质难自弃"，想不惹桃花都难……

没过几天，他在教学楼拐角的一个吸烟区抽烟。

两个女学员从身边经过，叫了两声"路教官"，他抬眼，象征性地应了声，目光肃然冷漠。应完声，继续翻手里的学习资料。

"路教官，徐教官说那天测试我们的炸弹是你一手包办的？"其中一个眉眼成熟些的，先出声，"徐教官还说，你是拆弹、爆破双修的鬼才？"

路炎晨手里资料是英文的，毕竟不是母语，又有很多专业术语，很难不费些心去看。于是听到声音后，先递过来无情无绪的一眼，脑子里还在想着手上纸头里的东西。

见这种眼神，俩女学员都有点心虚。

路炎晨慢慢地将自己从资料里拉出来，说："不只我，很多做排爆的，也都是爆破高手，以后到一线你们就知道了。"解救人质时既要炸开障碍，又要不伤里边的人，那寸劲儿更麻烦，远不是想象的丢个炸药包就完事了。都是人命。

搭话的女学员仿佛受到鼓舞，笑了。

路炎晨打量她们："你们两个，学号多少？"

提问的女孩低下头来，将眼前飘过去的发丝捋了，轻声说："我是一班56，她是一班59。"路炎晨点点头："这种在课上讲过的问题，下次再问直接扣学分。还有问题吗？"

"……没了。"

他合上资料，将搁在一旁石凳上的帽子拿起来放在资料夹上，一路向二教走去。

在基地的日子一晃而过。

路炎晨回归晓家那天，已是四月初。

推了大门，她正坐在沙发上，给秦小楠剥山竹吃，大拇指往黑紫色的外壳尾端一按，弄裂了果壳，白嫩嫩滑溜溜的果肉塞进秦小楠嘴里："这东西营养好，每天两个。"

这么甜滋滋的东西，秦小楠头次吃，真是好吃，吐了果核，就听见归晓说了下一句："你看我们给你吃好喝好，又不用做家务。你的任务就是好好学习，就这么一件事一定要做好，否则吊起来打。"

……秦小楠将果核吐在手心里，唔了声。

路炎晨走入，归晓听到声音，马上将剩下的山竹往秦小楠手里一塞："吃完，去背一篇范文。"话音没落，人已是光着脚就从地板上跑来，将路炎晨的手一挽，"我买了鸡肉，还有土豆，还有好多香料，还有烤炉，还有羊肉，牛肉，好多肉。"

归晓那心情和献宝似的。

"你做大盘鸡给我们吃吧，还有烤肉串。"

大盘鸡？他又没试过，不过应该不难。

他应了声，给秦小楠递了个瞧不起的眼色，谁都没驯服的小孩终究还是栽在归晓这里了。秦小楠也回了一个"路叔叔你也差不多"的表情，只流血不流泪的铁汉形象早已崩塌，进了这门还不是要挽起袖子管做家务？

整个月没见的一大一小"好朋友"，没任何语言交流。

秦小楠主动回书房去背诵归晓留的家庭作业，有意将空间留给他们。

路炎晨将外衣脱了，进厨房，拿了个比较小的长形尖刀，熟练地给土豆削皮。

一块块，很有节奏地掉在不锈钢水池里。

归晓将脸挨到他背后，隔着衬衫好像能听到那有力的心跳，自己的心也随着一下下调整节奏:"我还以为你会特别脏的回来。"离家三十天还能保持这么干净整洁,真难得。

"出来前洗过澡。"

他临出来前还在暗自腹诽,自己倒像刚恋爱的毛头小子,见女朋友前要洗干净,整洁一些,唯恐给人留了不好印象。

"哦,"有个问题她临走前就想问,忘了,后来因为电话有监控也没敢问,如今终于等到了机会,"你们基地,有女学员吗?"

"有。"

还真有?"多吗?"

"不多。"

"你带几个?"

"十几个。"

归晓默不作声,将手插进他两侧裤兜里,如此环抱着他。这动作她过去常做,除了能摸到烟盒打火机,也碰不到什么新鲜东西。可这次不同,她手指碰到个戒指。

先是一愣。马上握它在手心里,缓缓抽手,很小一个戒指,她唯恐稍一激动就掉了,滚到哪里去找不到……他一定知道自己摸到了。

可偏就当什么都不存在,头一偏去指抽油烟机。

归晓打开抽油烟机。

"帮我点根烟,"他说,"左兜里。"

归晓将烟盒和打火机掏出,依言摸出一根烟,塞进他嘴唇间,手心还牢牢攥着戒指,去给他点烟。火石"嚓"的一声,没着,又接连打了两下才算是点着。

小小火苗将将挨到香烟头端,眼看都烧着烟丝了。

路炎晨才轻声,咬着烟说:"小心点儿,手里东西别掉了。"

归晓倏地将打火机放下,瞪他,颧骨上烧着烫,倒像被火燎了一样。

"不喜欢?"他嘴角带笑。

"也不问我就买……"

路炎晨笑,将烟从嘴上拿下来:"不喜欢没关系,明年再买。再不喜欢,后年再买。老了拿根绳子拎一串挂脖子上,谁都没你戒指多。"

归晓被逗笑了,推搡他,路炎晨像是没提防,刀柄都脱手了,却又打了个圈捞回来。明晃晃的光闪过去,下一秒就稳稳握在掌心里。

归晓看傻了:"怎么弄的?"问完,眼睛更亮了,"快教我。"

路炎晨见她兴致勃勃的模样倒像个小新兵,刚下部队满心觉得反恐队里全是深藏不露、武功超绝、飞檐走壁的高手……瞧什么都新鲜,看什么都热血沸腾。

路炎晨哪舍得让她玩刀,将刀放在切菜板上,擦了双手,去从她手里拿了打火机点烟,抽了口:"试试大小。"

归晓嗯嗯着,套手指上比了比,刚好:"你那个呢?"

话刚说完就看到了。

那左手上,无名指套着的不就是另一只?

归晓心软和得不成了样子,悄声问:"怎么现在就戴上了?"

"方便。"

其实是在基地里,那帮教官拿自己受女学员欢迎来开玩笑,反倒提醒了他。

读书时和归晓在一起,她就很在意这种事,今天听同年级人议论,明天听跨年级传话,后天再被海东逗一逗,总提心吊胆、旁敲侧击问他:是不是哪班哪位女同学过去对你有意思?现在有意思?未来可能会有意思?也就是他素来喜欢独坐最后一排,没同桌,否则一定还会从海东和孟小杉那里编出个"同桌的你"……

虽然不论过去,现在,或是将来,他都不认为这种事会发生。

但,有必要防患于未然。

于是不方便出基地的他,特地上网去查了想买的戒指,准确估算出尺寸,让能出基地的教官给自己去市区带了一对回来,自己先戴了。

你都戴了,那我也不客气了。

归晓也悄悄戴上,举起来,对着光看,两粒小小的挨在一处的碎钻,又亮,又净。

越看越喜欢,索性将中指的戒指摘了。都笑出了声。

身后人又往他身上使劲靠了靠,路炎晨察觉了:"先让我做饭。"

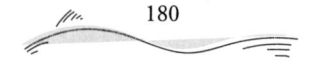

"本来想晚上和你说的。"归晓喉咙口有些发紧,脸红着。
……
她踮了脚,挨在他耳边悄声说:"我好像怀孕了。"
……
咕嘟嘟的汤水炖着鸡,除了这声音,再没其他的。
全世界都没声音了。
"真的。"怎么紧张得和未成年怀孕似的……

路炎晨突然将手里的烟头猛在水池子里揿灭,探手就去开窗。一把将她带到客厅里,面对面,那一双眼上上下下地看她。反射性摸裤兜里的烟盒,烟盒棱角撞上手心,才又惊醒了,静下来。

人仍是站着,像全世界就剩了她一个女人似的,看着她……

百感交集这个词用在此时都太单薄,很多话,没法说,口才不好,无法准确传达。

厨房的灯瓦数并不大,却像是烈日在烤着他的背脊,嗓子也干干的,低低地问:"怎么知道的?"

归晓下唇轻抿着,一双手背到身后想克制自己的羞涩:"验孕棒,还没去医院。"

混沌不明的情感涌上心头,一阵阵的,心口发紧。他毫无预兆地一把将她带到怀里:"身体有不舒服吗?"

"没,"她脸一红,"估计是太早了……刚开始吧?"

"怎么发现的?"

"……我妈给我打电话说梦到我生孩子,我一算日子,就去测了,"归晓想想也真神奇,"估计是母女心灵相通,这也能梦到。"

要不是母亲的玩笑,她自己都没发觉。

因为从小生理期就太紊乱,并没什么固定的日子。

她从小身体就不是很好,以至于生理期自从开始有,就是一月两次,从没正常过。

难得正常的生理期就是和路炎晨谈恋爱的时候。

尤其是初吻的那个月，破天荒地推迟了。那年代哪里懂那么多，明知道接吻应该不会怀孕，仍旧提心吊胆着想，天，万一呢，万一偏自己接吻怀孕了呢……后来分手，慢慢地，又是按月的两次生理期，重新进入了周折反复的身体调理。后来大学里和室友聊到各自初恋，将这糗事拎出来说，几个姑娘探讨着，估摸是谈恋爱有助于平衡雌激素。

姑娘们还替归晓担心着，这么乱的生理期以后不好怀孕也挺麻烦。

可没想到这么容易就有了。路炎晨真是万能的。

那晚看到结果她就想给他打电话，可总不能让整个基地监听的人听两人讨论怀孕事宜。于是熬到现在，刚一见他露面就想说，又惴惴着，不晓得如何开头。

路晨，这里，我肚子里有宝宝了。你的……

像是前一天还是那个热得让人烦躁的夏天，她才十几岁，一路迎着风扇造出来的风，走入台球厅，穿过一个个台球台子，拐入最里处的小房间。那里，镇上当时有点儿名气的小混混都在。路炎晨手臂搭着窗台，睨着自己。

而后一天，自己就有了他的孩子……

路炎晨脑子没停下来，在想着接下来要准备的各种事情，很多事，他和归晓这一道的婚姻线，从有孩子到最后要落上户口的政策线，还有怀孕十月的准备……一时头绪不太清楚，今晚不能睡了，都要马上弄清楚。

归晓见他又不说话，瞟他："高兴吗？"

他倒是被问笑了。

"也不见你激动，也没行动表示……"

通常这种眼角眉梢掩不住的小表情，他就知道她想要什么了。于是也没多废话，将她人兜到怀里，低头亲上去。可刚含着她的唇，就想到自己刚抽了几口烟，想去漱漱口，归晓倒不乐意了："有你这样的吗？亲完再去做饭。"

这语气和过去没两样。

这天晚上，秦小楠直觉自己要长针眼了。

吃饭时候还要挽着手臂，这也就算了，归晓吃大盘鸡吃到冒汗，拿餐巾纸擦了额头后，就去摸他的手背，这也就算了，路炎晨竟还翻手过来将她手握在掌心里揉捏着玩……

烤串好了，要亲一下，收拾碗筷要亲一下，去厨房洗水果还要。

等十点多，归晓被路炎晨连哄带骗去上床睡了，路炎晨在书房里将笔记本电脑打开看了几小时后，带了门出去，一路绕到地下车库，靠在归晓车边上抽烟。车库照明灯的瓦数不高，没那么亮，他盯着灯里那一点白光源看。

左右睡不着，去将后备厢的简易修车工具拿出来，将车挪出车位几寸，开始检测小毛病。从初中就这样，有不如意、不顺心，或是烦躁，心里装着事就会修车来解决，到现在养成了习惯，在内蒙古做副队时也常去车队，起初人家保养车只是让他搭了一把手，后来发现，这路队是高手啊。于是三天两头地，人不出任务就被请过去和大伙一起研究各类车辆的修理和日常保养，要不是人家是一队副队，挖不动，人早被车队撬走了。

凌晨四点多小区两个保安看了监控录像还不太放心，过来转悠着，询问路炎晨在干什么。保安来之前在监控里观察了好久，看着他不像偷车贼，在这儿拆拆弄弄的都一个多小时了，可大半夜的不睡觉自己修车的……也真没见过。

事实证明，真碰上神人了。

其中一个保安当过义务兵，见路炎晨的身板架势就觉得他是一路人，聊了两句，还真是。反正值夜班没事，扯了路炎晨聊到天亮。他回了家，在楼下浴室洗了个热水澡，将半夜出门前泡净的豆子倒进锅里，腊八粥，有营养。

等人起来正好吃。

归晓事先打听过，这种确诊的事去妇科，哪家医院都可以做，反正结果也不会出错，等确诊了再好好选一家医院的产科，备案生娃。

她上午不信邪，去了最好的三级医院，人挤人，好不容易排到号了，结果告诉她，B超已经排到了下个月……"怎么不排到我生出来呢……"归晓哭笑不得，彻底认输，转战二级医院。走廊里就三四个女人等着做 B 超，有两个年轻的，有两个年纪大的。

没想到，到她进去了都没人来。进去了，两个医生在聊天。

归晓特紧张地躺下来，被冰凉的、滑溜溜的润滑液磨蹭肚皮。那戴着口罩的女医生目光严肃，只是不停敲打着电脑记录，也瞧不出什么端倪来……

"医生，有吗？好吗？是宫外孕吗？有胎心吗？"她轻吸口气，把能在网上查到的坏情况问了一遍。

……

走廊里也没人，除了他。

路炎晨翻着手里的一份最新排爆机器人的说明，一行字看了十几遍，没读进去，倒像刚学英文的人，每个字母都认得，拼起来是什么？不认识。

直到，有细碎的脚步声。

归晓拐出 B 超室的门，一张 B 超单递到他脸前："快看！"

白纸上的术语他通过昨晚的学习，大概都清楚是什么意思，可那个黑白打印的图上，实在看不出什么……在归晓的指尖下能看到阴影，还太小。

12.6mm×9.4mm×14.6mm。

归晓照着这数字，用两根手指比画着，忍不住笑"青豆那么大"的一个娃。

路炎晨看那一串数字，在心里准确"绘"出了一个大小，久久不能移开视线，生命的延续，这样小的一个东西会变成个健全的婴儿……还是他和归晓的。

等她将所有单子都给了门诊医生，对方看到 B 超报告后，又看了验血单，完全确认了这个事实："查太早了，还看不出什么，等差不多三个月，去产科具体检查吧。"

只是简单说没什么问题，刚早孕，现在还看不出什么。顺便，那医生还好心提醒他们要先去办准生证，有这东西才能在产科建档，定期做产检："拿结婚证去街道开，具体哪个区的你们自己上网查查，或是打电话问问。"

"嗯，嗯。"归晓一本正经听着，装着自己已经有了"结婚证"这个东西……

那女医生将病历本合上，还给她。

她走出来，翻着自己的病历本，一沓过去用过没扔的化验单刺啦作响。她抬头看路炎晨，又想起什么，脸一红："刚我问了这医生大概多大，说是有五周多……"说完，走近点儿小声问，"你猜是在内蒙古的时候？还是回来之后？"

路炎晨原本目光还在她小腹上打量，猜想大概会在什么位置……听了这话眼皮一抬，其实说不准是哪次，频率过高，也只能估摸个大概时间范围："难说。"

归晓和路炎晨从电梯下来。

大厅那一头是收费处和药房，统共十个窗口，只有一个前面还剩了一个老病人在缴费。

"你再想想，"归晓还是不甘心，"我还想给他讲，他是在哪儿出现的。"

路炎晨真被问住。这种事……从男人这个角度来说，确实不会有任何特别感觉。

他前后掂量了一下时间，又在脑子里像幻灯片似的将每一次都仔细过了遍，仍旧没找到任何能确定的线索。在短暂的思考和权衡后，他给了一个有把握让她高兴的答案："应该是内蒙古。"

事实是：乱猜的。

"真的？"她果然笑了，水灵灵的眼睛里带了惊喜的光。

那个地方对她最有意义，她活到今天干的最不后悔的一件事就是去二连浩特找回他。

路炎晨观察她的每个细微表情变化："真的。"

不得不承认，能让自己心情愉快的最简单的方法就是：逗她开心。

路炎晨原本想着，直接去领证了。

可自己的关系还在二连浩特，没办完手续，要再等一星期。

从路炎晨这边来说，已经彻底解决了工作问题，现实情况还不错。

现在只需要带归晓回家走个过场，再在镇子上办个婚礼也算给了亲爹一个面子，否则他亲爹准会把所有气都撒到他亲妈和他妹妹身上。

可心理上，他并不想让归晓去。

为了做铺垫，路炎晨简单介绍过家里的情况。

他有个弟弟在念大学，没在家里；有个妹妹也当过兵，不过没有路炎晨这么能干，在秦岭看了两年监狱后就回来了，还是路炎晨托海东给她找了个工作。可惜妹妹成绩不好，好几年公务员都没考下来，也不能算是正式工作。"你爸不是不让你当兵吗？怎么让你妹妹去了？"归晓听完就觉蹊跷。

路炎晨当时在给秦小楠检查作业，跨坐在书房的凳子上，身子微向前躬着，听着这话，将最后一点儿尾巴看完。合上本子。

"我妈在我小时候离过婚，再嫁才生了我妹妹，路箐不是我爸亲生的。后来我爸妈再婚把路箐带回来改了姓，所以当时家里不太想花钱让她念大学，就送她去当兵了。"

归晓哦了声，没再深问。

等第二天和孟小杉通了电话，差不多就知道了前因后果。

路炎晨亲妈是早年生了路炎晨以后，受不了家暴和老公出轨离婚的。后来在娘家的安排下嫁了个军官，生了他妹妹。那军官也不晓得是做什么的，总之，日子过得挺不错时候死了，她妈就带着一儿一女又嫁回去了。"我一直不喜欢他们家环境，不是因为他妈离婚复婚，是因为他爸自始至终就有两个老婆，路晨弟弟就是外边那个女的生的，"孟小杉如此感慨，"路晨他妈大概在他上初中时和他亲爹复婚的，海东和我说路晨从爸妈复婚就没住过家里，只住修车厂，就是因为那女的还经常去他家。"

反正在他家，路炎晨亲爹对那个弟弟最好，要什么给什么，可那个儿子最不争气；对路炎晨有时候还行，有时候高兴了甩一把票子，不高兴了就动手；对那个妹妹吃穿都不给，可很少动手，因为路炎晨上初中时，每次知道他妹妹被打了，都能和他亲爹拼命。

而且海东还和孟小杉说过，路炎晨之所以初中在外边混得厉害，起初也是为了能让他亲爹多"关注关注"他，"教训教训"他，给妹妹留个能喘口气读书的空间。后来混得久人也颓了，再后来上了高二，因为想考军校又重新把文化课都捡起来的……

一切讲完，孟小杉问归晓，是不是特复杂。

归晓当时在办公室里给自己冲孕妇奶粉喝，银色的勺子，在玻璃杯里搅啊搅的，听得情绪低落，就是觉得，自己还能再爱路炎晨五百年。

那天晚上路炎晨从单位回来都九点了。

刚进门，等在门廊许久的人影特殷勤地将拖鞋放到他脚前："我都等你半小时了。"

本来黏在归晓身边，好不容易能看两眼谍战剧的秦小楠，马上夸张地做了个"别过头去"的动作，讪讪走了。他还没回过味来，归晓抱了他胳膊，轻摇起来："我陪你洗澡。"

路炎晨将外套脱了，轻轻一抛，准确无误落在餐桌旁的椅背上。

他将归晓拉到怀里，低声问："受什么刺激了？"

"想陪着你。你回来这么晚，等洗完澡就要睡觉了……陪你洗澡还能多待会儿。"

潮湿的，温热的，呼出来的气息在他锁骨边轻撩着，一下下烫着他。

路炎晨觉得，有些燥。

归晓这次怀孕是个意外。

心理上他是欣喜若狂的，可生理上就没那么愉悦了。

本来就是多年惦记在心里的姑娘，好不容易和好了，能做点成年男女培养感情的事情了，就被关了三十天的"禁闭"，再出来，却是连多一点的动作都不敢有了。毕竟是初次当爹，又是怀孕早期，不敢轻举妄动。

归晓睡觉毛病多，自从两人睡一张床开始，她就开启了"追人"模式，无论他怎么睡，她都能在深度睡眠的状态下，形成手臂抱着，人贴着，外加脚也要挨着的模式……

而她不知道的是，她无论是呼吸出软绵的、均匀的气息，还是手指的温度，或者脚指甲刮过他皮肤的某个时刻，都能让他立刻清醒。

这两天，不是没睡好，是真没睡着。

理论上，他认为面对着怀孕的归晓，不该再有什么邪念。

实际上，该想还是要想，还因为怀孕让想要的更清晰了……

他拿手覆到她脸上："浴室空气不好，怕你闷。"

"没事儿啊，我要觉得闷自己出来。"

他也就没再拒绝。

归晓本意是真想和他聊聊天，说说话。

可进了浴室又觉得好像不太对劲，路炎晨身材真是太好了……穿衣有版型，脱衣有肌肉……

路炎晨没捺住想要和她亲热的念头……

蒸腾起来的白雾，弥漫着，归晓深吸着气，也是燥。

最后归晓真是透不过气，先跑了。

路炎晨洗完澡去书房收拾东西，埋头刻苦学习的秦小楠从课外练习册里抬了眼皮，望一眼门外，很板正地说："我在网页上查过，说前三个月路叔叔夫妻不能同床，要不今晚开始，你和我睡吧？"

互联网真该分级，过去小学生哪懂这些。

路炎晨看都懒得看他，翻过来他练习册的书皮，是奥数题："背两篇范文去。"

"我睡觉可老实了，你就和我睡吧，路叔叔？"

路炎晨蹙眉，本来刚就是浅尝辄止，正想去楼梯间抽根烟缓缓呢："三篇。"

转身，人走了。

楼梯间，路炎晨站在最上头那级台阶上，目光越过昏暗的楼梯间，穿过楼下转弯处那半开的窗户去看外头。五月开始，又是三个月的出差行程，要去好几个军工厂，走之前要解决掉结婚证和准生证的问题，还要把婚礼办了，总不能让姑娘大着肚子办酒席。他倒无所谓，可这对归晓是个遗憾，新娘都该是最漂亮的。

所以，婚礼要筹备起来，要快。幸好他当初还留了点儿钱，够用的，就是流程不太清楚，也还好有孟小杉能给意见……这些都在计划内，都不是问题。

唯独有一点，刚好归晓怀孕三个月要去建档、产检时，自己在外地，还是机密单位，能不能及时联系上都难说。

光想到这一点，算得上是身经百战的他却不踏实了。

现在的归晓还是喜欢腻着自己，还同过去没差别，亲一亲，拉下手都能让她乐上半天。可相隔两地时，她又没过去那么没安全感，马上能切换重心到事业上……路炎晨知道以归晓的能力可以照顾好自己。

可他终究是个正常男人，"老婆"和"孩子"这两个词太重，就压在心坎上。

路炎晨在阳台吹了半天风，漱了口，回了卧室。

归晓正在喝睡前最后那一顿牛奶，这次是鲜奶，自从知道喝奶对娃好，她恨不得天天将自己泡在奶缸里了。路炎晨见她喝完了接过去，想下楼去厨房洗干净放好，被归晓拽了手臂，小声抗议："等你半天了……明天再洗。"

路炎晨好笑地借着床头壁灯瞅她，今天不知道怎么了，格外黏。

"把杯子放桌上啊，"她将棉被掀开，"暖烘烘的被窝，热乎乎的老婆，快来。"

路炎晨抿了嘴角，将杯子往电视柜上一丢，关灯，脱去多余的衣服上了床，将所谓的那个"热乎乎的老婆"的温软的身体搂在胸前。

"路晨……"归晓闭了眼在他胸前用脸摩挲着，轻声叫，"路晨。"

"嗯。"

……

归晓手掌压在他光溜溜的胸口上，鼻子酸，眼涨涨的："当年特别对不起你，我都以为没机会和你说对不起了……别看是我说的分手，其实我特爱你。从认识你开始我对男的就全是一个审美，就喜欢你这样眼睛好看的，喜欢你这种不爱说话的，见到话多的人就烦……还喜欢你这种接吻温柔，会修车的，学习没我好的，台球打得好，小流氓都会怕的……每次吵架都不说话，生闷气就抽烟，大冬天在运河边亲我……"

路炎晨哑着声问:"归晓?"

本来说得就让自己想哭,听他稍微一有回应眼泪就出来了,估计是怀孕了,人感性得不行:"我就是后悔和你分手……想起来就后悔,不想也后悔……"

他用手一点点将她的刘海拨开,擦她冒出来的汗,又抹她脸上的眼泪:"这个月就娶你,给我点时间准备。"

归晓哭得正蒙,迷迷瞪瞪地抬头,在一片水蒙蒙中看他。

"订孟小杉的酒楼,秦枫做证婚人。我们结婚,这个月就结。"

第九章 忠诚与信仰

不同的国度却有着相同的一类人,不论贫穷还是富有,以祖国为信仰。

最初就是想做这样的人,后来,更简单了:

他有这个能力,他也该这么做。

没想到，计划被一夕打乱。

星期五，基地临时接到了支援任务。有新一批的爆炸物被挖掘出，量大，又是经年累月在地下被侵蚀过，十分危险，都被集中送去了一个偏僻的工厂里。

急需大量专家，集中作业，报废掉这一批危险品。

基地这里，路炎晨是头号被点名要过去的人。

第二个是这里资历最深的老专家，干瘦，不高，也就1米65的个子，背脊倒是挺拔的。

两人平时在基地并没有交集，倒是走前在办公室和基地老大开了个会，大意是，这次因为量大，难度大，危险也大，提前做一下"动员"。十分钟过去，老大看两个人都表现出一副不太需要动员的表情："老沈啊，知道你家里没人，回去收拾收拾就行。小路，你不是要结婚吗？这一走就是三四个月，婚礼要不要延期？"

"不用，"路炎晨顿了顿，"走前给我一天假，让我把结婚证领了就行。我老婆要办准生证，来不及等我回来再领了。"老大一口答应下来，顺便让秘书去催人事。答复是关系还没过来，恐怕只能中途抽一天飞回来办结婚证了。

此时，归晓人已经在镇上了。

她掂量着路炎晨平时也没空，反正自己工作时间自由，一是按捺不住想要和好友分享的心情，二是想都先安排起来，于是今天就开车过去了。

孟小杉也是个做事利索的，拿了菜单，就和归晓挑拣开了……

棕红色的皮沙发里，归晓脸贴在沙发靠背上，闻着皮子淡淡的膻香气："你把账户给我，我钱打给你。"

"开什么玩笑？"孟小杉笑了，"钱又不是你借的。"

归晓郁郁瞅她："可我过意不去。"

孟小杉轻叹口气："这和路晨、和你都不太有关系。这笔钱是海东问我开的口，用的也是他和我的交情，这是我和海东的事。我给你讲，你也别去还钱给海东。初中时候他跟着一帮大流氓出去闹事，是被路晨拽回来的，要不是路晨他早废了。男人之间你也不要掺和，他要是想让你插手，他就不是我认识的那个路晨。"

其实孟小杉说的道理她都懂，路炎晨的工资条和存折也都给她看过……照他的话说就是，待遇比预估的还要好。还有一年多这工资卡就没用了，直接给她。

孟小杉的脾气她懂，这事不能再提了，再提绝对会犯脾气。她又去举着一张纸，上头都是孟小杉给她精挑细选配出来的菜单，孟小杉也就着去看，没瞄几眼又是感慨万千，视线落回到归晓身上，摸了摸她的脸："真好。"

并非还有感情在，只是，人到一定年纪总会有的情绪。

年少时的爱人，谁不想珍惜？

可并不是人人都值得。

哪怕值得，也不是谁都有这个机会。

晚上回家，归晓没来得及给路炎晨看订好的酒席单，见着简单的行李箱，心颤了下。瞄了眼里头的衣服，差不多都在这里了。

路炎晨衣服不多，哪怕是便装也都是基地发的，平时一拉开衣柜差不多全一个样。归晓见他拎着几本书出来，更懂了，这是一个漫长的出差安排。统共就这么五本书，全拿走了……哎，要是能把自己装走就好了。

"你要出差啊？"归晓一溜烟趿拉着拖鞋过去，抱他的腰，"带我走吧，带我走吧，还有你的娃，还有秦小楠，一起行吗？"

路炎晨反手去摸她的小耳朵，低声说："不行。"

"我知道，"她也就是发发嗲……听他语气这么严肃还挺不好意思的，探头探脑看他的表情，"逗你玩的。你去哪儿啊？什么时候回来？很久吗？"

"挺久的。"

路炎晨想交代什么，可在脑子里过了一圈，什么信息都不能说。只好又例行公事地和上回在基地关禁闭一样，强调他手机会被用特殊的东西装起来，防窃听，当然也防信号追踪，又是与世隔绝的一段日子。

"那有点儿麻烦，不能等领完结婚证再去吗？我急着去开准生证呢。"

"我提前打了报告了，等那边一有空闲就飞回来领证。"

归晓被这话弄窘了，还好她现在不是小姑娘了，要不然还以为刚怀孕就要被人甩了的架势……"记得我还要产检呢，怎么也要在三个月之前回来一次。去这么久……要是肚子太明显也不好办酒席，太难看了……在镇上办，肯定要有好多老同学来，丢脸死了。要不等生完再办酒吧？"

路炎晨应了，也没别的办法。

他今天一直在想怎么和她说要推迟婚礼，没想到归晓自己先提出来了。

如果是别的女孩，估计碰到这种情况难免起疑心病了，会想着，是不是怀孕了就掉价了，什么都省着来，赶着来，恨不得不办婚礼就凑合结婚完事了。幸亏归晓的性子他还是了解的，她没这么多弯弯绕绕的东西，要真这么想，就能真直接问你。

估计归晓难得做过三次弯弯绕绕的重大事件都和他有关：

一是，开始就喜欢上他，伪装成不在乎；

二是，两年前在加油站见到还喜欢，假装是生疏了；

三是，去二连浩特再见到，佯装着已经忘了。

半夜四点的专车，直接去机场。

就这样，他已经是最后一批出发的人了。

三点多路炎晨翻身想下床，归晓倒是没醒，就是压着他的胳膊，自发自觉地在睡梦里到处找他。路炎晨将她睡得乱糟糟的头发捋到枕头上，借着窗外微弱的月光，仔细看了会儿她的眉眼，将她的下巴轻掐住，将嘴唇压上她的。

睡得发干的唇，还有软绵绵的舌尖都被他吮弄了半天，归晓没醒，倒是回吻了。

应该还在梦里。小春梦。

要留什么话吗？还是算了，别吓到她。

虽然这是传统。

人出了房门，一直偷听这边声音的秦小楠也溜出来，悄声地问："走啦？"路炎晨点点头，摸他的脑袋，再去瞥卧室门："多照顾点儿。"小孩见识这种场面可比归晓多了去了，还是五岁时他爹就早将"身后事"交代好了，他倒背如流都没问题，特认真点点头，目送路炎晨下楼，拿了箱子悄无声息走了。

下楼时，专车等在小区外头，一辆普通黑色保姆车。

沈老很有心，考虑到路炎晨是有小家庭的人，特地让保姆车先绕道去接自己，再来接他，让小未婚夫妻两个多睡一会儿。上车了，路炎晨和沈老对视一眼，相互笑了笑。

车窗开着，透进来清凉的晨风。

路炎晨将手臂搭在车窗边沿，望一眼那幢楼，找到归晓卧房的窗口，还在回忆着刚刚和她短暂的深吻。当初还没试过和人亲热时，他更在意的是未来要采取的方式和方法，可当对象确定为归晓以后，所有都变得不同了。

那是一种感觉，从没这么和人亲近，也没有这么考虑过一个人的感受。

和对妹妹的袒护不同。对归晓，是更亲近的，不可言说的保护和占有欲。

……

"小路，当初怎么想去当兵的？"沈老拧开水杯盖，就着滚烫的热茶，吹了口气。

白雾被吹散开来，水仍是烫的。

路炎晨默了一会儿，想起曾影响自己的各种原因："说不好。"

1998年洪水看新闻，那些在洪流里身体连着身体的人，全是普通家庭里最普通的儿子，少年，一声令下前赴后继用人墙抗洪。还有小时候看过几本书，描述切尔诺贝利核电站的反应堆发生爆炸的时候，当时近五万士兵，还有消防队员做了敢死队，不顾辐射去砌墙封闭辐射物，数年内全都死亡……还有很多这样的事。

不同的国度却有着相同的一类人，不论贫穷还是富有，以祖国为信仰。

最初就是想做这样的人，后来，更简单了：他有这个能力，他也该这么做。

五点时闹钟响了，归晓再去找人，早就只剩下了自己。将枕头拽过来，还有路炎晨留下来的味道。她又将枕头胡乱揉在怀里睡了。

原定周末要去他家，这下没事儿干了，一觉就睡到快十一点，还是秦小楠把她叫醒的。归晓去厨房，见到她专门用来喝奶的玻璃杯洗干净了，倒扣在吸水的白布上，盯着，瞅了好久。

一个男人，不管他要去哪里，在离开家门前还不忘洗干净一只普通的玻璃杯。

光是想想他走前在这个厨房里洗杯子的背影，在水池左边，胯斜靠在那儿，再叼根烟⋯⋯不对，怀孕后他就不在家里抽烟了。归晓知道他工作压力大，也没觉得戒烟是必须的，从小也早就习惯了⋯⋯于是，脑子里又重新构图，继续想象上回他没有含着烟，仔细洗着玻璃杯，用手指滑过杯子口边沿。

再一甩，关水，晾去台子上——

"下次喝奶别咬杯子口，这杯子太薄。"

"哦。"

"干什么买这么薄的杯子？"

"好看。"

那时候，那男人不甚客气地斜过来一眼的时候，太有感觉了。

百看不厌。

路炎晨是最后一批到工厂的人。

老规矩，进场前先接受检查，一切私人用品上交，换上统一黑色作战服。

这里可不比基地的条件，路炎晨合计着自己应该没条件每天和归晓联系，于是在路上就和归晓说好了。她要定期发过来邮件，他有条件时会统一看，而她要随时保持一部手机畅通，他一空下来就找机会和她通话。

大家住在工厂宿舍里，一个三层宿舍楼。

一间房住两个人，上下铺，上铺放行李，下铺用来睡觉，简单朴素像回到了过去。大概两个月后，有天晚上回来，同屋子的沈老还没睡，打食堂要了点儿花生米，在就着白酒喝，见路炎晨进来了就招呼他过来坐。这一老一小在床边书桌上，喝起了小酒。

边喝着，边看桌子上打开的笔记本电脑里下载好的美剧。

他一看就笑了，这个离开家前，归晓经常看。

老头见他表情，也笑："你们小年轻不懂，我们那年代大家学的都是俄语。没想到现在，全是说英语了。老了老了，还要从头学起，刚学会不行，还要精通，还要与时俱进懂人家的新词。看这个管用。"

沈老说的这些路炎晨都懂。

出去交流说不好，是给国家丢人。国际支援，你不说得麻利点儿也麻烦。

两人相视一笑，沈老最后还指了指电脑屏幕上的画面："就是搞不懂，这里边大姑娘小伙子都不停分手，又自由配对，每过几集就互相换次男女朋友……文化不同，难以理解。"沈老说是自己家最小的一个外甥女帮着下载的，没来得及看几眼就来了工厂，看着不太对劲也没法再换，只能等一个月后调休回北京再说了。

翌日天没亮，有人敲门。

沈老披着外衣就出去了，没一会儿回来："小路啊，你多睡会儿，前面雷区挖出来了不得的东西，我去看看。"

等他人起来，天也刚亮了。

因为楼里排水管道出了问题，路炎晨在厂房的洗澡间冲了个凉出来，还拿毛巾擦着头发呢，早上把沈老急带出去的人回来，一额头的汗。见着路炎晨就大跨步跑过来，喘了口气，低声说："人没了。"

水珠子顺脸往下淌，冰冷的水，烫过胸口。

路炎晨定了一定神，沉默着手往脸上一抹，甩掉余下的水珠子。

想问，一句没问出来，跟着人走出去了。

这个时间还没开工，高敞空旷的走路都有回音，他人迈出铁门时，迎面对上初升起的日光，眼睛被刺得避开来。

每一次吸气，胸膛都有沉重的震动。

后来他到现场，沈老的遗体已经被送走了。

没有耽搁的时间，路炎晨套上防护服，打个手势后，带着两个新助手走入雷区，经过那血迹时耳边像还有老人家在抱怨的笑声："这美国人的爱情观真是有问题，太开放了也不好。"

一个为了家国，这辈子都没打算结婚生子的人，对美好的爱情却有自己的一套标准。

……

完成后续任务，回到工厂已是中午。

路炎晨早就打了报告要去市区，此时没什么心情，但不能不去，都两星期没和归晓通电话了。于是跳上车，开了两个多小时进了小城，司机将路炎晨放到商业街街尾。人流很大的地方，年轻人特别多，路炎晨觉得这个时间点看到这么多学生有些反常，看了一眼腕表，周六。难怪。

他找了家面馆，在角落里从小黑袋子里倒了手机和卡出来，组装上。

输入归晓的号码，发了个简短的消息过去：空了回电。路晨。

归晓看到短信时，是半小时后，还是秦小楠把手机给她拿来的。

自从怀孕以来她很注意让自己不要生病，可还是感冒了，这天，流出鼻涕的一刹那她心自由落体似的，吓傻了。主要是被普及怀孕千万不能吃药的观点太深入，彻底没办法淡定，慌牢牢地给表弟媳打电话，拐弯抹角地询问假设怀孕了感冒要怎么办。

她怀孕的事还是个秘密，没敢告诉太多人，毕竟挂着个"未婚先孕"的头衔，也不是人人都能理解。

归晓电话里扯是自己一闺蜜。

表弟媳没怀疑，让她去煮大蒜蒸冰糖水喝，顺便还笑着说幸好不是归晓，归晓这个从来不碰大蒜的可就麻烦了。归晓闷不作声，自己去厨房里捣鼓出来，闷头喝了两口险些被蒜味呛到昏过去，一分钟喝完，反倒在洗手间漱口用了十分钟……

她还含着一口漱口水，腮帮子鼓着去照镜子，见着那短信，噗一口水全喷到池子里。

将手机夺过来,小孩子轰出去,回拨过去。

不夸张,电话接通前,心怦怦乱跳,和少女时没两样。

想到要和"路晨"通电话了,就抑制不住地心神摇荡,面红耳热……

这里,空间安静,电话那边显然是热闹的地方,环境嘈杂。接通时,她正听到有方言在说一句话,依照发音判断,应该是"你的面"。

"路晨。"她低声叫他名字。

"感冒了?"他敏锐察觉。

"有一点,"归晓屈起食指,关节顶了顶鼻子,挨在洗手台边沿,"你怎么这么晚吃午饭?"那边回得很平静:"有点公事,耽误了。"

"那你先吃,吃完再说……你吃的什么面?"

"兰州拉面。"

归晓竖着耳朵听,没什么动静。

"你能吃得大声点儿吗?"看不到,听得到也行。

……

手机被搁在桌上。

还真挺听话的,尽量让自己吃面出了一点声响,就是背景音太强大,都遮住了。有人交谈,有女孩子在笑,还有人在教育孩子,尘世万象,如临眼前。

洗手间不透气,她走出去,穿过客厅看到秦小楠在看抗战片,对他蹙眉,瞥楼上,意思是臭小子去看书。见小孩上楼,她才进了书房,推开窗透口气。

大概三四分钟后,路炎晨重新拾了手机:"感冒了就去看医生。"

"又不能吃药,也不想多跑医院,万一被传染上别的病呢?我多喝点儿热水就好了。"归晓手肘压在窗台上,"路晨?"

"嗯。"

"你穿的什么,现在?"

"白色短袖,迷彩短裤。"

"短袖有图案吗?"

"没有。"

"头发现在有多长了？"

"和在北京时候一样。"

"胡子刮了吗？"

"嗯。"

"帅吗？"

路炎晨似乎挺无奈，还是配合着说："还可以。"

"什么叫还可以，"归晓话音里夹带着小得意，"我可没见过比你帅的。"

这回，那头的男人是真被逗笑了。整日阴霾被强行扒开一道缝，透过来的光，落在了心坎上。

关于这个议题，从小归晓就喜欢和他讨论，似乎，她格外热衷于强调爱上了他那张脸。这是两人之间的小乐趣，当然，路炎晨也问过她，难道除了一张脸还能入眼，就没别的优点了？她的回答是：长得好看的人本身就占便宜，她初见他就打了一百分，没想到，越接触越能加分，样样好，最后自然是，百分之两百地爱他。

如果娃生下来能和他一样好看，那他的贡献就更大了，百分之三百也不含糊。

两人废话了半响，归晓想到正题："路晨你这人太不靠谱了，让你三个月前回来领证……这都过了，你再不回来我真生气了。"

"过两天，就这周，"他斩钉截铁地说，"我一定回去，你做好准备。"

这周？

单是这两个字，就像点燃了一簇小小的烟火，飞溅着火星烧到心底、眼底。

归晓忍不住咬着唇笑，一笑就不停，话音都有着欢喜雀跃："好好，我做好准备，所有证件都背在身上。你飞机一落地，咱们就直冲民政局。人家是五点下班，你回来可别误了时间。"

他答应着，看时间，该和司机碰面了。

留了五分钟在这里逛逛，给她买小礼物。

说实话，他除了当初送过归晓一个手机，还有后来的结婚戒指，没给她买过东西。两人又是聚少离多的，他也不清楚她真喜欢什么，倒是看到她书房有一面墙的柜子，上百个小格子被摆满了各种东西，说是每次出差带回来的。他留心记过格子尺寸，估摸着长宽高，买了一套穿民族服饰的泥娃娃，每个都在笑，笑得都像归晓。

回了工厂，正近黄昏。

路炎晨从食堂打了份土豆焖豆角两个馒头回了房，路上被人叫住喊去了办公室。

里边坐了两个领导，都是部队里出来的人，并肩坐在沙发上一人一饭盒在吃饭，见路炎晨进来，其中一个用下巴指了指椅子："边吃边说。"

路炎晨拉了椅子坐下，三人开始说起来，从沈老追悼会说起，说是上边的意思毕竟是北京基地的人，一定要回北京开，遗体这两天就送走。而后，又说到了："三个月内就伤了两个、死了一个了，上边的意思是，让我们两个专家配合一组做，不能再一个人带两个助手了。"这是合情合理的建议，可大家都心知肚明，这就要拖慢进度。

拖慢一日，危险就多存在一日。

原本计划是秋天时结束所有工作，这么一合并，怕是要折腾到明年了。三言两语说完情况，其中一个脾气急些的领导将没吃完的盒饭往玻璃茶几上一搁，原地转了两圈："这么着，还是调人吧，多申请点儿专家来。"

另一个戴眼镜的笑了："全国又不是只有我们这儿有任务，你哪儿弄那么多专家啊？"

"小路，你有什么好建议没有？"急脾气领导看路炎晨，那眼睛能冒火了。

路炎晨掰开半个馒头，两口吃下去。

短暂的安静里，他在思考，另外两个在看着他。

"借人吧，我过去带过一个排爆班，虽然经验没这么丰富，但也能当大半个专家用。"

那急脾气的一拍桌子，笑了："就等你这话了！今晚你先给你老领导通个电话,说明说明情况,支援一下。"

嗯,他当然知道,这两位就在等这句话。

要是从工厂这里打报告回北京,再一层层下去借人要等几天,最后还不一定批,批了也不一定能要到合适的人。毕竟是从一线借人过来,没那么容易,二连浩特那里也要考虑人员分配问题。可从他这里走消息就快多了,哪个人合适,他最清楚。如何能满足这里的需求,又保证二连浩特那里人员布局不受影响,还是他最清楚。

"没问题,晚上我去借人,"路炎晨点点头,"就是这周我要先回趟北京,要两天。"

俩领导对视,没太明白,这位平时除了有对外电话需求,连调休都不要的人,这究竟是家里发生什么大事了要回去?

路炎晨将最后那块白面馒头吃进去,缓缓咀嚼着,彻底吃干净了才说:"我老婆怀孕快四个月了,要回去领个证,"话停一停,他又说,"沈老没儿子,和我关系也不错,我这次送他回去,也算是给英雄扶棺送终了。"

这晚路炎晨给沈老收拾遗物,手指滑过笔记本电脑的触摸板,没密码,蓝屏消退后跳出来的还是昨晚暂停的那个青春美剧。他心里压了整天的情绪一股脑涌了上来,无处宣泄,拽过来椅子,坐在书桌前,缄默着看了大半宿。

这一路回去,先是汽车,再是飞机,最后落地交付了遗体。

基地领导都在,和路炎晨短暂交流后,将他办结婚手续需要的档案袋递过来。

归晓父亲就在不远处慰问沈老的家人,按道理路炎晨并不是家属,只是送人回来的,又因为和归晓父亲隔开了几个级别,没什么交谈的机会。

可他走入玻璃门前,还是多看了归远山一眼,毕竟今天要娶人家女儿。

归远山似乎也察觉了,抬眼,也看了眼路炎晨。

"真没想到你要结婚的对象是我老领导的女儿,"顶头上司笑着拍他的肩说,"去吧,车在外边等着呢。你岳父那里没问题,是他亲自签字批的。"

这一点路炎晨没想到，归晓一定在这段他离开的日子里做了什么、说了什么。而现在他没时间多琢磨这些，当务之急是赶去民政局办手续。

归晓还在等。

***

归晓早早就到了。

自从怀孕了也不敢开车，打车来的。

七月的天气，热得她眼冒金星，起初还很有毅力站在外头，觉得一定要在门口等到他一起迈进民政局大玻璃门才有纪念意义。可汗出了一趟又一趟，挨不住进去吹起了空调，从有人等到没人，最后，除了工作人员和保安，就剩下她这么一个人。

她摸着微微隆起的肚子，张望外头，再看表，分秒跳过去，眼看就要五点了。

那边婚检桌子前的两个老阿姨开始收拾东西……

归晓将手里的保温杯缓缓转着圈，等着，眼看一辆白牌子的车停靠在马路边，心忽的一下飞起来，车门滑开，路炎晨一步跨下，将帽檐抬起望了眼民政局的门牌，确认是这里没错后，视线里出现了穿着白连衣裙的归晓。

他没告诉过她，她穿白色最美，像那个夏天，简单一件白衬衫就足够。

路炎晨因为送沈老的遗体回来，穿得挺正规的，将外衣拎在手里，几步跨进门，就被归晓挽住胳膊。她小声嘀咕：" 还好你来了，要不然人家下班时候我再灰溜溜走，也太丢人了。" 几个月没见的身子挨近了，到处都是她的气息。

路炎晨将帽子也取下，将手里的档案袋递给归晓："碰到你爸了。"

"哦，" 她笑，"不怕，我搞定他了。快。"

两人走到柜台前，那负责办手续的阿姨已经等不及了，一个劲儿替归晓埋怨路炎晨："你老婆坐在那儿等了三个小时，还怀孕，要不是看她等得这么不容易，就该把你挂在门外边让你长个教训。娶老婆怎么能这么不上心？"

归晓看到他来就乐翻了天，此时再有不明情况的人帮自己教训他，更是笑个不停。将自己的档案袋和他的都打开，尽数倒出来，推上前："他有任务，难得回来一次。"

人家看了看路炎晨那个档案封，再看身份资料，懂了。

还有半小时下班，他们成了今天最后的一对新人。

所有办手续的人都上赶着给两人引路，将两人送上台子后照结婚照。

归晓人往他身上又凑了凑，摸摸路炎晨的右手，马上被他紧紧攥在了掌心里，握紧。顺便用手背去摩挲她的隆起的小腹。陌生的，心心念念的，有着自己孩子的归晓。

快门按下，一沓照片剪裁出来，穿着深绿色迷彩背心的他，还有白裙的她。

归晓捧着看，被工作人员问要不要做婚检。

可人家刚问完又笑着说："都有孩子了，这一步倒可以省了。反正不是强制的。"

归晓摇头："要做，他要做。"

她一手去指路炎晨。就结这么一次婚，当然要全套的，否则以后都没机会了。

对方笑着递给她两张表，让两人直接上楼去了。

婚检分开两个房间，各有男女医生。那女医生看到归晓怀孕，简单为她做了几个检查，就放人走了。而路炎晨为了满足归晓的求知欲，被她盯着进了房间。

白色长木椅，归晓坐在上头，在包里翻自己要喝的酸奶，化验的单子已经被放在了窗台的小塑料筐里。她将吸管戳破酸奶的盖子，去看化验单，主要是看路炎晨，没什么问题，也就放心下来。那扇门还关着，似乎还要等一会儿的样子。

归晓走马观花似的看二楼的宣传海报。

最里面的房间黑着灯，没人，还在放录像，她挑了个正中的椅子坐下来瞧得挺认真，动画片，生命的旅程，类似于小蝌蚪找妈妈的画面……路炎晨找来时纪录片刚好到结尾，他没头没尾的，没搞懂归晓在看什么，倒是看到旁边柜子上摆着几十盒杜蕾斯，猜想这是夫妻婚前性教育的房间。

归晓见他来了，迎过去："你检查什么了？"

"内科、外科。"

"还有呢？"

"没了。"

归晓怀疑地瞅他的眉眼，看他有没有说谎："我看网上说，还要检查你那个有没有问题……查了吗？"据说还要有什么长度啊，外观啊，是否有缺陷啊之类的……

她光想想就要笑……

路炎晨没理会她，将那验血单子抄过来，仔细看她的项目，虽然清楚这里的项目简单，没太多参考价值，但还是认真看了一遍。

"查了吗？"她紧追不舍。

"没。"路炎晨将单子叠好，揣进兜里，准备到家再去网上查查。

归晓仍不信，斜瞟他。

路炎晨回看过去，就知道她想追问心得体会，可惜没能如愿："医生看到你怀孕了，问我还查什么？我说，我老婆从小就好奇心重，一定要让我进来。没查，聊了会儿天。"

……

一切顺利完成时，也到了五点。

他们名副其实成了今天最后一对办完手续的人，结婚证递到她手边上，簇新的。

她用指腹去摸上边的金字，再摸国徽。莫名觉得这个国徽，还有上边那一行带着弧度的"中华人民共和国"特别应和他的职业。

其实，每个人的结婚证都是同一个模板。可她就觉得，自己和路炎晨的不一样。

路炎晨看她这犯傻的小动作，手掌压到她脑后，低声说："走了，回去还要做饭。"

归晓应着，将结婚证塞进事先准备好的红色信封里，又夹在一本书里，这才放进背包，转身离开。

他上飞机前就叮嘱归晓，让她准备想吃的菜和食材。

到家后人一刻没耽搁，挽起袖子进了厨房，却发现根本没多少东西。回来前，天天在电话里说列了一百多道菜要他做给自己吃的女人，等他人真回来，倒是先舍不得了。不光菜品少，还都洗净切好，放了四个盘子，摆在水池边上。

由于她个人技术水平有限，挑的都是不需要刀工的蔬菜和肉，路炎晨将盘子里的韭菜撩了几根仔细看，不嫩，看来让她自己买菜也不靠谱。

只能凑合吃。

三菜一汤，出了锅，摆好，他又给自己开了瓶白酒。

这一顿新婚饭虽不丰富，但胜在是路炎晨做的，当初那小半个月被路炎晨手艺养刁了的一大一小两个人终于吃到熟悉味道，满足得不行，连剩下的韭菜鸡蛋的菜汤都分着拌饭吃了。

路炎晨倒是没吃几口，归晓不会买绿色蔬菜不说，还对菜炒熟之后的量没概念。

蔬菜炒出来都是半盘，弄得他真不敢下筷子，怕不够她吃。

路炎晨小口啜着白酒，目光不离她，一举一动，不动声色地收入眼底。归晓将锅包肉的盘子往他眼下推，有些内疚："……最后一块了，给你留的。"

路炎晨给自己倒下不知第多少杯的酒："想吃就自己吃，不吃就倒了。"

"没良心，"她嘟囔，在桌子下用脚顶他的脚，"那我吃了啊？"

"嗯。"

秦小楠埋头继续吃韭菜汤拌饭，不多说半句话。小孩其实也想路炎晨，但一想到这男人明天就走，真是多一秒都不想耽误他们俩。

吃完，自发自觉就消失了。

路炎晨酒量一直就不错，只是喝的次数少。

今晚倒是放得开，但也只喝到半醉就收住了，毕竟明天一早就要飞，不能耽误事。他看归晓吃得心满意足，起身收了碗筷，洗洗涮涮地将厨房收拾干净。这才将从南方带回来的七个民族风的泥娃娃从背包里掏出来，去书房，一个个往柜子里摆。

归晓始终跟着他，他去哪儿，她就在哪儿。

他摆放娃娃，她靠在书柜边上，看他——

"你怎么和你爸说的？"他将最后一个娃娃的帽子摆正。

归晓回忆："大概就是，你别以为路晨图我什么。房子虽然是我买的，可他自从和我在一起大半年，总共在这房子里住了两星期都没有。虽然车也是我买的，可他就修过两次，开都没认真开过……路晨图的就是我这个人，从小就是。"还说了很多，但她不想重复了，时间宝贵，她不想浪费在这里。

归晓手摸上他的下巴，冒出头来的细微胡楂儿，擦过她的指腹。

路炎晨慢慢地将她那只手捉住，低头，亲她的手心，再微抬了眼去看她的唇。归晓自觉地，向前近了一步。

他吻上去，毫不夸张地说，恍如隔世。

三四个月没见到、也没抱过的人近在身前，收不住的一个吻，唇舌激烈纠缠着，想到的全是和她鱼水之欢时的一幕幕。归晓背贴在架子上，耳朵和脸颊迅速泛了红……

等路炎晨再抬头，归晓眼里含了水似的，望了他一会儿，再将脸埋在他胸前，用他衬衣的布料磨蹭着自己的脸。

半天没动静，归晓再抬头，又撞上那双让她魂牵梦萦的眼。

她轻声说："今晚特殊，可以做点儿别的……"

路炎晨在仔仔细细看着她，像要把她刻到骨上，融进血里。

最后，他悄无声息将归晓横抱起来。出了书房，穿客厅，上楼梯，去卧室，在这短暂的路程里，他已经考虑好稍后和她在床上温存的方式、方法。

还有，明早要离开的时间。

凌晨六点。

他随手拖过来一本枕边书，头压在臂弯处，侧躺在她身边翻看，看不大进去，也就是想了解了解她最近在看什么。床头灯是镶在两块老式的柠檬色玻璃里的，灯光照下来，是玻璃上的图案，像玫瑰花……这样的光，多看两眼就头疼，路炎晨心随念动，皱着眉头去端详那光源，琢磨着，下次回来要给她换个灯。

"我刚做梦你都走了,"归晓眼都没睁开,去摩挲他的手背,一根指头一根指头,交叉着握住,"吓了一跳,就醒了。"

"马上走。"他合上书。

"那先摸摸肚子。"她将他手拉进轻薄的空调被里,还特地将睡衣撩开了,让他摸自己肚皮,带着温热的粗糙的掌心皮肤,慢慢在她肚皮上滑过去。

"等七八个月了你再摸,那时候都摸不到肚脐,会鼓出来。"她小声说。

他将手拿开,替她将睡衣拽下来盖着那里:"睡吧。"

灯应声关了。

"路晨……"归晓搂他脖子,"我知道你不能说具体内容,你告诉我,危险大吗这次?说实话。"她多配合他的工作属性,这还是第一次明目张胆地问他。

路炎晨在暗黑中低声笑:"别整天自己吓自己,又不是拍电视剧。没事。"

当天晚上,路炎晨到了工厂,半夜里两点多,二连浩特被调来的人也到了。

秦明宇第一个从车上跳下来,见着在等自己的几位领导和路炎晨,大步过去,先行了个军礼,例行公事,先汇报情况。

等大伙都下来了,见着路炎晨的脸,不带夸张地全都两眼放光。

汇报完毕,算是报到结束了。领导们自动让开空间给这些老战友。解散开来,秦明宇第一个就用手肘狠狠撞上路炎晨前胸:"可以啊,凡是找死的事儿,第一个就想到兄弟们。"

路炎晨也没废话,搂住秦明宇脖子就开始介绍这里的情况。深更半夜,秦明宇和四个来支援的人拎起各自行李包,往厂房宿舍走,边走边听。

盛夏入秋。

归晓寄过来一沓复印出来的彩色照片。

四维彩超,能看到影像上孩子的脸,甚至表情,归晓还在旁边注解:

"这张,照的时候他在抠鼻子……"

"你别嫌他难看,医生说了,他五官端正,长得非常不错,就是不肯告诉我男女。"

打哈欠，伸舌头，还有吃手指的各种照片。

十几张，翻来覆去看了好几个晚上，同住的秦明宇难以忍受了："我也是做过爹的人了，怎么就没你这么来劲？好像孩子生出来时候比较好玩，之前，我都不敢摸我老婆肚子，没事就一动一动的，像变种……"

路炎晨慢悠悠地将过滤嘴往嘴边上放，吸了口，懒得搭腔，继续看。

算着时间，大概在归晓怀孕快七个月的日子上，路炎晨打了个报告，想在临产前回去看一眼，没批下来。他只能给归晓在电话里解释，估计还要等下个月看情况再试试，归晓倒是当机立断："我去找你，你只要出来见我就行，这样你领导总该批了。"

归晓记得路炎晨提到过，他在的地方很偏僻。

哪怕只回家睡一个晚上，从工厂先到镇子上，再去换火车到昆明，飞回北京再折腾回家，光在路上都要耗掉很久，的确耽误工作。所以她一早就计划好，要是他不能回来，怎么也要在生之前让他见一见自己货真价实的大肚子，就当是生娃前去旅游了。

路炎晨这回是真被她惊到，在电话里严肃教育她好几天，这都孕晚期了出远门太危险，归晓每每争辩，到最后那天她索性交代，自己已经在昆明了，没有坐火车，直接包了一辆商务车开过来："我老板八个月了到处飞着出差呢，放心放心，有同事陪我一起来旅游的，你带上秦明宇啊，让他来相个亲，美女，大美女。"

……路炎晨本来就在山头上打的电话，一朵云飘过去就没信号的状态，这回倒好，没劝两句归晓自己先关机了。他蹲在山头的岩石上，在阵阵秋风里右手围着点了根烟，看着远方的山林，安静抽烟。

抽到剩了小半截，自己先笑了。

真没办法，从小就拿她没一点办法。

于是，路炎晨利索将没抽完的半根烟踩灭，沿着小路下去，开车回了工厂。

秦明宇昨晚上弄了个通宵，才刚从宿舍出来，迎面看到路炎晨从走廊一路而来，没来得及出声，被他抓住后脖颈掉了个方向，推回屋："找人替了你，把自己收拾干净点，出去一趟，晚上回来。"秦明宇没太整明白："干吗去？出事了？"

"没事，我老婆想给你介绍女朋友。"

秦明宇彻底被整蒙了，支支吾吾半天也没问出个所以然来。

四个小时后。

租用的商务车停在了边陲小镇的街头，归晓打开车窗张望了两眼，就被身后的同事拿了一个大遮阳帽盖上："小心晒出斑。"

下了车，她们去找路炎晨刚在电话里说的那个小茶铺。

这镇子是个还挺有名的旅游景点，游客不少，她一手托着自己的肚子，到处看到处找。茶铺还不少，连着几个，她还在和同事认真一个个看名字过去，正瞧见他。

归晓马上眼睛一亮，泛起笑来："我老公！快看，那是我老公。"

路炎晨一手插在裤子口袋里，穿着单调的迷彩服，另一手上还有没抽完的烟，几乎是同一时间他也看到了归晓——

裹在身上的深蓝色连衣长裙掩不住那格外大的肚子，她按着橘色遮阳帽，仰头对他笑。在这个初次踏足的边陲小镇上看到他，特别有种蓦然回首，一眼百年的错觉。

路炎晨将烟摁灭丢去店铺门外的箩筐里，带秦明宇迎上去。

归晓第一个动作，拉他的手。

第二个动作就是挨到他身上，眼巴巴地盯着他瞧。

秦明宇都不敢拿正眼看归晓身边的女同事，很俗气地来形容就是，被归晓那位女同事震到了，大概目测了一下对方有一米七几的样子，白色衬衫都快到膝盖的长度，浅蓝色的牛仔裤，斜挎着个大大的背包，还戴着墨镜。脚边上放着个小行李箱，装着她自己和归晓的一些生活必需品。见到路炎晨时那个女同事将墨镜拿下来了，倒是比秦明宇还坦然地上下打量这俩男人。

几个人进了茶铺，临着木窗坐下来。

秦明宇刚要拉开椅子坐，就听归晓说："段柔，你们别和我们坐一桌啊，时间宝贵，别打扰我们……"段柔笑："知道，知道，"她坦然看秦明宇，"我们去坐另一桌吧,行吗?"

"……行,没问题。"秦明宇慢半拍跟上。

一个小门堂,两对人隔开老远,中间有两桌游客。

归晓还偷瞄那边觉得特逗:"我这个同事人特别好,就是之前都领证了,办酒前又为了婚前财产的事离婚的。她想签婚前财产协议,男的不肯。后来她就和我说想找个独立的男朋友,让她能安心工作,因为她一年要有两百多天飞在外边,而且她还喜欢精神世界强大的男人,有自己的追求,不是那种为了房子、孩子、家务什么的就要和她捣乱的那种……我一想,秦明宇正合适啊。还有,她小时候家就住在松花江边上,1998年洪水重灾区那里,所以从骨子里就对穿军装的人有好感,我和她一提,她就说正好陪我来玩几天,顺便见见,万一合眼缘呢?没看上也能做朋友。"

路炎晨也扫了眼那桌,秦明宇背脊挺直地坐在人家对面,双手放在膝盖上和听领导训话似的。直觉秦明宇是瞧上人家了。

"别看他们了,看我,看你老婆,"归晓轻声说着,将他左手放到自己肚皮上,"摸摸,他正好醒了。"

猝不及防地,他感觉掌心下有东西在顶着一层肚皮挪动着,突出来一块骨头似的。是哪里?手,还是脚?他在猜,喉咙口却像抽了几天几夜的烟,想喝口水缓和这陌生的、期待的,甚至为之而升腾起来的异样情绪。

"好玩吗?"归晓很是期待。

路炎晨一笑,这都什么问题?好玩吗?

他将归晓往臂弯里一带,破天荒地主动在大庭广众下抱住她。路炎晨身上特有的味道袭面而来,她是孕妇,按理说不能碰烟味,可就这么一点点的余味就任性地多闻了会儿。

沉浸其中,以解相思。

"我给你交代点儿事情,"没多久归晓想起正事来,挣开他的手臂,将斜挎的小背包里的一个小本子拿出来,挺小的一个,翻开来,"这是我好几个银行账户,取款密码和网上银行密码,还有股票的,基金的……"说到这儿有点犯愁,不知道路炎晨会不会用。

不过应该什么都难不倒他。

她顺便把家里各种值钱东西都放在哪里，房产证什么的全一股脑儿地告诉他。

路炎晨沉默几秒后："想做什么？"

"认真听，"归晓边想边说，头头是道，"生孩子有时候会出现生命危险的，比如羊水栓塞，抢救都难。万一呢，你好知道我们家这些东西都在哪儿，你平时又不在家也不关心这些。你别这么看我……万一呢，不知道这些很麻烦的，你别这么看我……我还有一张卡上存了一百万给我妈了，那就是给她养老的，你知道就行，别和她提。"

……

路炎晨绝对没有想到过，这辈子还有这么一回，是归晓想要和他交代这些。这就像是相处了许多年的妻子，在某个危险关头，放心不下对方和家人所说的话一样。

她在杞人忧天，可就是这份杞人忧天让他感受到了沉甸甸的爱情。

他目不转睛看她："后悔吗？"

归晓怔了怔，没懂，再看他眼神，懂了。

是问她后不后悔重新在一起。

"我孩子都快生出来了，你才问……"她笑着，可见路炎晨的严肃样子，反思自己刚吓到他了。怎么办呢？想了想，她将下巴压上他的肩，在他耳边轻声答："最后悔就是，没在你当兵前就把你办了，为这事真是后悔得好多天都没睡着。"

路炎晨随手刮了下她的鼻梁："你那时候才多大？敢吗？"

她没认输："敢啊……你敢我就敢。"

路炎晨摇摇头，拿起手边斟满茶水的小杯子，啜了口，润喉。

别说敢不敢，想都没想过。

他从小是什么经历？又是什么成长环境？身边那些人年岁都不大，可对这事倒都是身经百战。没遇到归晓之前他见的也多，没仔细想过自己日后有了女朋友要如何，和归晓在一起后却是慎而又慎，两个人从在一起相处一个暑假都没接吻过，就别说往床上想了。

……

归晓忽然笑，又惊喜地拉他的手："又动了，他今天动得好多，肯定知道见爸爸了。"

没等路炎晨将手放上去，那肚皮上出现了一只小小的突起的脚印子……归晓眼睛睁大，控制不住地捂住嘴，笑得止都止不住："天啊，路晨！你看，你看……"

第十章 归路向何方

爱不爱的,最后还不是柴米油盐小摩擦里磨成了亲情?

可在路炎晨和他老婆身上,似乎这就成了悖论。

爱情,还是最初的样子。

他把归晓送到镇上的小客栈。

给她整理行李，发现了几瓶药，归晓一个个献宝似的给他解释，她贫血，这是补血的，还有维生素。还有一个她没具体讲解，含含糊糊的，犹豫半响才说："我自从怀孕就甲状腺减……只能吃这个往上补。我问医生会有什么麻烦，他说有小概率影响宝宝智力，还有一定概率宝宝也会遗传甲减。很小概率，你别怕，我吃着药呢。"

归晓说完，还是发愁，可她早就想过了，反正没事，生出什么样的都是宝贝。

路炎晨听着，想找几句安慰她的话来，可又怕她更关注在这个点上，于是什么都没说，在床边的椅子上坐下来，从腰里摸出一把刀来想给她削凤梨吃，转念一想这东西沾过生人的血不合适，又收了刀，去楼下找老板要了刀弄好了一盘子上来。

等归晓吃起来，他就总想给她做点儿什么，也没得做，见她吃完几块不吃了，就将毛巾泡热了给她擦干净手指，一根根地擦得挺仔细，比过去擦枪还认真。

归晓倚在他肩上，被他这么服侍，鼻子发酸："路晨……我可想你了。你想我吗？"

没营养的对话，万年不变。

"想。"路炎晨应着，又出门了。

"又干什么去？"她刚培养点情绪。

"给你打水，泡泡脚。"声音从门外进来。

正被走过的段柔听到，探头一瞥归晓，小声说："果然找老公还是要找长得帅的，越帅人脾气越好，丑男都自大。""……他脾气才不好呢，"归晓悄声说，"他小时候就一小流氓头子,不吭声就能吓死一片。"对方不信,摇摇头,闪了。

归晓被自己这么一说又想起小时候,怀孕了,人就矫情,有事没事总想。等路炎晨端水回来,把她一双脚丫放进热水里了,她伸手,摸他寸头:"捏捏脚。"

路炎晨抬了眼皮,半笑不笑地打量她。可手下已经照办了,捏得还挺舒服。

"路晨?"

"嗯?"

"你家那大狗,还在吗?"

"早没了,怎么了?"路炎晨判断着,归晓一定想提那件事。

"你还记得你第一次给我写情书吗?"

……没猜错,就是那件事。

两人第一次吵架,归晓整晚没睡着,瞪着天花板等天亮。

转天,早自习她前脚迈进教室,后脚,平时班里没怎么说过话的男生跟过来,扭捏地从军挎包里掏出封信:"这信给你。"她窘然:"什么?""早上上学,我碰到晨哥遛狗,他让我带给你的……"男生往她手里硬塞,多瞄了她好几眼,归晓更窘了。

后来她才知道,那天路炎晨从三点遛狗遛到六点多,就怕错过那个能给她带信的小男生。那封信被蹂躏到晚上也没拆,她回家传呼他,等回了电话,他说起三点遛狗的事。

"哦,"她倚在书架上,夹着电话装傻,"干什么那么早?"

电话里的人静了会儿说:"太生气。"

她又哦了声。我还生气呢……

"感冒好没有?"

她闷了会儿:"你怎么知道我感冒了?"

一直怕在他面前擦鼻子太难看,拼命忍着,趁他不注意摸出纸巾迅速擦干净,未料早被察觉。他笑,在苦情歌的旋律里,特不和谐。

那年,音乐市场还正是火爆的时候,《过火》《用情》《我的心太乱》《爱如潮水》,等等,正当红。电话机在书房,她为了能最短时间接起来他打的电话,不被外头听到总把录音机音量调很大。

……

那封信的内容,她以为自己会一字不落地背下来。可还是高估了自己,到现在记得的,也就模模糊糊几句,大意是,问她还记不记得自己说的——

在一起就不许分手,路晨你要敢分手我就哭死给你看。不许玩玩,保证,发誓,怎么吵架都行,就是不许分手。

看看,这就是路晨的情书水平。

甜言蜜语不见踪迹,还把她撒娇的话丢回来提醒提醒她:吵架可以,不能分手。

……

路炎晨摸着水凉了,把她脚丫从水里捞出来,半蹲着,放在膝盖上拭干水滴,挺小一对脚丫握在手心里好玩得很……

"色情狂……"归晓用脚踢他。

秦明宇拎了不少新鲜水果回来,这一探头了不得,又缩回去当没瞧见。

是夜。

路炎晨借着上网查资料的空当,搜了搜妊娠期的甲状腺问题,又顺便看看其他并发的妊娠期病症。烟一根接一根,都不带断的,生生将秦明宇呛醒了。照理说秦明宇也是结婚过的人,还当了爹,可从没到路炎晨对归晓的这个程度上,他是相亲认识的过去老婆,就觉得结婚是生娃过日子,是每个人的人生必经路,爱不爱的,最后还不是柴米油盐小摩擦里磨成了亲情?老一辈、同一辈的都是这种论调。

可在路炎晨和他老婆身上,似乎这就成了悖论。

爱情,还是最初的样子。

***

归晓走后,路炎晨长了教训,提前打报告。

大概在预产期临近那个星期申请回去。

上头领导本来就用了他一个大人情从二连浩特调来人支援，看人家报告上直接标明"老婆生产"，权衡下还是批了。

路炎晨在的这个地方是边境，近两千公里的国境线上，都是人迹罕至的地区。

这个工厂也是，因为平时主要回收废弃的弹药，属保密单位，前后都不见人烟。这里的工人们也都淳朴，好些都是父子、父女，两代人都干这行，民间的"拆弹专家"。路炎晨闲下来时候，还经常会被他们请去，大家一起研究那些废弃弹药。

他性子虽冷，可比别屋专家好在他在一线多年，不光能给这些人讲弹药的构造，还能说些别的，比如引爆后的现场情况、实战时的小趣事。中秋节上，人家给诸位专家送吃食，路炎晨这屋子里还多备了不少。

还有半个月到预产期时，他和归晓通电话频繁了一些。

电话里，路炎晨几次三番想和她讨论那些妊娠问题，都被归晓略过去，她就是一个劲儿地在电话里笑，给他八卦，秦明宇和自己同事是怎么隔空处对象的……"我和你说啊，特逗，段柔前两天才和我说，他们那天见面时候，段柔就觉得印象还不错。就问秦明宇，我觉得我们可以相处试试，你同意吗？她就和我说，眼看着秦明宇的脸啊就涨红了，大姑娘一样……"

他坐在山顶头的岩石上，大半夜的望出去，没灯光，尽是月下山林。面前是崖壁。

从山路往上瞧，不见人影，只有一点亮在那儿闪着，像缀在夜空的星。

这根烟是临走前和秦明宇要的，没过滤嘴，抽到烫手了他才觉察，摁灭丢掉时，山下有人影往上跑，是领导的警卫员。

"有事，先挂了。"他直觉要出事。

"这么晚……有什么事啊？"这都十一点多了。

"没事，秦明宇喝多了。"路炎晨这谎话扯得都不从脑子里打弯。

"哦哦，那你快去。"

断了线。

跑上来的人气喘吁吁的："有人闯禁区了。"

果然不是好事。

路炎晨手撑岩石边，跃下三四米，落地就往下跑："有人去了吗？"

"有，闯禁区的有六七个人，都是小年轻，"身后人紧随其后，跑着说情况，"说是玩真心话大冒险啥的，进去的，就有个男的胆小不敢进去。在禁区外头蹲了三四个小时害怕，报警了。现在全是地方上的警察在那儿。"

路炎晨骂了句人，带那个警卫上了车。

这一条地带早就拉了钢丝，挂了牌，标明是军事禁区。十几公里一条警戒线，日夜有人守着，还是被那些旅游的人穿过去了。警卫员简明扼要说着，工兵们才撤到另一处基地去，工厂里的这些专家是离这里最近的，眼下情况紧急，能配合警察的也只有他们。

而这些专家里，最有实战经验的就是路炎晨和秦明宇几个。

十分钟后。

车刹在土路边，刺眼的灯光晃过前方，几个临时照明灯围在一块草皮上。路炎晨打开车门下去，正听见那个挺年轻的男人在愤怒地指责穿着制服的警察："我们都是纳税人，你们就要保障我们的安全！为什么这里没有人守着，就拉这么简单的铁丝？挂个牌子？"显然这年轻人已经胡搅蛮缠了很久，警察们都不太愉快了，包括一旁穿着军装也刚到的秦明宇，也被吵得头疼。年轻男人一个劲儿投诉这些警察接了110来得慢，来了又不行动，就在这儿等着。

警察还挺好脾气，解释这里是雷区，没这么简单，一定要等排爆专家来。

秦明宇在吵闹中，见到路炎晨来，忙迎上去。警察们看到专家这么快到了，长出口气，也上来，迅速沟通着刚更新的情况。这里边还是没信号，打不通电话，只能大范围搜索。年轻男人被两个警察挡着，一个劲儿瞄路炎晨这里。他人机灵，看所有人簇拥路炎晨，猜想是他们的什么领导，马上跑上前："你是领导吧？你要给我下个保证——"

"把他给我拉一边去。"路炎晨很不耐烦。

"你什么态度?"那人咬牙切齿往出摸手机,"给我站着,别躲,我把你这种人发网上去!"路炎晨劈手把他手机夺了,丢去给身后的人:"军事基地,拍摄就按间谍罪处理。"

……那男人被路炎晨目光唬住。

路炎晨也懒得再理这人,对秦明宇说:"照我们刚说的办,你带一队,我带一队——"

年轻男人被夺了手机,怒火上涌,看路炎晨还在部署,更急了:"我都报案这么久了,还在这耽误不进去救人!还在商量?竟然还在商量?"

"里边是雷区!知道吗?"秦明宇终是绷不住,将那男人拎到灯下,"这些警察不懂排雷!没我们,他们进去也白搭!"

"别找借口,你们就是办事效率低下,不拿老百姓的命当命。你当兵的吧?你对得起你这身衣服吗?平时耀武扬威的,去哪儿拿个军官证就不要票钱了,都是我们拿钱养着的!"

秦明宇撸起袖子:"老子真他……"

路炎晨瞪了秦明宇一眼:"穿衣服去,拿上工具,快点儿。"

说完,他一米八几的身躯转过来,直视那个男人:"你从工作到现在交过多少税?十万有吗?""……十多万,"那男人被他唬过一句,有经验了,知道路炎晨最凶,也就装着硬气,"不到二十万。"

"二十万我出了,还给你,"他謷身后,"拿防爆服来,给这男的套上。来,你和我们去救你朋友。"

"……这是你们工作,凭什么我去?"

"放心,我职位高,会给你打报告,让你从明天开始去公园都免票。"路炎晨声一沉。

"……我不去……你这不是开玩笑吗?我一老百姓怎么进去……"

"警察也不懂,你和他们一样,别怕,有我带着,"路炎晨重重一拍他肩,"救你朋友，你就该义不容辞！秦明宇！"

"到！"

"给他套上！"

"是！"

……

年轻男人彻底没声了，看路炎晨白面杀手似的，不自觉往后闪："你别胡来啊，你这不胡闹吗？"路炎晨看着他的脸，目光更冷了："二十万卖命不值了是不是？你以为我们这些人，哪个人的命是不值这些的？告诉你，不敢去就老实给我待着，别耽误我们救人！"

说完也不再搭理这个年轻人，揽住秦明宇肩膀去拿工具。

"真欠教育。"秦明宇窝了一肚子火。

"教育是他爹妈的事，"路炎晨无情无绪地说，"走了。"

过去那么多次救援，有热泪盈眶感激的老百姓，当然也会碰上人渣，还不是要救。

两人换装，兵分两路，进入了禁区。

这里被工兵小范围排过了，危险还算小的，只能祈祷那几个大冒险的年轻人运气好，不要再往偏僻地方走，真进了危险区域。

"你你这刚转业出去，"秦明宇临戴上面罩前，还在为路炎晨担心，"别影响你。"

路炎晨没说话。没什么好担心的，担心这个，还不如去多忧心忧心快到预产期的归晓。就怕她又什么都不说，大事化小……

两人分散，路炎晨带着四个人，向东北而去。

脚下是草，面前是山林。青山，月色，他莫名就想到了那句"青山有幸埋忠骨"……总有不好的预感。上次，还是老队长被害的时候。

万幸的是，这里的地理位置很给面子。

平路没多久就是山势险峻的地貌了，攀爬起来容易疲劳，普通人走不了多远。

过去几个月，在工兵排雷期间，路炎晨也会时不时来现场，对这里了解程度大于秦明宇。所以他给了秦明宇一条差不多排干净的方向，算是相对安全的。不过他这路上倒也顺利，没出现危险讯号。

二十几分钟后，他们在山脚下，一个石碑后看到了那六个年轻人。

几束手电光照过去。

有个女孩子眼泪先掉下来："我们想爬上去，从山上走去找信号报警，可摔下来了。"紧接着，四个小姑娘先七嘴八舌地说着，进来时是亮着的，后来天黑大家就怕了，手机又没信号，就只能让两个男生爬上去找信号。

没想到其中一个摔下来带了另外一个，被带下来的那个也是魂飞魄散。男人受伤，黑灯瞎火的山林里，女孩子更不敢寻出去。就原地坐着，想着，总会有人来救。

路炎晨去摸那受伤的年轻男人腿骨，断了。另一个还好，能走。

"你们算运气好，"路炎晨收回手，将照明的电筒关上，"真碰上地雷，就没骨折这么简单了。"男人疼得深吸着气，没言语。

路炎晨将身上装备都卸下来丢去石碑下，背过身，对那受伤的年轻人蹲下："上来。"

年轻男人比路炎晨还要壮实，挺犹豫，但没别的办法，趴去他背上。

他直起身子，背好这个受伤最重的，对几个警察交代，一带一，紧跟他原路返回。多余的一步都别走。进来时还要设备辅助，出去就纯粹靠他留下的记号和记忆力。

月光透过枝叶缝隙，照在路上。

路炎晨关掉了手电筒，那些警察也关了，免得影响路炎晨的视野。有自然光，对他来说认记号找归路并不难。十分钟过去，他气都没多喘一下，背上那个始终闷不吭声的大男人难为情地小声问了句："同志，你还行吗？"开口前措辞许久，不晓得怎么称呼路炎晨，最后就和电视里一样土里土气地叫了同志。

路炎晨应了："你坚持住，快到了。"

"对不起啊。麻烦你们了。"

漫长的寂静后,那男人以为路炎晨不会说话了。

他低低地来了句:"这些基层警察不容易,出去和你朋友解释解释,这是雷区,警察也解决不了。必须等我们这些懂的人来,不是不想救你们。"

那年轻人没想过是如此一句答复,闷了半晌也没吱声。

最多还有十分钟。

万籁俱寂,山林都在沉睡。

突然,"轰——"一声巨响,是爆炸声。尖叫从身后炸开。

路炎晨胸口一紧。

活生生的现场爆炸。

树叶如同炸弹的碎片般,簌簌落到脸上。被救援的年轻女孩再次哭起来,几个警察也交换眼色,低声安抚。路炎晨迈出大步,往出赶:"你们跟上,跟紧我。"一定是秦明宇那里,他必须尽快过去。可身上、身后还跟着一群人,要先把他们带出去。

手心上,黏腻的都是汗。冷风飕着,脖颈也都是冷汗。

脚步很快,时间却慢得磨人。

他背着人走了几个世纪那么久,离了林子,远见着铁丝拉网时,大跨步跑起来。到距离铁丝网十米的安全地带将背着的大小伙子往地上一搁。抄了先前进林子前摊在地上的备用工具,耽搁不及一秒,冲入夜幕。

秦明宇留的记号他看得懂,见到远近人影时,路炎晨反射性地说:"都别动。"

事实是,不用他说,这些人也一个都不敢动。

"老秦?"路炎晨自裤兜往出摸手电,打光,四处去找。

"……这儿,"秦明宇趴在地上,显然,是他触雷了,"这是延迟,是弹片。那边那个,还戴着帽子的,他踩雷了。"秦明宇蹙眉,弹片不只一处,有在腹部的,不知是哪里中招,剧痛难忍——

刚他以为自己清了一个雷,没想到延迟,爆炸突发,这些警察想救他,反倒中了招。

路炎晨将手电放在一旁，将秦明宇丢下来的探雷器拿来扫了一圈后，匍匐到那个警察脚下，看清了起爆点："保持住，这东西太灵敏，反步兵的。"

绊发式的，他将小剪刀挨近，剪线。

啪的一声轻响，断了。

换了军刀，一点点去除伪装物，拨开泥沙。动作很轻，轻得只能听到挖土的沙沙声。

……拆除引信。

幸好，踩这个东西的是个训练有素的警察。

也幸好，不是压感雷，那个就基本没机会了，触到就炸。

路炎晨将那人腿一推，那人反射性僵了下，还以为炸了。

反应过来，马上抽回自己的腿。

路炎晨继续把那家伙从土里刨出来，迅速拆解，将火药用军刀背磕出来，才丢去一旁，等着明天别人再来收拾。

他迅速检查四周后，一把将秦明宇搀起来时，手心下的衣服都是湿的，浸透衣服的血早凉了，大冬天的冻人手："行不行了？"

***

秦明宇简单在地方医院处理过，外伤压迫包扎后，被送往昆明。

路炎晨不放心，跟车去了。

清晨五点多，手术完，他在病房外的走廊里背靠墙，闭目养神。睡了没到半个小时，口袋里手机振了振。在静谧的走廊里，只有裤子口袋里手机振动的声响，他掏出来看。

归晓：我醒了，要去产检，拜一拜，这次 TSH 一定会降下来。

路炎晨看懂了。这是测甲状腺的指标，归晓这项很高。

两人约好的，不管他开不开机，她从孕晚期都要给他汇报情况。随时随地，发多少短信都行，越多越好，他都会抽空看完。

他嘴唇有些发干，舌尖在下唇上掠过去，思忖半晌，判断是否要回过去。毕竟这个时间有些反常，怕她起疑，可人生苦短啊，在有限的生命里真是回复一条少一条……

路晨：给你打电话。

发送完毕，没来得及拨，来电显示画面已经跳出来。

路炎晨接听了，索性站起来，往走廊外边走去。那头归晓声还困顿着，轻"嗯"了两声，呼吸可闻，细微，而又疏懒："路晨……"

"嗯。"他将手插在裤袋里，也是累，倦意满满穿过护士台，转入电梯口。

电梯门忽然开了，有人推了辆病床出来，上边的病人用手臂掩住脸仿佛睡着了，除了病床下轮轴滑过地面的响动、护士的脚步声就没别的了。

悄无声息的这里，有着轻微起伏声的那处，都相对静了好一会儿。

"你今天怎么早上就打电话了……"窸窸窣窣的，棉被摩擦过话筒，"休息吗？"

他走进电梯："刚好出来。"

两人闲聊了一分多钟，他终于找到后门有个僻静地方能抽烟，打火机火石摩擦过，归晓耳朵尖，捕捉到了："抽烟呢？"

路炎晨一笑："狗耳朵。"

"你才是狗呢。"

他闷吸了口，肺腑绕出来的烟雾，消散在晨风里。

没来由地低声提了句："上回在家，看你穿酒红色内衣挺好的。"

"……现在穿不下了。"

他笑："胸又大了？"

"……你怎么那么流氓？"

路炎晨也是被她语气弄的，夹着烟的那手压了下额头："怎么就流氓了？"

"我现在是你娃的容器，你肖想我不觉得奇怪吗？"

"有什么奇怪的？"

"……"归晓在那头默了会儿，小声回，"知道了，知道了，等生完买一打。"

晨风拂面，偏逆着风向。

他一蓬烟喷出去却险些将自己呛到。

和归晓打完一通电话的时间过去，再去病房，秦明宇也醒了。

有惊无险，取了十几个弹片出来，据说，还有剩下的，就是不方便取的位置了。医生建议时还在想劝慰秦明宇，没说两句，反倒被秦明宇安慰了。

当兵的，哪怕不做排爆，大小演练下来，多少都能留点纪念。带点儿金属碎渣的人又不是只有他秦明宇一个，过去老兵带子弹还不是过了一辈子。秦明宇自我调侃以后转业了，不知道过安检要有多麻烦，又说以后死了烧成灰，要秦小楠把弹片都捡了做传家宝。

虽无生命危险，还是要住院养几天。

下午，路炎晨自己开车回去了，想着洗干净补个觉，再将昨天出任务的报告写了。车刚进厂区大门，就有人早候着，说领导等半天了，要路炎晨出个支援任务。

过去反恐时就这样，要不就天下太平，要不就事情叠在一处不消停。

路炎晨没多话，将车钥匙丢给传话的人，让人把车开去车库，去了办公室。

上头这次是点名要他，要随队入境缅甸，接回一批中国人。

"危险性不大，就是需要你这么一号人，又有实战经验，又懂排爆的人跟着去一趟。"

路炎晨一听是缅甸就懂了。他们境内三十几个武装队伍，互相给对方埋雷，埋到最后自己都排不掉，都成了大家的经典笑料了。

路炎晨领了任务，稍作半小时准备，即刻出发。

关机前给归晓发了条消息：

这两天不方便电话，你记得短信照常发给我，有空看。

发完，想想，又鬼使神差地追了一条：

除了酒红色那套，蓝色也还行。

他人到昆明，和工作组会合。

拿到名单，二十八个华侨。

算是小范围撤侨，工作人员都坐在第一辆小面包车上，第二辆跟着便衣，后头带了辆空着的大巴车。队伍越精简，越安全。

路炎晨人到昆明时，基地派来的另一个同事也刚到，见着路炎晨就笑："和你说，你带的那批学员走时候可想你了，都问我还有没有机会见。给你，都是接我的人让我转给你的。"同事从黑挎包里捞出来一叠卡片，都是先前带了一个多月的学员给的。

"听说你老婆快生了？头儿让我和你换岗。"

"差不多就下星期。"

"正好，接人回来，你也该回去交差了。"

差不多，路炎晨也想着就这么两三天了。

那同事也是被钦点过来的，才刚从南半球回来，在北京出了海关，提行李时接的任务。拿了机票直奔国内登机口，来了昆明……两人上车时，他还在和路炎晨一个劲儿打趣说自己没洗澡，也不知道臭不臭，就算外衣不臭，内裤憋了两班飞机的也肯定不能闻了——

说着，人上了车，瞧见两个挺年轻的姑娘听得哧哧直笑，这才反应过来这趟不是基地里的大老爷们儿聚在一起，是外交口的人，还有随队医生，目下一扫，车里全是女的。

还在说内裤问题的大男人立马就闭嘴了。

车开了一小时，互相熟悉起来。

"我撤侨都第三次了，还是第一次给配排爆专家呢。"其中一个年轻姑娘感慨。

路炎晨的同事是个话痨，紧着接话："这不怕万一嘛。那野雷太多，真遇到了也不能指望别国人来救你，还是带着自己人方便。别怕，别怕，我和路教官就是两个备胎，和赵医生一样，就是给你们图个安心。"

姑娘们笑着，递矿泉水给他俩。

一瓶水被递到路炎晨这里。

他正低头翻看短信，看到归晓回了这么一条：那是你没见过其他颜色，等回来都试给你看，大色狼。

***

一张化验单放在桌上。

许曜扫了眼:"TSH还是太高,都过600了,不过让你现在去看什么都没用。"他低头在病历本上唰唰写着,"T3,T4都正常,估计你生完孩子甲减就自己好了。坐完月子做个测试,给宝宝也做一个。"

归晓哦了声。

"你老公还没回来呢?"

"没啊。"归晓撑着下巴,可怜兮兮看许曜。

许曜将眼镜摘下来,笑了:"你家就一个小孩,我也不放心。给你开个住院单,下午就住进来吧,该生了。"

"那我家那小孩怎么办?"

"我给我老婆去个电话,让她先把小孩接我家几天。"

许曜下午排了三个剖腹产,看时间差不多有空去吃个午饭。他开了住院单,归晓回家将早备好的待产包拿上,把秦小楠交给许曜老婆,下午就进了医院。

产房里,还有个女的,年纪轻,二十岁刚出头。

归晓住到晚上,临睡着也没见她老公,挺奇怪的,没敢直接问。那女人早看归晓自己办住院手续,也奇怪呢,倒是先问了。结果是大家都一样,都在国防口。

一个搞排爆,一个搞信息工程。

结果两位军属神秘兮兮地将门一锁,聊起了八卦,她给人家讲反恐讲排爆,人家给她讲信息防线讲安全网。那准妈妈比归晓稍微好点儿,能每隔两三个月见一回老公,还和归晓说估摸过两天人就出差回来了,到时候介绍给归晓认识。这一说就到半夜,护士来催两次,才算将两人撵上床去睡。

白色帘布拉上。

归晓躺在陌生病床上,反倒越发清醒。

她头枕着手臂,没事干,就在网上搜顺产技巧,重新温习一遍。剖腹产倒不怕,反正有许曜呢,这个医院妇产科第一把刀非他莫属。她轻吸气,又缓缓吐出,演练得正得心应手,布帘"唰"地被拽开。

是许曜。

"你爸来找你了，快，跟我出来。"许曜还穿着白大褂，低声说。

我爸？归晓心沉下去，穿拖鞋时已经想了上百个不好的理由，追着许曜出去，走廊外，十几步远就是父亲。父亲见着她先看看那个肚子，沉默了一下说："做好准备，明早和我飞昆明，路炎晨那边出事了。"话音落了，再去看许曜，"情况允许吗？"

许曜很是冷静："我请假跟着去，没问题。"

父亲简述，小范围撤侨任务，突然遇袭。意料外状况，统共伤了三个，两重伤，路炎晨是其中之一。人现在在昆明——

归晓血都凉了，嘴张了数次，声没出，眼泪啪嗒啪嗒地成串往下掉……

这一晚许曜在病房陪她，想让她睡，但没成功。

最早一班是东方航空，七点五十五分。

天没亮他们离开医院，冬日晨风刺骨，刮得她脸颊和眼角疼，许曜替她把围巾绕上脸："说不定你到地方，人就醒了。别再哭了。"

归晓哑巴了似的。

想起和他重逢在加油站时，他说：记得，化成灰我都记得你。

眨着眼睛，泪珠儿又滚下来。

许曜不敢再说，带她上车。

这一路，她时哭时停，飞机落地，小腹抽痛了下。

骤然宫缩，和往常不同，有点疼。

频率不高，从飞机落地到车开出机场，才来了第二次。归晓将手放在肚皮上，头次和许曜开口，哑声说："好像要生了……"许曜点点头："看着表，到五分钟一次告诉我。"

归晓点点头，人木木的。

想哭，这回屏住了，勉强分了一半心给肚子里的小家伙。

这么压着，忍着，梦游似的看窗外陌生的街景，看医院走廊，看病房外，到换了防尘服进去。医生护士退后，让开那张病床，看到路炎晨合眼的那张脸就再压不住了，捂着嘴，就晓得哭。泣不成声的一个大肚子孕妇这模样，登时就红了几个年轻护士的眼眶。

归晓过去，摸摸他的手，想说话，说不出。

再摸摸他的脸，眼泪簌簌地都落在白被单上，渗进去，成了一点点水印。

上回这么哭，哭得这么无助，像这辈子都会见不到的时刻是他当兵走前，过了这么多年还没长进。就晓得哭，说句话啊，归晓，说话啊……

"你个大骗子……"归晓哽咽着，去擦落在自己手背上的眼泪。

肚子疼，抽着疼，频率很高。

归晓知道这次来真的了，深呼吸着问医生，路炎晨什么时候能醒。对方回答，今晚或是明天，她就求救似的去扶住一个护士的手臂："帮帮忙，我宫缩得厉害……"

那护士没进过妇产科，可也听得懂，这是要生了，火急火燎地招呼另外的人一起扶她出去。许曜来了之后就帮她找了产科医生，交代情况，档案交接。归晓没什么太大问题，生产时甲减影响也不大，宫缩正常，羊水未破，简直是个争气的肚子标杆。

许曜一边夸她，一边安慰她。

归晓看着路炎晨了，知道他会醒，踏实不少，跟着护士换好衣服进了待产室。

疼得来劲了又是眼泪哗哗，一面想撞墙，一面还惦记着，隔上十几分钟、二十分钟的就要问一次："护士……我老公醒了吗？"

……

三小时后，宝宝降生。

在门外做好守十几个小时准备的许曜和归晓父亲见到归晓名字出现在电子屏上都有点没回过神来。门打开，归晓虚弱地喘了两口气，眼红着看他们："路晨醒了吗？"

……

归晓算得上是空降生产，这里产科没有多余病床，暂时将她放在了别的楼层一个小房间里，刚好房间窄，只能放下一张床。

一个小时后，装着婴儿的透明小箱子也被推进来，归晓怎么瞅亲生闺女都和路炎晨长得像，哼哼唧唧的，瘪瘪嘴，睡了，也不搭理亲妈。

不能看，一看就要哭。

她这么提心吊胆着，明明是顺产累到半条命都没了，却到半夜里头撑不住才迷糊昏睡过去。天快亮时，又是许曜将她叫醒的。

归晓睁眼的一瞬，倒像回到昨晚，许曜神情严肃地在说着坏消息……

"给你找了轮椅，坐着，我推你去。"他说。

归晓忙要翻身下来，被他搡住，弄轮椅上。

清晨的病房走廊，已经有医生经过开始查房，不清楚情况还多看了一眼，疑惑怎么产妇出现在了五官科病区。归晓被推过去时，正听见护士小声说："特批的，那间小病房让出来了，昨天送来三个撤侨受伤的工作人员，其中一个的老婆……刚好人一到就生了……"

擦身而过，那医生咳嗽了声："有咱科能帮的吗？"

"老大你昏头了？人家是中弹……"

……

换了楼层，两个护士一个搡着没力气的归晓，另外那个给她套防尘服和鞋套。

搡着，往里走，靠近了那门，心跳得飞起来一样。

门打开，人进去，路炎晨脸上干干净净的不再有辅助呼吸的东西了，正睁着眼，微转了下眼珠子，去看她。这一眼难得有十分露骨的感情在——

归晓眨眨眼，鼻子一抽，又哭了："路晨……"

人到床边上，护士将椅子搁在归晓身后。

她坐下，坐在椅子边沿，离他近一点，下巴压在他脸边上的白枕头上。耳边隆隆的都是自己的呼吸，节奏明显，时轻时重——

"感觉还在念书呢……就给你生了个女儿。"她带着浓重的鼻音。

路炎晨胳膊勉力抬了，小拇指往她眼角擦，黏黏的，恍惚着仿佛舌尖都尝到了那一点点咸:"……疼哭了?"

归晓伏在他脸边上,鼻翼轻动了动:"嗯。"

被突来的情绪窒住咽喉,静了五六分钟。

她悄悄说:"当我爸这么多年闺女,都没有过军属待遇。还是你比较有面子,能让我开一次绿灯飞过来,要不然就只能坐火车了。你闺女要生在火车上……也挺好玩的。不过我和你说,这种特批,这辈子我也不想经历了,我们说好了,真没下次了啊。"

之前怀孕七个月时飞昆明,人家航空公司就特地看了她孕检的小本本,还提醒过八个月之后就尽量不要飞了,要飞也要有医院证明,再晚一点医院证明也没用,谁都不敢载。

归晓还笃定再不会出远门……果然,这种念头不能有,还好有许曜陪着。

同一飞机上,还有三四个家属,都是外交口的。听她们哭着说孩子二十多岁,恋爱都没谈过就受伤了,其中一个也是重伤……归晓想到母亲前几个月电话也讲到过撤侨,在战乱频发国搞外交都挺危险,岗位需要,出什么大事最后撤走的才会是他们。

她想到这里,也是担心,不知那两个姑娘怎么样了。

不过怕路炎晨会察觉,这个念头才刚从脑内闪过,就转了向:"和你说,生孩子之前不是要待产吗?我身边都是好多整晚待产的,还有十几二十个小时的。护士给我绑好仪器就走了,还想着我要慢慢熬。"她将刚收获的实践知识倾倒给他,"才两个半小时,我就喊,护士,护士我要生了。护士还以为我开玩笑呢……羊水都没破,最后过来一检查就蒙了。几个人急吼吼就把我推进去了,还招呼了一堆医生护士围观,说这个是初产,开宫口好快,羊水都没破。我就眼泪汪汪地生啊,他们就很高兴地看啊,然后就有人问过往病历,才有人说我是英雄家属,临时跑过来生的。一个小医生出去拿病历本,前脚刚出门,后脚我就生出来了……"归晓没讲完,自己先乐了。

后边两个护士看得也笑。

她被护士提醒不能待太久。

路炎晨之前也醒过两回，麻药劲没过去，这一回好些，但也不甚清醒。

归晓舍不得走，临离开倒也不怕有外人在，像往常见到他就腻他时做的事差不多，将嘴唇印上他的："亲一下。"

路炎晨眼里，归晓身影隐隐约约的，并不清晰，麻药劲早回来了，就是撑着自己抓着意识，想多陪她。归晓又说："对了，女儿长得像你，你这回功劳很大。"

他露了一丝笑，路炎晨式的。

归晓被送回五官科楼层，还是一路被围观的态势。

门关上，有产科医生来给她检查，交代了一些话，本想试试让她喂奶。但觉得人家险些成了烈士家属，顺产完也没好好睡过就没提这事，只让她赶紧睡。

归晓头沾到枕头，耳朵里嗡嗡作响，疲累让她这一沾枕头就踩上了云，飘着睡沉了。

敝旧灯管，没亮，窗边的棉布窗帘掩了外头的光。

这一头睡下去便不会晓得是今夕何夕。

虚岁，二十八岁这一年，她和路炎晨在一起了，领了合法的结婚证，还没办婚礼，但有了个女儿。在昆明生的，离那个北京远了十万八千里……

***

路炎晨高考最后一天下午。

在姑妈家的院子，归晓偎在小竹椅子里，数蚂蚁数了大半个小时，葡萄叶被捏在掌心，指甲一点点往上按印子打发时间。

大腿上放着的寻呼机没动静。心浮气躁……

寻呼机嗡地振动惊了她。

归晓从竹椅里一跃而起，抓住那被晒得发烫的寻呼机想回去拨电话。没承想，人起来的时候，也看着路炎晨的车就靠在台阶下的马路边。

沿着一路草莓地跑出那只有半人高的木栅栏，越过杨树，跳下一米高的台阶，在路炎晨开车门的一刻钻身上车。

路炎晨将手搭在车窗外边，手背上有树荫，抽烟抽得有腔有调。

"直接叫不行吗？还呼我干什么……"

他伸手，将她头按下去："别动，楼上有人。"

楼上阳台有个大嗓门的奶奶在大声喊孙子的名字，又是不睡午觉偷跑去游泳的小孩。

归晓捂着脸，埋头在副驾驶座上。

他丢掉抽了半截的烟蒂，关窗，去踩了油门，车一路从树荫下驶离那个小十字路口，再看缩头缩脑的归晓："小鹌鹑。"

"你才鹌鹑呢……"归晓嘀咕着，将寻呼机塞进他裤兜里，"还给你。"

路炎晨就穿着个运动短裤，也松垮，她手探到裤袋里就碰到了……隔着一层布……

归晓慢慢地将手撤出来，心在胸口咚咚咚地狠撞着、狠撞着……

除了空调口咝咝而出的风，一时再没别的动静了。

他自顾自开车，仿佛没被"非礼"似的，车离开家属区，路炎晨清了清喉咙，嘴边挂着笑轻声问："还脸红呢？"

"谁红了？"归晓小声反驳，"是你吧？"

路炎晨声音带了点笑，颇有深意地说："要能把我摸脸红了，也算你有本事。"

就因为镇上年轻人之间的风气不好，路炎晨极少这么和她开玩笑，今天明显是高考重担卸下，心情好。归晓乍一听没理解，再琢磨就真红了脸，突然一下推他的胳膊："不许说了！"

傍晚路炎晨送她回去，顺道给姨妈家送水果。

他在楼下卸货，黄婷帮忙守东西，还挺好心，神秘兮兮地说："哥，你是不是一直想追归晓呢？要不要我给你再努力努力啊？人家可就要走了啊，你就真没机会了。"

路炎晨将后备厢里最后两箱葡萄卸到水泥路上："以后管她叫嫂子。"

"啊？"黄婷纯蒙，"你俩什么时候好上的？"

"你最近是不是和白村那几个小子走得挺近的？"路炎晨未答反问，"注意点儿，都不是什么好东西。"

"没啊，你听谁胡说呢。"

路炎晨警告她："你要敢和谁不清不楚，当心我找人把他腿打折。"

黄婷："……哥你也太狠了吧，我不就谈个恋爱吗？不行吗？"

"对，"路炎晨没给任何商量余地，"不行。"

"你简直就是州官放火……"

"那几个小子什么样我一清二楚，别拿我话不当话。听到没有？"

"听到了……"

路炎晨教训完，驾车离去。

到归晓姑妈家楼下兜了两圈，看那木栅栏里的小院子，夜色里的草莓地和葡萄藤，想一想她白日风一样踩着红砖铺成的小路，推开栅栏门，跑来——

手里还有被她揉得碎掉的葡萄叶。

她美得不成样子。

路炎晨那时想起了孟小杉刚得知他和归晓在一块儿时，玩笑地和海东说，晨哥这就是长线放远鹞，高灯照远路，借着他们这一对埋了这么久的线，总算得逞了。

孟小杉说得没什么不对，他就是放长线，钓了一尾小美人鱼。

大学考去了南京。异地恋。

起初他不习惯南方伙食，吃得少，只当给她攒钱买礼物。

大一寒假回北京，照例住修车厂。

工厂里熟一些的老工人见路炎晨回去，也和放了寒假似的，家里有事临时要回去，就让他这个老板儿子代班，加班工资和他对半分。这是从他初高中起就有的规矩，大伙都清楚他家情况，权当互相帮衬，再给路炎晨贴补点儿零花钱。

本想着等哪天闲下来，把自己收拾利索了再去看她，未料小姑娘自己想办法就来了。

那天，他人在车底下，被人敲着车门叫出去，说有"漂亮姑娘"指名道姓要他出去还感情债……他拎着扳手迈出那扇锈了的大铁门，寒风里，归晓两手插在羽绒服兜里，缩在传达室门边上避风，抬头一见自己时那眼睛明显地亮了，小鹌鹑似的跑过来："冻死了。"

……

相处几天下来，再分开很是舍不得。

但她也就来姑姑家住几天，不能多留，最后那夜西北风呼呼的，可碰巧厂里没有多余的车给他开了。路炎晨和人借了辆有后座的山地车载她回大院，怕被熟人看到，选了条偏僻路，从相邻的部队大院先进，走的是两个大院相连的小门。

门边上是山脉脚下的小树林，归晓搂他的腰撒娇不让他走："再陪我待会儿，就在这站着说说话就行。"

路炎晨拿她没辙，怕被路过的人围观，将山地车往树林边上一停，拉她的手钻进树林。

院里常有人爬山消遣，走得多了，纵横多条被踩得结实的土路。

乍一进去，风飕飕地从耳边掠过去，归晓被他牵着走了十几步，置身在黑暗的林间，还能望到外头路边的灯和在风下摇摇欲倒的自行车。

路炎晨将她脑袋抬着，仰高，亲她的嘴唇。

这么猛的西北风里，张嘴就能吃到沙尘，两个人一定要亲得如胶似漆才不会又吃风又吃沙的。归晓被他亲了会儿，觉得短短几天路炎晨就有明显的长进，分开后，把脸躲在他棉服里："我觉得你接吻技术好了，偷偷和谁学的啊？"

……

这种事情全要实践，比如，用什么方式，什么角度和力度，归晓能表现出来挺高兴，他还是心里有谱的。

"快出去，快出去……"她看见了不得东西，"那里有两个土坟……"

又怕黑又怕鬼的小姑娘将他技术好不好的事丢到脑后，携他出去，可迈出那小树林又想反悔，除了这林子也真没合适的地方能躲开巡逻兵了。她扭头往回推他。

"干什么？"

"我们去那边,"她指林子另一头,微踮起脚在他耳根下小声说,"院儿里还没熄灯呢,再待会儿。"然后低声重复,"再待会儿……"

各种接吻方法,那一晚大院熄灯前算是试了个遍。

面对喜欢的人,谁都一样,想把全世界最好的东西拿给她。可他总想不出,能送她什么,她还没和自己在一块儿那阵,记得归晓曾多看了两眼他的手机。在当兵前,他一股脑将钱都拿去买了新的,带回北京给她,也算是一贫如洗入了伍。

到部队上,更没机会接触小女孩喜欢的东西。

头一回摸枪,他捡了空弹壳回去。

照新兵连连长说的,没事在地上打磨两下,个个都磨得金光锃亮。虽然归晓对这东西并不稀罕,从小就见,但他在这偏僻的地方实在想不出有什么好送人家的,这个还稍许能讲出点意义来,可惜的是他攒了半抽屉的子弹壳,也没送出去。

分手那天。

归晓是在校门口对面的电信局大厅里打的电话。

IC卡的公用电话机,在电信局大厅一侧的落地玻璃窗旁边排了六个电话,都有人。归晓排队等,等到晚自习快开始了终于有个阿姨让了位置。

她坐上黑色皮座椅,将IC卡片插进吞卡的缝隙,拨那个烂熟于心的号码。

四个月。

打过去电话不是人不在部队,就是不方便接电话。难得通上话,她委屈抱怨,他就不说话……到现在给他打电话都怕了,许多时候挂了电话她就后悔,这几个月自己的脾气怎么就这样了,不近人情,句句带刺。

她想说,路晨我家里出事了……

她想说,我天天在家,看我爸妈闹离婚,还看见那个女的了,以前我可崇拜我爸了,现在特别恨他,也可怜我妈。晚上睡不着,上课听不懂,老师找我谈话……

今晚更想说,我说要检举我爸,他把我东西都扔出来了。

好多话压在心里,可他又不能回来。

等了许久,电话那头的他终于出现:"归晓?有急事?"

她听到他微微喘着气，眼泪扑扑落个不停："是不是这么晚给你打电话，不方便？"

他没否认："还行，快点说，没事。"

她排队就等了四十几分钟，马上就晚自习了，晚饭都来不及去食堂买……

"归晓？"路炎晨低声叫她的名字。

"我想听你说话，你多说点行吗？"归晓轻声说，吸了吸鼻子，在裙子的口袋里翻纸巾，没有……迫不得已用手背不停去抹眼泪，狼狈极了，"……我想你了，路晨。"

"感冒了？热伤风？"

"有点。"

"去买点药吃，好不好？"

"嗯……"

后边一个想打公用电话的人看到归晓蜷着身子，头抵在电话旁的塑料板上在哭，还死活不肯哭出声，冒头张望这里瞧热闹。

"怎么不说话了？"他略顿了一顿，"要没事，我先挂。记得去买药。"

"……别挂行吗？"

"等集训完我找你，再等三个月。"

"路晨你别挂行吗？我都快四个月没和你好好说过话了……"

"……"

她绷不住，哭出了声。

那边在这四个月听她哭了太多次，一个在北京，一个在边疆，完全束手无策。他不懂，也无从下手劝，听着话筒里她哭到难以自抑，哭到哽咽，实在不明白为什么就不能好好说话，一定要用哭来解决……

"归晓，你能懂事一点吗？"

"……不能，凭什么谁都要我懂事？"

他在电话间里，手握成拳，压在毛玻璃上，从小臂到手指都在微微发抖。整个人像是一根压低拉伸的弦，被无限地下压着……在她的哭声里，强迫自己冷静，再冷静："挂了，等我集训完——"

"路晨你要再敢挂我电话,再也没下次了……你这辈子也别想再见我……"

只要一想起这个片段,话筒里的忙音仍清晰在耳边。

可他却不说清真是自己按断的,还是归晓一气之下扔了话筒。

这线一断,就将近九年。

***

许曜当天和归晓父亲一起返程回北京。

临行前,归晓父亲单独去病房见了路炎晨,身后跟着两个基地来的领导。归远山依旧拿着上级的腔调,不愿当着外人面看出他这个岳父对女婿有特殊优待。路炎晨惯来也是公事公办的性子,等两位领导和岳父结束慰问。

归远山握住他的手:"辛苦。"

两人目光相会,归远山又轻拍拍路炎晨的手背。

当晚,归晓带女儿去见亲爸。

由于娃还太小,两手能捧起来的小身子板,她不敢自己抱过去,让护士帮忙推那个带着滚轴轮子的小婴儿箱,去给他看。路炎晨在护士指导下学着去抱婴儿的神情,倒比他拆弹要小心,抱了没多会儿又怕他自己坐不稳摔了女儿,小心递还给归晓。

头一回做爹,虽抱着的姿势很不美观,但也算是真真切切抱过了。

路炎晨身体素质好,不久就能下病床。

他重伤的地方是背部,可身上大小伤也不少,腿也骨折了,只得拜托护士带自己去给老婆个惊喜。护士也是有心人,送他进病房后,说好一个小时后来接,就给这对小夫妻让了空间。

门内,病床旁的布帘子半遮半掩着,能瞧见归晓的脚丫一翘一翘的,在勾那个透明的婴儿箱,嘟嘟囔囔,估摸是想唱摇篮曲,可又不会,就在那儿装腔作势。

路炎晨推着轮椅过去,挑了帘子,看她正咬着个大吸管喝奶茶。那不成调,词也背不全的摇篮曲戛然而止,她惊讶:"你能下床了?"

"坐月子能喝奶茶吗？"他关心的是这个。

"能啊，喝这个奶会多。"

她将奶茶的纸杯撂到床头柜上，将那小婴儿箱挪到他面前。

小女儿睁着眼，在很严肃地蹬着腿。特有节奏。

"昨天我还奇怪，她都不笑的，我还想完了这个脾气要随你，我可受不了。"归晓在病床上，胳膊轻压在婴儿箱的边沿，"医生就说，起码要一个月后才能笑。"

他右手探到女儿的脸边，用指腹轻刮了下那小脸。

女儿停住，毫无预警，哇地哭出声。

……

"……是饿了。"归晓凭没当几天妈的经验，安慰路炎晨。

她熟练地将女儿抱了，刚要喂奶，又觉不对。

路炎晨全然一副"不错，终于能看到是如何喂奶"的态度，泰然自若地往轮椅上一靠，等着看。"有什么好看的……转过去，转过去。"医生教她怎么喂奶时她就窘得不行，猛当着路炎晨的面——更不行了。

路炎晨微挑了眉，没动。

作为新晋上岗的年轻妈，归晓果断选择，将帘子拉上，顺便背过去身子躲他。

隔着一道布帘，哭声没了。

病房里静悄悄的，壁上一个大钟在尽职尽责地替他们计算分秒，路炎晨想着再过两三天归晓刚当妈的羞怯褪去了，再看也不迟。于是，就百无聊赖地坐在轮椅上，听着秒针行走的动静，去构思布帘后的画面——

"那个许曜，"他忽而问，"你俩怎么认识的？"

空了这么多年，归晓在大学到工作的这些日子里，交往过什么样的朋友他还真不清楚。除了秦明宇那个忽然从天而降的女朋友之外，归晓的圈子他都没机会去了解。尤其这个许曜，似乎，过于特殊了。

"高中同学。"归晓在帘子后说。

一秒，两秒，三秒——

从帘子后露出一双乌溜溜的大眼睛，轻声问："你吃醋了？他都有老婆了，不是告诉过你吗？"路炎晨倒像没听懂似的："我以为他和你是亲戚关系。"

归晓狐疑看他，路炎晨被看得皱起眉头，硬邦邦地来了句："快去喂奶。"

……就是吃醋了。别管是不是飞醋。

归晓吃了口蜜糖似的，又隐身去了帘子后："高中时候我妈不是生病吗？他帮我过，让他爸给我妈开刀的，他爸是当时业内最权威的医生。"滴水之恩，涌泉相报，所以就算这么多年没紧密联系，只要他开口借钱，归晓必定是全力相助。

归晓不大喜欢提起那几年。

她在帘子后抱着娃摸索着去找手机，隔着帘子递出去，给路炎晨："我妈上午给我电话来着。她说她是长辈，总不能初次通话就主动，要你回个电话过去，你找找，就在通话记录第一个。我妈这人可严肃正经了，比我爸严肃多了，先给你打个预防针……"

她说起父母的话不多，对母亲更亲近些，他也就在小时候听她说起过，母亲是做外交的，人很严肃，小时候时常因工作关系带她到处飞，给她弄得很长时间恐飞晕机；而父母是相亲结识，因有着对革命事业的同一理想而组建家庭，价值观相同，但感情培养多年无明显成效。由此归晓从小就得出结论，自由恋爱大过天——

路炎晨将通话记录翻开找，竟有那么一瞬马上要被岳母"阅兵"的局促。

想想，还是出了病房。

归晓的这个病房在走廊尽头，对着窗。

他出于礼貌，用自己的电话拨的，漫长的等待音后，对方接起来："喂，你好。"

是叫伯母？不太妥。

路炎晨有板有眼地叫了句"妈"，嗓子一涩，继而又说："我是路炎晨，您好，这么迟才和您通话，很抱歉。"

那边的长辈真是头一次被个小伙子叫了妈，顿了半晌，笑了。

让路炎晨没想到的是，归晓母亲先提到的是撤侨的事，说是听到人说了，如果没有路炎晨和他同事掩护，那两个小姑娘牺牲的可能性十分大："感谢你啊，小路，感谢你。"接连的感谢倒让路炎晨无言以对，就差回句为人民服务了……

对方回了正题："我和晓晓父亲从当初就意见不一致，对你俩的事我没提出反对。当时晓晓拿过很多你高中考试的试卷给我看，说你语文学得最好，这些在班级里都是范文。我知道她是想听我夸你，也都认真看了，很不错，也能看出你这个孩子心性高，很有抱负。后来晓晓说和你分开了，我还觉得十分可惜。"

又是一段意料之外的话。

他从小喜欢读各种书打发时间，也确实是语文成绩比较好，哪怕是荒废的初中和高一都没落下。当时高考结束，归晓以"学习"为目的，将高三他的语文试卷都收集走，他还认为是小女生心思存些纪念而已，没承想，归晓还献宝似的给母亲看了。

而立之年，从一位从未接触过的长辈口中得到如此表扬，说不清的滋味。有些怪……

……

这个电话时长可观，他回病房。

归晓已经喂好了奶，刚喝完喂奶前剩下的小半杯珍珠奶茶，见着路炎晨急问："你和我妈怎么有那么多话说啊？都说什么了？"

路炎晨大体复述了一遍，归晓听到"作文"两个字，抱着枕头笑："你别这么看我，我就是觉得你写得好，"她回忆着，告诉他，"你三模卷子写的话，我高考也用了。"

可惜在一起时她不理解意思，倒是在那年懂了这话背后的含义：

人生昧履，砥砺而行。

尾章

归路向晨晓

在内蒙古的风里，北京的沙尘里，像是无处不在，可转身去找，又毫无踪迹。

穿过蒙尘岁月，谁不曾后悔过？

总会等到晨晓，照向归来的路。

小朋友满月和半岁时都验了血，一切正常。

两人的婚礼，定在了路初阳小朋友一岁半那天。不是不想在周岁，只怪小朋友生在了冬天，太不适合亲妈穿婚纱，只好推迟到初夏。

关于婚礼地点，归晓和路炎晨商量要办两场。

第一场比较隆重传统，在男方这里，回到这个镇子上，第二场就随便了，主要是请归晓和路炎晨的同事们吃顿饭就好。归晓初次到路炎晨家，孟家和秦家做媒陪着上门，这大儿媳妇虽没太受重视，但也因为"靠山"强大，没受气。路炎晨说明了不要路爹买房买车，路爹不"掉肉"就也没找碴儿。归晓家里如何条件，没人细说过，再加上归晓父母都在这当口不在京，更是省了麻烦。只有路妈嘀咕了几句，两家结亲也该先碰面吃顿饭，被路炎晨妹妹顶回去了。路妈就这么两个亲生的儿女，想着老了还要倚仗，也就没再多过话。

迎亲前晚，她将姑姑家当作了"娘家"住了一晚，等着第二天迎亲。

雨声阵阵，归晓跪在床上，挪去窗边。

看到大颗的雨滴打着玻璃，溅出一个个泛白的水印子。

"这大雨真麻烦，明天要是还下着，你那婚鞋就报废了。"孟小杉靠在棉被堆上，打着哈欠，一手撑头，一手去翻那张请柬。

全是路炎晨手抄的，正面底下就有：晨晓，照归路。

翻过来，是发出去前一晚归晓一张张添上的另一句话：寸寸山河梦，昭昭赤子心。

"我老公特喜欢你这句话，还拿这个说我呢。"孟小杉控诉，"说你才懂路晨，我不懂他……"

"别说请柬了……我紧张得不行，怎么办？"归晓焦虑症都犯了。

没办过婚礼，穷焦虑。

"紧张什么啊，"孟小杉叹着，将床上收拾干净，"反正你记得我的话，嫁过去了，你就和路晨踏实住在市区，别常回来。我私下问过路晨，他也是这个意思，他从小在这家就可有可无的，能不回来就不回来，你俩踏实过日子。"

提到这话，归晓仍旧感激："多亏你和秦枫面子大，少了好多麻烦。"

"谁让你乐意嫁呢，姐姐就尽力给你扫除障碍呗。"孟小杉去看靠墙熟睡的小娃，"真好看，哎，我要再生个儿子娶你闺女……不就姐弟恋了？你介意吗？"

"……等你生出来再说吧。"没影的事……

孟小杉也就说着玩，她喜欢二人世界，反正秦枫也是小儿子，家里父母早就抱够了孙子孙女，也不指望他们再添新丁，乐得逍遥。

孟小杉看时间晚了，算着五点要起来化妆，赶紧去客房和伴娘挤床睡了。

到凌晨一点，归晓将一个小枕头放在路初阳手臂侧，偷偷离开卧室，穿客厅，去阳台，小心翼翼将门锁打开。

一股雨后泥土的气息扑面袭来。

雨停了。

迈上台阶，反手关门。

小时候，姑姑还有闲心在这里种葡萄和草莓，眼下倒成了菜地，不是葱就是油菜……还没唏嘘一会儿，路炎晨来了电话。归晓看到他名字还挺奇怪，今晚不是他和好兄弟聚的时间吗？接通放在耳边上："你不是喝多了吧？"

"没，没喝。"

"你不喝他们能放过你吗？"

"抬头，看前方。"

归晓顺他的指令，看前方。

就在当初的那个位置，高考后他开车来接自己的那个地方，分毫不差，一辆车再次被停靠在路边上。车旁有他，还有那若隐若现的一点光。

"你不睡了？"

"好几个喝多了，把床和沙发都占了。"

"那好吧……反正我也睡不着，"她望着马路上的人，"不过也不能过去找你，孟小杉说了，结婚前一晚你不能见我。"

路炎晨好像是笑了声："我闺女尿布换了吗？"

"换了。"

"奶呢？"

"……都一点了你才问，早喝完了，"归晓嘟囔，"别弄得你是亲爸，我是后妈一样。"

……

"你钱包里有一张卡，"路炎晨吸了几口烟，慢悠悠地说着，"全清了，以后这卡就给你了。"

"工资卡啊？"

"嗯。"

"都给我？"

"都给你。"

"你不要零花钱？"

"我吃饭不是在基地就是在家里，平时也要穿统一制服，单位有班车，没什么需要花钱的地方。不用给我留。"

归晓咬着下唇笑："也对。"

全副家当连带人，从明天开始就真的都归她了。

路炎晨虽然没这么说，但如此做了，还做得悄无声息，彻彻底底，没半点拖泥带水，没任何后路。难怪……他坚持要一岁之后再办婚礼，原来是早做了这打算，刚好工作了两年多，债全清了，还够办个婚宴。

"好了，交代完了，走了。"黑暗中那一点火星的亮光也熄了。

"去哪儿？"

"开车转转，你去睡会儿，明天的新娘子，"他笑，末了轻叹了声，低低地说，"我真没想过，还有能娶到你这天。"

她听得心头颤了颤，睫毛很快就被涌出来的眼泪打湿了。

"走了，明天来接你。"

他没再啰唆，上车，在刺眼的车灯光和油门声中，驶离这里。

次日的婚礼超乎想象的热闹，赶火车似的被接亲，离开大院，向孟小杉家的酒楼开去。又是迎宾，又是照相，婚礼进行曲都走完了，还没来得及喘气就被人推上去。

观礼台上一站，旁边那个估计这辈子也就穿这么一回西装的男人，惯性地两指捏住领带结，扯松了些。底下有人起哄："晨哥，这你就受不了了？想解领带入洞房了啊？"

路炎晨挑眉一笑，睨了眼去找声音源头："你小子是不是今天不打算回去了？"

人生最得意之时，倒像回到过去，在镇上哪儿都要被叫声"晨哥"的日子。

那人忙摆手："不敢，晨哥，这可不敢。"

众人哄笑。

孟小杉一本正经起来："最后环节了。让新郎说几句感言，说完，大家该吃吃该喝喝，喝多了楼上包房都腾出来了，随便睡。"

她作势要将话筒递给路炎晨，却又自己收回来："哦，对，让我再说两句。"

证婚人秦枫看不下去，咳嗽了声："差不多可以了，要再想当主角，以后我再给你办一场结婚十周年的。"

又是一阵笑，平时见不着这两夫妻当面锣对面鼓地互怼，今天倒瞧足了。

"……老公，我就多说一句，"孟小杉转脸看路炎晨，"你就说，我够不够意思？你媳妇儿两年前找我订的菜单，今天我一分钱没涨给你们的。路晨你说我够不够意思？"

路炎晨无奈，将话筒拿过来："够。"

能在路炎晨这里讨点嘴上便宜，可是孟小杉从小就有的心愿，如此也算是圆梦了，心满意足下台。

最后，只留了路炎晨和归晓在台上。

路炎晨将话筒举起:"第一次见我老婆那年,她十三岁,就在中学操场北面,小卖铺门口的杨树那里。当时我看到她第一个念头就是,"他去看归晓,说,"这么好看的姑娘哪里来的?"他从初中就开始混在外头,镇上稍微漂亮些的姑娘都是名声在外,可他没听说过"归晓"这个名字。

好像,她和他在平行的两个世界里,直到那年,归晓被表妹带到他面前。

他记住了她叫归晓。

归路的归,晨晓的晓。

……

就这一句开场,真是惜字如金。

底下的也都晓得路炎晨的脾气,起哄着,让两人赶紧亲一个。

归晓还在细细研究路炎晨的那句话,他脸已经离得很近了。众目睽睽,归晓可不好意思,将头偏了偏,悄声说:"做个样子就行吧……"

路炎晨像要来真的。

这么多人,可不用热吻吧……

路炎晨在整个一楼大堂的起哄声中,右手掌扣在她脑后,调整角度,深吻到底。归晓认命,炸开来的喝彩声冲撞着一切,仿佛能掀翻内堂,震得她耳膜嗡嗡作响。他放开她,两人视线相对着,久久难言。

满足了众人的观赏愿望,婚宴顺利开席。

归晓终于得了空坐上主桌,被孟小杉和伴娘催促着吃了两口热菜,边吃边瞄身边已经将领带解下来丢到空椅子上的路炎晨。他把女儿放到右大腿上,在小娃的指挥下,转着玻璃转盘去夹菜,每样都送到那小嘴巴里给她尝味道。

"差不多了,路晨,该敬酒了,"孟小杉小声提点,"伴娘伴郎手里的酒都掺水的,大家心照不宣,你少喝点啊,喝一肚子掺水酒也不舒服。让他们灌死海东算数。"

本来伴娘伴郎是要坐主桌的,可海东和孟小杉的关系终归特殊,他特地要求自己带着小女朋友改坐了别桌。孟小杉说这话的当口,他正一本正经掏出海王金樽往桌上一拍:"今儿个谁灌晨哥,先过我这关啊。兄弟们可悠着点,晨哥那是婚宴办完就回市区了,老子可还在这里住着呢,抬头不见低头见的,要把我喝出胃出血，也不好说不是？"

有人说着不敢，有人说着："海东，又不是你结婚，怎么搞得比晨哥还惹不起？"

海东真情实感地来了句："路晨结婚，那就是我结婚了。一样，一样。"

能有人帮着圆了年少的诺言，也是种结局。

到中午，婚宴结束。

喝醉的人都送去了楼上包房，或是直接回家。

归晓在孟小杉办公室卸妆，将脸洗得干干净净的，路炎晨抱着犯困的路初阳走进来，放到床上，推到角落，那小手里还规规矩矩捏着请柬。秦小楠跟着进来，一双眼锁着妹妹，因为大家交代过，今天他的职责就是看着妹妹，寸步不离。

小朋友特别喜欢晨晓照归路这句话，因为路炎晨告诉过她，她的名字，"初阳"就等于"晨晓"，那是爸爸妈妈的名字。

所以从他在请柬上一张张写这五个字时，小朋友就特有耐心地一张张拿过来，指着，一遍遍认字，"晨"，"晓"，再指自己鼻子说："初阳。"

他穿着白色衬衫和卡其色运动短裤，一如当初，最早见着时的装束。

路炎晨的便装不多，照他的话来解释，因为不像军装那么有纪律约束，基地的制服也可以作便装，用途不大，买来浪费，现有的就够穿。所以家里的衣柜只辟给他一个小格子，全是制服，便装不超过五套，这一套就挂在最右侧靠墙的位置。

"你故意的吧？"归晓都没留意他是带着这身便装回来的，蹑手蹑脚地挪到他身后，"这身衣服我记得，你四年前穿过。"

路炎晨给秦小楠打了个眼色，带初阳离开。

路初阳本来就黏爸爸，见爸妈一道要走，翻滚着要下床，被秦小楠好言好语劝着。一岁半的小女孩手脚不知轻重，挣扎着，啪地拍到秦小楠右脸。滴溜溜的眼睛，登时不动了，傻了，秦小楠心疼地忙劝说："不怕不怕啊，哥哥不疼，来，来，这边再打一下。"

……

路炎晨从孟小杉那里弄了辆自行车，喝了酒不能开车，准备用这个带归晓重温旧路。

镇上变化大。

两人争执了一下路线，听从了新娘子的要求，从原来市集的东北角骑进去，寻找曾险些被她掏空过的精品屋位置，再绕回到镇上的主路，找牛肉面摊位，找那个台球厅，那个二层楼的商场。两人在中学校门外，张望里头，学生在补课，操场翻新了，大杨树还在。

校门口的小卖铺不见了，堵上了厚厚的砖墙，白涂料掩盖住了所有痕迹。

归晓挺怅然地望着那墙："我就记得这小卖铺有两个门，一个对着校外，一个对着校内。你刚复读那阵，有一次我从校内的门走进去，正好你从校外那个门进来。路晨你知道吗？当时屋子里所有姑娘都在偷看你。"

她还挺骄傲："我没偷看，我是明着看的。"

路炎晨人在树荫下，从裤兜里掏烟盒。

一会儿要去加油站，那地方没法抽烟，在这里先解决了。归晓说完又去探头探脑观赏校园，他划亮打火机，凑近烟头，点着了，深吸了口烟游走在肺腑之间："看得差不多行了，过来站着。"那里太晒，看她的脸颊都晒红了。

归晓恋恋不舍，倒背手跑过小马路，走到他身旁。邮局外，学校对面。

他抽烟，她看着。

校门口守门的警卫也不晓得两人是做什么的，看年纪吧，孩子应该不到念书的时候，可又猜不透大夏天的，正午时分，站在校门外能做什么。

他将烟塞进嘴里，骑上车，载归晓去往她点名的地方：四年前，两人重逢的加油站。

路上没有遮阳蔽日的树荫，晒得她胳膊疼。

五分钟的路程。

自行车载着她拐入加油站。

又没开车，他怕人家加油站工作人员以为两人有病，将自行车撑在阴凉里，让她等着，进去买水。

"你钱包里有钱吗？"归晓在他临进去前，赶着追了句。

"还有点儿，够花几天的。"他回，推门而入。

归晓在后座上，看他的身影，在玻璃门内往出掏钱包掏了一张二十元的钞票，很快接过对方找零。一手拿了两瓶水出来，一瓶矿泉水，一瓶冰红茶。

冰水顺瓶子落到水泥地上，他将冰红茶递给她后，拧开自己那瓶，仰头，灌了两口。

喉结因为吞咽水的动作，微微上下滑动。

归晓也小口喝着饮料，忽然说："我再重新问你一次。"

路炎晨眼垂下，看她。

"你还记得我是谁吗？"

四年前，在这里，她就是这么问的。

身后，皮卡和小轿车先后拐进来，汽车尾气还是那么难闻，带着焦味，还有尘土。轿车司机跳下车说着"92号"……

他在这嘈杂里，安静地瞧她的眉眼，她的脸："记得，化成灰我都记得你。"

"那和好吧。"归晓说。

路炎晨很慎重地颔首，像真回到那天似的，告诉她："听你的。"

这么多年，身边始终有你的影子。

在内蒙古的风里，北京的沙尘里，像是无处不在，可转身去找，又毫无踪迹。

穿过蒙尘岁月，谁不曾后悔过？

总会等到晨晓，照向归来的路。

谢谢你，路晨，在我十三岁那年出现。

也谢谢你，回来了。

番外

头上的烈日,脚下的土地,都是今生的见证。

你是我少年时唯一爱过的人。

我的姑娘,归晓。

再遇到初恋是八九年后，在加油站，我从超市买水出来。她看着我，目光在抖，有泪光，试着问："你还记得我是谁吗？"

呵。忘了倒好。

分手那年不到二十岁，饿着肚子生吞蛇胆剥青蛙，负重四十公斤穿越深山老林都没趴下。实战演习后，一有空就想你，一米八几的大男人躺在半人高的草丛哭成个傻子，又有谁知道？

我掂着手里的矿泉水瓶，看着她，挺平静地说："记得，化成灰我都记得你。"

头上的烈日，脚下的土地，都是今生的见证。
你是我少年时唯一爱过的人。我的姑娘，归晓。

***

归晓：

现在，我还在KTV里，等着送那帮兔崽子去火车站。

这纸是在柜台后边找到的，笔也是，现在是你开车离开的一个小时二十三分后。他们还在唱你来时的那首歌。这灯光暗，我是拉开帘子，敞着门写的，风雪大，手指头差不多能在冷风里扛一个小时。

一个小时，一封信，足够了。

晓晓，这几年都没给你写过信，再往前想，是有写过几封，也都没寄出去过。一是不知道你家地址，二是估算着你年纪是该结婚了，不想打扰。当然，这信写完也还是不能寄，就是想找个地方和你说说话。

实话实说，当初分手确实要了我半条命，可后来一想全都是你的好。

那年夏天，学校里那棵老槐树下你盯着我看，自己肯定不知道，后来在校园里，每次遇到你我都会多看两眼。你是我见过最漂亮的姑娘，十几岁开始就是。每次在你们班门口的露天洗手池碰到你，我都劝自己，路晨，算了吧，这样漂亮，又是部队大院的，完全是你高攀不起的一个姑娘。

可这么好的人，还是被我爱上了，也爱上了我。

在一起的日子不长，分手后我怨过老天，恨过我父母，可没真的怪过你。除了一个破手机，我从没送过你什么像样的东西，带你出去，除了打台球，就是游戏机厅，在镇子上吃不到好东西，最好的时候，吃碗牛肉面你就能高兴得要命。总把你带到修车厂，是想给你做饭吃，手艺好不好不敢说，但肯定干净。

别人谈恋爱都是什么样的，在遇到你之前我没认真琢磨过，和你一起后，也没机会去琢磨。你不是个挑剔的人，从没给我提过半句要求，后来到部队上我每次回想在镇上的片段，都在想，我真是占足了你的便宜，算是不会疼女朋友的浑小子一个。

有句老话说得好，初恋不懂爱，懂爱了姑娘又跑了。

晓晓，对不起。

我当兵没和你商量过，我知道你早在心里安排好了，会去我的城市，和我在南京一起读书、恋爱、毕业、找工作。所有计划都很美好，你也在努力读书，唯独怪我太有主意，也太不理解你。现在想想，以你对我的喜欢，我至少该和你谈一谈，你不是个不讲道理的人，可你还是接受了。

入伍，新的环境，陌生的人，训练，训练，还是训练。

有时把自己往床上一扔，三秒睡着，那是和读大学完全不同的生活。你总问我，想不想你，怎么会不想，我的姑娘，最想你的时候就是有一回，打着绷带坐在部队医院走廊里，想着你在等我的电话，可我不能回去，要等指导员，要等在处理伤口的战友。我想你，我怕你又哭，哭着说我不理你。每回听你哭，都更想，想摸你的脸，想把你抱起来，抱到怀里，我怎么会不爱你？可你从来不给我机会，晓晓，你是最会说话的女孩子，也最会说伤人的话。无论我多冷静，都能让你一句话戳到最痛的地方，每回挂断电话，我都恨自己为什么不能好好哄你？这算哪门子谈恋爱？见不到摸不到，我让你在北京独自一人等着我，可我连哄你高兴的话都说不了两句，你找我这种男人干什么？有什么用？

十几年前的事，眼下再提，像在讨巧卖乖，是不是？

可这些年，我想都不太敢想起你，你太好，想了就窝心地疼。怕听到你的消息，怕你嫁给谁，要还是我认识的人，估计我一辈子不会敢回北京。晓晓，我不知道这些年你爱上别人没有，我没有，所以我怕你不能理解我的感情，听到你的名字就心疼的感情。在一块儿时，我说话少，这次见面话也少，话少不代表心里没你。你的分量在我这里有多重？兄弟是手足的话，你是心脏。

写到这儿，突然觉得还真挺无耻。

你来KTV找我，我是真没想到，也完全傻了。

可你一走我就后悔，幸好我出去找你了，你在车里看我的一眼，火钩子灼心，你眼睛红了，你知道吗？我眼睛也红了，你看到了吗？要不是有这么多明天要走的兄弟，有你那个朋友在，我一定打开车门，把你抱出来。

晓晓，十一年了，十一年我没碰过你的手，抱过你了，最后一次抱你还是在那个小酒店楼下，花坛边，要知道那是最后一次，我不会撒手，会抱你到天黑。现在坐在门边上，吹着内蒙古的风，还能记起那天花坛边北京的沙尘暴，沙砾尘土，吹得脸很脏，可我爱的姑娘在怀里，任我亲她抱她。晓晓，我曾经以为那就是最后一面了，没想到还有2008

年的奥运，也没想到还有加油站的重逢，更没想到你会来内蒙古找我。

今晚我断定了，你来内蒙古就是找我的。

我什么都不能说，因为我不是你，已经有成功的事业。我转业了，工作未定，前途未卜，家里还有个订了婚的人。这时让我遇到你，我怕耽误你，十几岁我让你哭，现在三十岁，要再让你哭，那我真要死了都不会安心。

那边有人喝吐了，我先弄一下去。

回来了。

弄了大半个小时，我在水池子边又仔细想了想咱俩的事。

当初你说我长得好，喜欢我的脸，刚我在水池边照了照镜子，黑了点，糙了点，大模样没变，不要脸地总结一句，你喜欢的东西还在。这回来，你几次都盯着我看，要哭不哭的样子，我也瞧得出来你心里还是有我。我也有你。

这些年能陪我睡觉，让我日夜惦记的除了枪就没别人了。我甚至想让你后悔，想象哪次出任务会牺牲，临死前，一定要让兄弟给你带去一句话。归晓，我这个男人，化成灰，灰尘里都有你的名字。我知道人活一辈子，都是有今生没来世，我不想忘，也不想你忘了我。这些都是曾经的设想，可既然你找来了内蒙古，你站到我的面前，那我路晨是个男人就不能再逃。前路我看不到，我能拆弹反恐，可我不能预知未来，也许很难，我的家庭，我的父母都让我很难，但只要逼不死我，我就能再和你在一起。

当初在一块儿，我十九岁，你问我，路晨我们会不会分开。我说不会，永远不会。哪怕这么多年过去，我还是认为我和你没分手，在我心里你就是我的姑娘，我亲过、抱过，却没有完全拥有过的姑娘。

晓晓，你对我路晨来说，是爱人，也是故土。

当初我对你说，人生昧屦，砥砺前行。

现在我对你说，归路南寻，候鸟北飞。

我会回北京。

晓晓，你一定要等我回来。

路晨

***

路晨：

我现在在飞往北京的飞机上。秦小楠在睡觉，我估计在落地前他耳朵会疼，毕竟是第一次坐飞机。距离下飞机，大概还有一个小时的时间。我且写，你且看着。

从和你分手，再没有提笔给你写过信。

现在握着笔，思绪堵在心口，用一句很俗的话是万语千言。路晨，你懂吗？

我所有关于少年时的回忆都和你有关，和你没关的全都模糊了。那个镇子走到哪里都好像能看到你。十九岁的你，高高的个子，很瘦，那张脸真是好看极了。到今天为止，你仍旧是我见过最帅的男人。有时我想，真是不能在小时候见过太美好的东西，譬如你，见过了，还得到了，这是最幸运的，也是最麻烦的。

那个游戏厅，早就改建了，牛肉面馆还在，那个加油站也还在。我一直想开车去你的汽车修理厂看一看，哪怕停在运河边上远远看一会儿都好。那扇大门，我还记得清楚，上边有个地方被我抠掉过一块绿漆，重新刷过没有？

还有运河边上，距离白村十字路口有两百米的地方，是你亲我的地方。哪怕是现在，在十几年后我闭上眼还能回忆起那个感觉，你的亲吻有多温柔，和你的人完全不同。每回你亲完，都不爱说话，呼吸都听不见声响似的，或者说呼吸都湮灭在了北京城的西北风里。你会盯着我看，看到骨子里。

吵架也是，你不爱说话，套用现在的词就是冷暴力。可细想想，又好像不对，你每回都是沉默着，等着我说完要说的，说得没词了，才会来和我说两句好话。我的少年，十九岁的少年，我只见过你对一个人低头，就是我。

路晨，这次我来内蒙古，是为了你。不管有多少借口，不管多拉不下面子说，但我就是想见你。当年的分手，至今在我心里还是一根刺，这刺扎得深，我没力气拔出来，也不想拔出来。愧疚也好，后悔也罢，原本想着这一生留着它，就算碰到是痛，也要留着。

这是你和我相识的见证。

爱过人，才知道爱是怎么回事，不复杂、很简单，你牵我的手，我就跟你，你亲我，我就是你的爱人。从过去到现在，路晨，就算分手我都没忘记过你，一分一秒也没有，就算不敢想起你，你也在那里，完完整整地站在我心里。

路晨，我不知道你是不是还爱我，路晨，我还是想等你回来好好谈一场。我们都已经这样的年纪，你已经离开了部队，我也有了自己的事业，如果可以，我想和你再重来一次。我想要对你说，你的晓晓从没爱上过任何人，这些年，心里只有你一个。

我甚至想过，如果有一天我死了，不管是意外，还是老死的，我一定要让人悄悄找到你，或是你埋葬的地方。去找你。

这样写下来，想想也很奇怪，只是年少的爱情，为什么我会记得你这么深刻。不过这世界上哪里有那么多为什么，你我他，全都不同，爱情也全然都不同。

好了，不说了，要给小楠喂点水喝。

这孩子真懂事对不对？谢谢你送我一个很好的旅伴。

悄悄地和你说，我会给小楠买很多东西，等把他还给你，让这些东西啊、衣服啊，堆满你的房间。让你睁眼闭眼都能看到和我有关的一切，让你不得不记起我，记起过去，点点滴滴我无法忘记的那些。

路晨，北京的风沙也会很大，我知道内蒙古对你的重要，我希望你回到北京来，永远留下。如果，我是说我们真有走下去的机会，我愿意多陪你回内蒙古走一走。

路晨，你一定要回来，这是我们的故乡。

我的少年，我记忆里永远无法离开的少年。

路晨，我等你回来。

归晓

后记

路晨，我的少年。
回首半生，谢谢你。

对于《归路》，我有很多想说，又好像什么都不用说了。笑，这句话，我用在好几本书的后边。对于"至此系列"，我一直说对我有特殊的意义，可能里边总是有我生活的影子，或是小学、初中、高中、大学，等等。

这个故事很短。

它不像《至此终年》和《一厘米的阳光》那么长，连载时数次哽住，数次烦躁崩溃，数次难以为继，写到这里能完美结局已算我的极限了。

我甚至很庆幸，我把它写完了。

一开始我总会反复自查、自责，为什么不能写到更好，可到这本书结束我突然释然。每个故事，或多或少，都有遗憾。我这些年所做的，只能是在当下，写我能写到最好的文字，随着当年的经历不同、心境变化，文字也许会有一些变化。但不变的是，我这个写作的人，还有故事中的信念。

你透过文字，看到的是一个故事，同时也是我想说的话。

有人话痨是去发博客、发微博，等等，等等，而我这个人，话痨发作就会写故事。一个接一个，好的、坏的、长的、短的、轻松的、沉重的，万幸我有一批读者，珍贵可爱的读者。从 2011 年跟随我到如今，你们是比我还要长情的人，你们是如此温柔的人，你们每一个留下的话都是一种见证，见证我的低谷，见证我的摸索，见证我的烦躁，也见证我的好奇心和冒险。

《归路》是我在最低潮时写的故事，也是我无数次打开文档，读上一个小章节就会眼眶发热的故事，我很感激它，让我走出心灵的低谷。

路晨，我的少年。回首半生，谢谢你。

墨宝非宝